Bálint Endre

Az idő árnyéka

(Mérőhajó trilógia)

Arte Tenebrarum Publishing
www.artetenebrarum.hu

Copyright

Írta:
Bálint Endre

Kiadó:
© 2019 Arte Tenebrarum Könyvkiadó
www.artetenebrarum.hu

Borítóterv:
Gabriel Wolf

Szerkesztette:
Nagy Ágnes

Készült: 2019.03.27.

Tartalom

*Édesanyámnak
minden szeretetéért*

A mérőhajó útja

(sci-fi kisregény)

I. rész[1]

Balszerencsés nap volt, bárhogyan is nézte.

Először is, sorolta magában Peter Davidson, az időmatróz, minden eddiginél hosszabb időtartamú merülés, miközben napidíja változatlan marad. Ezt világosan értésére adták. Másodsorban azt is tudatták vele, hogy zsákmányra ezúttal ne számítson, a mérőhajót sem ő, sem útitársa nem hagyhatja el. Nem olyanok lesznek a körülmények, magyarázták az okosok, mintha tudnák is azok, akik soha életükben nem merültek mérőhajóval alá. És ha már itt tartunk, harmadsorban az útitárs. Ez már tényleg több a soknál!

– Micsoda?! – hördült fel az időmatróz, és csak úgy sugárzott belőle a düh Willis bázisparancsnok felé. – Egy nő?! Szórakozik velem? Ugye nem mondja komolyan, hogy egy nő lesz a mérőhajó kapitánya?

Willis utálta az ilyen beszélgetéseket. Ő is fentről kapta az utasítást, végre kellett hajtania, ha tetszett, ha nem. Miért nem lehet megérteni, minek a cirkusz?

– Ez van – közölte mogorván. – Ha nem tetszik, panaszt tehet írásban. Címezze egyenesen az Időkutatási Minisztériumba, ott hozták a döntést!

Kölcsönös ellenszenv élt bennük egymás iránt, ha csak tehették, borsot törtek a másik orra alá. Történetesen most nem Willis mozgatta a szálakat, de ha már így alakult, nem állta meg, hogy ne piszkálgassa a fájó sebet.

– Nem értem, mit van úgy oda – fűzte az elhangzottakhoz. – Csak annyi a dolga, hogy egy kart tologasson, és közben figyelje a számlálót. A világ legkényelmesebb állása, és még jól is fizet. Én a maga helyében lenyelném a békát.

Davidsonnak torkára forrt a szó. Rámeredt a kárörömét alig titkoló parancsnok ábrázatára, majd dúlva-fúlva elkotródott. Az járt a fejében, mit fognak szólni a cimborái, ha megtudják. Mert meg fogják tudni, az egyszer szent, hiába nem szól ő egy árva mukkot se. Meglehet, máris

---

[1] A kisregény I. része önálló elbeszélésként megjelent az Új Galaxis c. antológia 9. számában A mérőhajó címmel.

tisztában vannak mindennel, valaki mindig kifecsegi idő előtt a részleteket. Micsoda szégyen! Egy nő fogja irányítani az ő mérőhajóját a következő útján! Ráadásul olyan nő, aki még közelről se látott mérőhajót, nemhogy utazott volna rajta. Valami elméleti szakember, olyan fizikusféle. Mér' nem tudnak ezek nyugton ülni a seggükön, és hagyni, hogy mások zavartalanul dolgozzanak?

Összeszedni motyóját a legénységi szálláson semeddig se tartott. Sapkáját jól a fejébe húzva, hátizsákját fél vállára vetve, másik csomagját bal kezében cipelve indult a kikötőcsarnok felé.

És ha már nő, morfondírozott tovább útközben, legalább jó kemény húsú bige lenne, akin van mit fogni, vagy akin legalább legeltethetné a szemét egész úton. Akkor mindjárt jobban érezné magát, és a többiek is befognák a pofájukat, mert irigykednének, ő pedig azt mesélhetne, amit akar, hogy mi minden történt kettejük között az út során. Kiszínezhetné kedvére, és aki kétségbe merészelné vonni az állításait, annak az öklével magyarázná el!

Egy kis bunyó nagyon is kedvére lett volna a mostani hangulatában. És egy jó nő! Mit nem adott volna érte! De nem, a keserves istenit, nem! Willis világosan megmondta – Davidsonnak eszébe jutott a bázisparancsnok szenvtelen arca, amint némi kárörömmel a hangjában közölte a hírt, s erre indulatosan kiköpött maga elé –, hogy a nő, valami Jamie Berger, rendesen túl van már a fiatalkorán, jó ötvenes, közelebb a hatvanhoz. És cseppet sem az a nádszálkarcsú bombázó, hanem sokkal inkább... Emlékezett, ahogy Willis széttartotta maga előtt a két karját, szemével mérlegelte távolságukat, majd még tágabbra, jóval tágabbra nyitotta karjainak öblét. Ekkor, egyedül ekkor tűnt el az egykedvű kifejezés a bázisparancsnok rókaképéről, hogy otromba vigyornak adja át helyét.

Hogy ne menjen el az ember kedve az élettől is!

Mielőtt lelépett, feltartott középső ujjával bemutatott Willisnek. Nem érdekelte, hányan látják. A bázisparancsnok elszürkült arccal nyúlt telefonja után.

Befordult a kikötőcsarnok bejáratán, igazolványával hanyagul intett a biztonsági őr felé, és már ment volna tovább, amikor elé lépett az őrparancsnok.

– Biztonsági ellenőrzés! Felszerelés átvizsgálása! – És az ismerős arcnak szóló mentegetőzéssel tette hozzá: – A bázisparancsnok utasítása.

Az indulat Davidson matróz arcába kergette a vért. Forrt benne a düh, amint hátizsákját kelletlen mozdulattal átengedte vizsgálatra a biztonsági embernek.

*

Berger kutatónő első benyomása a meglepődés volt a mérőhajó láttán. Nem a kinézete miatt, azt jól ismerte az Időkutatási Minisztériumban elé tárt fényképekről és tervrajzokról: csúcsára állított lövedék, vagy még inkább – mivel erős láncon a kikötőcsarnok rácsos tetőszerkezetéről csüngött alá – óriási függőón. Lefelé mutató hegye alatt sokemeletnyi mélység tátongott. Oldala sima fém, rajta sehol ablak vagy kémlelőnyílás, s ez az egy irányba görbülő fémfelület, amelyről ragyogó, függőleges csíkba sűrűsödve verődött vissza a reflektorok fénye, alsó peremén lágy hajlással ívelt át a hengeres falból a kúpformájú fenékrész palástjába. Arányaira nem ügyeltek különösebben. Esetlen volt és zömök, látványa azonban épp ettől imponálóan erőteljes magabiztosságot sugallt. Jamie Berger, aki saját idomainak aránytalansága miatt maga is nehezen vívta ki mások elismerését, titkon még rokonszenvet is érzett iránta. Mindez rendben lett volna.

Hanem a mérete! Azzal nem tudott sehogy sem megbarátkozni. A fényképek alapján úgy gondolta, azaz nem is gondolta, csupán tudata mélyén az a képzet formálódott benne, hogy nagyjából akkora lehet, mint egy régi Gemini-űrhajó, amelyben szintén két ember foglalt helyet egykoron, a tér meghódításának hőskorában. Legfeljebb karnyújtásnyi hely minden irányban, egy szűk kajütöcskében. Ezzel szemben a mérőhajó alul kúpos, lövedékszerű teste felülmúlta minden várakozását. Átmérője jócskán meghaladta a húsz métert. Mintha egy víztorony fémtározóját bámulta volna közvetlen közelről. Súlya gigantikus lehetett, s ezt az óriási tömeget semmi más nem tartotta vissza a mélybe zuhanástól, csak a középvonalában magasba nyúló lánc, amelynek szemeit – most vette csak észre, ahogy figyelmesebben szemügyre vette – emberderék vastagságú acélrúdból hajlították.

Kedve támadt, hogy odafent, a hajó teste körül körbefutó galéria korlátján átnyúljon, és meglökje, mint egy vízzel teli vödröt, hogy lássa, miként hintázik ide-oda lengve a magasban. De nem tette. Sejtette, hogy a látszólag könnyed felfüggesztés ellenére megmoccantani sem bírná.

Az időfizikus asszony tisztában volt vele, minő kiváltságban részesül. A mérőhajókat különleges biztonsági őrizet alatt tartották, csak keveseknek adatott meg, hogy saját szemükkel lássanak egy példányt. Valójában a nevük sem *mérőhajó* volt – bár kétségtelenül fel voltak szerelve számos műszerrel, amelyek tájékozódási és mérési célokat szolgáltak –, csupán a szakzsargon pongyolasága rövidítette-zsugorította ekként az eredeti *merülőhajó* elnevezésből. A lényeget legjobban a nem hivatalos, kissé hosszadalmas megnevezés, nyelvészkedő elmék leleménye tükrözte: *jelenalattjáró*. A mérőhajók ugyanis a jelen felszíne alá ereszkedve, a múlt óceánjának homályos mélységeiben manőverezve hajtották végre küldetésüket, gyűjtögették az információt.

Jamie Berger azzal is tisztában volt, hogy ezt a kiváltságot alkalmasint nagyon drágán fizetheti meg. Két kézzel markolta meg a korlátot, s az előtte álló feladatra gondolva érezte, mint izzad a tenyere.

A mérőhajó újabb merülésre készült, fedélzetén ezúttal mindössze kétfőnyi személyzettel: egy tudós – a feladatra Berger asszonyt szemelték ki az Időkutatási Minisztérium vezetőségének döntése alapján –, és egy fő időmatróz – a tapasztalt technikus, aki korábbi útjai során már jártasságot szerzett a hajó kezelésében –, őt a bázisparancsnok jelölte ki. Kiválasztásuk szempontjai rokon vonásokat mutattak. A kellő szakmai tapasztalat mellett egyiküknek sem voltak hozzátartozói, így sem azoknak, de a feletteseiknek sem hiányoztak volna túlságosan, ha az utazás rossz fordulatot vesz.

Hamarosan közelebbről is megismerkedhettek egymással. Mindketten a hajó belsejében tartózkodtak – Jamie Berger nem kis fáradság árán gyömöszölte át vaskos testét a szűk búvónyíláson –, a fedelet fölülről rájuk zárták, s ekkor derült ki, hogy Jamie nem tévedett nagyot a hajó belsejének, az utastérnek a méreteit illetően. Eredetileg nyolc ülőhelyet építettek a fekvő félhenger formájú, tompa fénnyel megvilágított helyiségbe, ám a mostani útra kettő kivételével a többit kiszerelték (jól látszottak még a padlórögzítő csavarok nyomai), amitől tágasabbnak hatott volna a légtér, ha a helyükre mérőműszerek sokaságát nem zsúfolják be. Így azonban összességében semmit sem nyertek. Annyi helyük alig maradt, hogy a lábukat kinyújtsák.

Davidson, az időmatróz cseppet sem volt beszédes kedvében. A kutatónő hiába próbálta faggatni, csak morgott valamit foghegyről a rájuk váró kényelmetlenségekről, Berger asszony azonban ösztönösen megsejtette, hogy a valódi okot máshol kell keresnie. A fiatal férfi fehér pólójában és vászonnadrágjában úgy nézett ki, mint egy valódi tengerész. Morcosan bámult maga elé a vezérlőpultra, szőrös kézfejével időnként beletúrt sűrű, sötét hajába. Letörtnek és életuntnak látszott. Jamie Bergernek ezzel szemben minden oka megvolt a bizakodásra. Komoly tudományos feladat végrehajtására készülődött – magában küldetésnek nevezte –, s tudta jól, ha hibátlanul oldja meg, az nem egyszerű szakmai siker lesz; akár a tudománytörténetbe is beírhatja a nevét.

Feltéve persze, hogy valaha is visszatérnek. A kockázat mértéke ismeretlen volt, tökéletesen ismeretlen. Igencsak elkelt egy kis bizakodás.

A matróz szótlansága az idő múlásával lassacskán felengedett.

– Ült már mérőhajóban? – kérdezte lapos pillantást vetve testes útitársára.

Berger asszony bevallotta, hogy még soha. Azt nem tette hozzá, hogy időfizikából doktorált, s az időmotoros járművek konstrukciójának kérdéseit is tanulmányozta. Mindez egészen más, mint beülni egy mérőhajó kajütjébe, és várni az alámerülést, miközben a technikai személyzet odakint a kiürített és lezárt csarnokból már javában szivattyúzza kifelé a levegőt. Hogy az óriási súllyal ránehezedő külső légnyomás le ne rombolja a kupolacsarnokot, a falába rendkívüli szilárdságú szerkezeti anyagokból készített merevítőelemek sokaságát építették be előfeszített állapotban.

Egy-két perc lehetett hátra az indulási vákuum eléréséig.

– Azért kérdem, mert nem szeretném, ha összehányná magát. Nem tudom, hány órát leszünk együtt, s nem szeretnék mindvégig hányásszagban ücsörögni. Jobb, ha tudja, a szagelszívó hajítófát sem ér!

– Ne aggódjon! – nyugtatgatta Jamie. – Utaztam már repülőn, sőt a Holdon is jártam turistaként, soha nem volt semmi probléma.

Davidson nem mutatta, elégedett-e a válasszal. A belső légnyomásmérőt figyelte, épek-e a tömítések, nem csökken-e a kabinban a nyomás. A küldetés irányítója Berger asszony volt, tapasztalatlansága ellenére követnie kellett az utasításait. Túl számtalan merülésen, s túltéve magát a megváltoztathatatlanon, hogy ezúttal egy idősödő, kövér asszony parancsnoklása alatt kell szolgálnia, a matrózt már csak egyetlen dolog izgatta:

– Mennyi ideig maradunk odalenn?

Az időfizikusnő nem felelhetett, mivel maga sem ismerte a pontos választ. Megbízatásában, a hivatalos dokumentumokon a cél meghatározásaként olyan évszám szerepelt, a múlt oly távoli pontja, ahová ember előttük még sosem merészkedett. Előzetes számításokat természetesen végeztek az út tartamára vonatkozóan, ám tisztában volt vele, hogy amíg mérőhajójuk ténylegesen ki nem tapogatja műszereivel az utat a múltban, ezek csak becslések maradnak. Inkább visszakérdezett:

– Maga milyen mélységig jutott?

– A római korig – felelte Davidson, és büszkén kidüllesztette a mellét. – Jártam már mínusz kétezer alatt, Krisztus születésének idején.

A nullpont, azaz a felszín definíció szerint a mindenkori jelenidőt jelentette. Noha így a múlt eseményeinek „mélysége" nem volt konstans, nap mint nap növekedett, gyakorlati célokra ez a viszonyítás nagyon is megfelelt, mivel éppen a megteendő út időbeli hosszát adta.

– Valóban? – csodálkozott udvariasan Jamie, leplezve csalódottságát. Remélte, hogy társa legalább a földtörténeti korszakokba tett már kirándulást visszafelé, bár valójában az sem jelentett volna sokat. Az asszony elgondolkodott. Hallott egyet-mást a bibliai korokba tett kiruccanásokról. Barátságosan, cseppnyi iróniával fűszerezve kérdezte:

– Csak nem a betlehemi jászolt keresték fel karácsony éjszakáján?

A matróz lecsúszott székében, két könyöke oldalt kilógott. Jamie próbált odébb húzódni, ám a helyszűke miatt erre alig volt lehetőség. Davidson nem zavartatta magát.

– Megpróbáltuk, de nem jártunk sikerrel – felelte. – A helykoordinátákkal volt probléma, azt mondták utólag az okosok. Utólag okosnak lenni persze annyi, mint előre hülyének! Jót nevetett a saját viccén. Jamie Berger jól nevelten mosolygott, majd megkérdezte:

– A kis Jézus születéséről készült eredeti videofelvételt, amit kapni lehet minden üzletben, egy másik mérőhajó legénysége készítette?

– Az volt a baj – folytatta a matróz, ügyet sem vetve Jamie közbeszólására –, hogy szorított az idő, hamar vissza kellett térnünk. Nem vesztegelhetett olyan távoli korban sokáig a hajó.

Berger asszony bólintott. Tisztában volt vele, hogy egy mérőhajó csak addig maradhat távol a jelentől, amíg bírja energiával. Ahogy merül lefelé az időben, mintha gumiszalagot feszítene folyamatosan, egyre jobban, s mihelyt ereje lankad, az parittyaként rántja vissza a jelenbe. Úgy is nevezték: parittya-effektus. Az ő hajójukat azért építették oly irdatlanul nagyra, mert egy komplett fúziós reaktort szereltek belé, amelynek energiájával minden korábbinál mélyebbre kívántak hatolni a múltba, dacolva a parittya-effektussal. Az időfizikusnő jobban szerette felhajtóerőnek nevezni. Szemléletesen úgy képzelte el, mintha lefelé haladva a múltban, maga az idő sűrűsödne össze egyre jobban, hasonlóan az óceánok vízmélységeihez, s ebből fakadna az az ellenerő, amely visszalökni igyekszik a mérőhajót a felszín, az indulási jelen felé.

– Képzelje csak – kacsintott hetvenkedve a matróz, s ezzel végleg túltette magát korábbi rosszkedvén –, egy párszor magam is elhagytam a hajót a fiúkkal!

Fejével a hiányzó székek felé bökött, s Jamie Berger megértette, hogy a korábbi expedíciókra céloz. Néhány fős kiszállások az idő meghatározott tartományában, pontosan előírt cselekvési tervvel vagy kutatási céllal. A Merülési Szabályzat előírása szerint „egy fő időmatróznak" mindenkor a fedélzeten kellett maradnia, járatva az időmotorokat, hogy a hajó a múltban vesztegelhessen a parittya-effektus ellenében, továbbá készen állva az azonnali visszaindulásra, ha az események nem várt módon alakulnának. Csakhogy a rendelkezéseket ellenőrzés hiányában rendszeresen megszegték, a fölöttes szervek pedig kénytelen-kelletlen szemet hunytak efölött, amíg baj nem származott belőle. De vajon észrevették volna-e, ha baj történik? Berger asszony ismerte az ezzel kapcsolatos filozófiai vitákat – merthogy még mindig a filozófiai vitáknál tartottak, holott a behatolás a múltba már rég nem a gondolatkísérletek közé tartozott. A mérőhajók rendszeres merülései a mindennapok részévé váltak.

– 1-es hajó – szólalt meg a diszpécser –, készen állnak a merülésre?

– Más hajó is tartózkodik rajtunk kívül a csarnokban? – kérdezte Jamie súgva a matrózt.

– Egy csudát – kuncogott amaz –, de itt a bázison mindent formaságot szabályosan be kell tartani, különben seggbe rúgják az embert. Ellenőrzés rendben – folytatta hangosan –, 1-es hajó merülésre kész!

– 1-es hajó! Willis parancsnok kérdezteti – szólt újra a diszpécser, és hangjából csak úgy áradt a kajánság a hangszórón át –, nem túl súlyos a rakomány?

Davidson az asszonyra pillantott, és látta, hogy Jamie elpirul. Nem nézett rá vissza, mintha meg se hallotta volna a megjegyzést, más módon sem mutatta, hogy felfogta, rajta gúnyolódnak, de az arcbőrének nem parancsolhatott. A matróz megsajnálta.

– Elmehet ám Willis a... – kezdte, de Jamie Berger szelíden félretolta, s maga hajolt a mikrofon fölé.

– Szívélyes üdvözletemet küldöm Willis parancsnok úrnak! Indulhatnánk végre? Sok a tennivalónk!

*

A mérőhajó két utasa beszíjazta magát az ülésbe, mert tudták, egyikük csak elméletből, a másik viszont már a saját bőrén is megtapasztalta, ami most következett. Kívülről már az elérhető legtökéletesebb vákuum vette körül a hajó fémköpenyét, nehogy az idő mélységeibe alábukó szerkezet örvénylő rángásokat keltsen a téridő-kontinuum szerkezetében, majd adott jelre kikapcsolták a tartólánc végén levő elektromágnest, mire a hegyes, enyhén kúpos lövedék szabadeséssel zuhanni kezdett a csarnok padlózata felé. Jamie Berger érezte, hogy teste súlytalanná válik, és eszébe jutott, hogy másfél másodpercnyi idő alatt kell a hajó mezőgenerátorainak felépíteni azt a teret, amely ki fogja lökni a hajót a jelen síkjából, és a négydimenziós téridőben megszabott új világvonalra tereli majd.

Ha nem sikerül a művelet, a hajó ízzé-porrá törik.

Jamie számára a gondolat, hogy hajszálon függ az élete, továbbá a súlytalanság okozta félelem, amit a megszokott gravitációs béklyók elvesztése váltott ki, együttes erővel meglódították a gyomrát, és egy örökkévalóságnál hosszabb pillanatig úgy tűnt, mégis Davidson matróznak lesz igaza, és képtelen lesz megállni, hogy szégyenszemre el ne hányja magát.

Külső szemlélő számára a kolosszális méretű, egyre gyorsuló test akadálytalanul zuhant a kőpadló felé, majd pontosan az út felénél, egyenlő távolságra padlótól és mennyezettől egyetlen szempillantásnyi idő alatt megszűnt létezni a jelen számára. Néhány lézengő gázmolekulát leszámítva semmi és senki nem tartózkodott többé a csarnok zárt kupolájában.

Az idős asszony, miközben hevesen lélegzett, hogy leküzdje a rátörő hányingert, fejét oldalvást fordítva látta, hogy az időmatróz behunyt szemmel magában halkan mormol. A szavakat nem értette, de sejtette, hogy imádkozik, ám mire ezt végiggondolta, már túl is voltak a nehezén. Az automatikus vezérlésű időmotorok kitépték a hajót a jelen kohéziós kötéseiből, és a múlt mind nagyobb és nagyobb mélységeibe nyomták alá. A fali számlálóra pillantott, melyen lassan cserélődni kezdtek a zölden fénylő számjegyek, jelezve az éveket, melyeket maguk mögött hagytak, illetve – így pontosabb, gondolta iskolázott logikájával Berger asszony – ismét maguk előtt tudhatnak, hiszen a múltba utaznak.

Davidson kioldotta biztonsági övét, és felállva nyújtózott egyet. Már nem voltak súlytalanok, működésbe lépett a hajó belső térerőt szabályozó rendszere. Az időmatróz rosszallóan tekintett a csigalassúsággal váltakozó számokra.

– Én még ma haza szeretnék érni! – elégedetlenkedett. – Semmi kedvem napokat gubbasztani ebbe a konzervdobozba zárva! Adok rá egy kis kakaót. Rendben, főnök?

Jamie jobb meggyőződése ellenére bólintott, nem akart mindjárt az út elején vitába bonyolódni. Remélte, hogy később nem fog hiányozni a most sietségből elpocsékolt energia. A fúziós reaktor teljesítménye óriási volt, ám nemkülönben az akadály, amit le kellett győzniük. A parittya máris percről percre növekvő erővel igyekezett visszarántani a mélybe igyekvőket. Hogy pontosan milyen függvény szerint fokozódott ellenállása, arra csak elméletek voltak, amelyeket rövidtávú merülések adatai alapján állítottak fel. Útjuk többek között ennek meghatározására is szolgált.

A hajó ideje szerinti első órában keresztülmerültek vagy tucatnyi évszázadon. A korai középkorban járhattak, amikor Davidson matróz „kakaót adott", és a hajó merülési sebessége egyszeriben megugrott. Most percenként évszázadokat haladtak visszafelé. A matróz kezét a fogantyún tartotta, készen rá, hogy Berger asszony egyetlen szavára leállítsa a süllyedést, stabilizálja a hajót egy új idősíkban, ám annak egyelőre esze ágában sem volt ilyesmit tenni. Davidson mind jobban elhűlve bámult a számokra. Hellász, Mezopotámia, az első városépítők kora mind-mind messze fölöttük maradt az időben. Már az emberiség őstörténetének ismeretlen mélységeiben jártak.

A kijelző mínusz harmincezret mutatott.

– Mi lehet odakint? – suttogta elképedten a matróz. – Kár, hogy nincs ablak!

Az időfizikusnő csendben mosolygott. Barátom, gondolta, ha kitekintenél, csak a csillagos eget látnád, semmi mást, legalábbis, amíg még (már) vannak csillagok. A világvonal, amelyre a mérőhajó útvonalát programozták, nemcsak időben távolodott el a jelentől, hanem térben is a Földtől és minden nagyobb kozmikus tömegtől, hogy méréseiket ne befolyásolja a gravitáció torzító hatása. Az is jól ismert volt a mérőhajózás kezdeteitől, hogy a parittyának nincs halálosabb ellensége a gravitációnál, amely meggátolta – tönkretette? – ezt a mechanizmust. Ha a Föld tömege csak néhány százalékkal nagyobb lenne, a rajta élők nem élvezhették volna az időutazásnak ezt a különleges módját.

Berger asszony ráérősen hátradőlt ülésében, s igyekezve közömbös hangot megütni, azt kérdezte:

– Megkérdezhetem, mi bántotta, amikor útnak indultunk?

Davidson nyelt egyet. Nem vitte rá a lélek, hogy az igazat felelje. Szerencsére eszébe jutott egy kibúvó, hát látványosan legyintett.

– Semmiség. Csak a biztonsági őrök bosszantottak fel – füllentette.

– Kiszúrták az útravalómat, és elkobozták. Az a szemét Willis beköpött.

Ajkához emelt kezének poharazó mozdulatával jelezte, miféle folyékony halmazállapotú útravalóról volt szó. Az asszony elhitte.

– De nem toltak ki velem! – vigyorgott Davidson, és a fali tűzoltószekrényből, a szekerce és a tömlő közül kiemelt egy gondosan bebugyolált tárgyat. Jamie Bergernek nem esett nehezére kitalálnia, mit rejt a borítás. Egy üveg édes, francia pezsgő bukkant napvilágra.

– Ez a legrégebbi ital a világon! – nevetett Davidson. – Hiszen már több mint – a számlálóra pillantott – egymillió éves.

Aztán az óriási számtól megilletődve elhallgatott.

Az időfizikus asszonyra kevésbé volt hatással az immár hétjegyűre hízott szám. Elméleti kutatóként megszokta, hogy tetszőleges nagyságú mennyiségekkel bánjon a hatványkitevő szimpla növelése útján. Ez megkönnyítette kezelésüket, igaz, egyben el is fedte a nagyságrendek valódi súlyát.

Később Davidson megkérdezte:

– Nem árulná el, pontosan hová megyünk? Milyen mélységbe kell lemerülnünk?

Jamie Berger válasz helyett kiismerhetetlenül mosolygott, majd ellenőrizte a műszereket. A mérőhajó falára egyre nagyobb időnyomás nehezedett, amely összemorzsolhatta őket, akár a víztömeg egy túlságosan mélyre merészkedő tengeralattjárót. Különös figyelmet szentelt hát a jelzett értékeknek, de nem tapasztalt semmi rendkívülit. Davidson tisztában volt vele, hogy a küldetésnek, amelynek részese, nem minden részlete tartozik reá, ezért elhallgatott, nem kérdezősködött tovább.

Váratlanul Berger asszony szólalt meg:

– Arra kíváncsi, milyen mélyre ereszkedünk?

Az időmatróz bólintott.

– Éppenséggel elárulhatom magának. Amennyire csak képesek vagyunk!

*

Több óra múlva (a saját idejük szerint) a mérőhajó süllyedése észrevehetően lassúbbodni kezdett. A számok a kijelzőn egyre kelletlenebbül követték egymást.

– A parittya! – vigyorgott Davidson. – Készen áll, hogy visszahajítson minket a jelenbe, amint lekapcsolom az időmotort a reaktorról.

– Mekkora terheléssel dolgozik? – kérdezte a kutatónő, és megnyalta kiszáradt ajkát.

A matróz gyors pillantást vetett a pultra.

– Kilencven százalék – felelte.

– Emelje kilencvenötre! – utasította az asszony habozás nélkül.

A matróz előretolta a vezérlőkart, és a számok pörgése ismét felgyorsult. A hajó energiái még képesek voltak legyőzni a mind hatalmasabbá váló parittyaerőt, de a küzdelem már nem tarthatott soká. Berger tartott tőle, hogy ha az ellenálló erő hirtelen találna növekedni – hiszen nem ismerték a leíró függvény pontos alakját –, hajójuk szétzúzódik, ezért hamarosan lassítást parancsolt. Nem akart úgy járni, mint a Titanic a jégheggyel.

A matróz habozva többször is rápillantgatott, de magától nem szólt semmit.

– Mi a baj? – tudakolta Jamie. Látta, hogy a matróz a kijelző számjegyeit számolgatja.

– Egymilliárd év? – kérdezte amaz hitetlenkedve.

Berger asszony nem állhatta meg mosoly nélkül.

– Elszámolta magát, barátom! Tízmilliárd! Ennyit tettünk meg idáig baj nélkül. Már csak három-, legfeljebb négymilliárd évnyire vagyunk az ősrobbanástól. Az út nagyobbik felét szerencsésen magunk mögött hagytuk. Elmondhatjuk, hogy közelebb vagyunk a világegyetem keletkezéséhez, mint a saját születésünkhöz.

– De ugye… – a matróz elkerekedett szemében a hirtelen felismerés rémülete tükröződött – ugye nem akar egészen *odáig* elmenni?

– Akarnék én – sóhajtotta Berger –, de a hajó sajnos nem bírja, és ez ellen nincs mit tenni. Legfeljebb egymillió évre közelíthetjük meg az Idők Kezdetét. Ott már óriási a nyomás, és a hőmérséklet is megközelíti az ezer Kelvin fokot. A hajó elolvadna vagy összeroppanna.

– Most mi van odakint? – fogta a matróz ösztönösen suttogóra a hangját.

Pillanatnyi csend ereszkedett közéjük, amint mindketten átérezték, hogy már-már a lehetetlennel határos, amit művelnek. Ember nincs a Földön, aki elhinné nekik, hol járnak, ha ugyan mesélhetnének róla. De kinek? Az időnek ebben a mélyrétegében sem az emberiség, sem a Naprendszer, de még a galaxis sem létezett.

– Mostanság alakulnak ki az őskáoszból az első csillagvárosok – felelte Berger. – Hamarosan egyáltalán nem lesznek, hiszen az időben süllyedve befelé haladunk az anyag egyre izzóbb kohójába.

Félelmet látott Davidson arcán.

Hibát követtem el, gondolta rögtön, és az ajkába harapott. Csak nehogy Davidson pánikba essen! Egyedül nehezen boldogulnék a hajóval éppen a legkritikusabb szakaszon. Valamit tennem kell!

– Mesélne azokról a kiruccanásokról? – kérte a matrózt.

– Hogyan? Mit mondott? – Amannak a figyelme csak nehezen terelődött el az iménti témáról. Veszélyt szimatolt, idegszálai megfeszültek, haját mind sűrűbben túrta kezével.

– Az expedíciók... tudja, amikor maga is kiszállt a hajóból. Ez nagyon érdekel! Milyen volt belélegezni elmúlt korok illatát? Emberekkel találkozni, beszélgetni, akik valójában rég semmivé porladtak?

Azt mondtam, valójában? Csak kicsúszott a számon, korholta magát Jamie. Oly nehéz megszokni a téridő új képét, amelyben minden idősík egyformán létezik, és bonyolult kölcsönhatásban áll az idő többi rétegével. Másként a mérőhajók nem utazgathatnának a korok között. Mégis mindenki ösztönösen a saját jelenét tartja valóságosnak, szemben a többivel, amelyek mintha csak az időutazás kedvéért és tartamára állnának össze ténylegesen létezővé, ahogy egy színpadon is csupán az előadás idejére teremtődik meg a képzeletbeli világ.

– Micsoda? – A matróz eleinte zavartan nézett, majd végre összeszedte magát, és válaszolt: – Nem olyan különös. Mintha külföldre utazna az ember. Persze távolra, valami egzotikus országba. Más nyelv, más nép, más szokások.

Arca fehér volt, szája szélét összeszorította, hogy ne reszkessen. Nem lesz ez így jó, gondolta az asszony. A vezérlőpultra pillantva megállapította, hogy a hajtóművek csúcsterhelésük közelében dolgoznak. Elérkeztek merülésük utolsó – azaz a Mindenség történetének első – egymilliárd évéhez. Berger asszony elszántan kihúzta magát, és fennhangon így szólt:

– Kakaót!

Az időmatróz meglepetten pillantott rá, s Jamie úgy látta, arcán bizakodás fénylik fel. Remélte, hogy sikerült bátorságot öntenie a férfiba, s nem is tévedett. A fickó immár habozás nélkül teljesítette a parancsot.

A mérőhajó maximumra kapcsolt hajtóművekkel süllyedt a célegyenesben az idő méhe felé, az időszámítás abszolút nulla pontjának, a téridő origójának irányába, lefelé a világmindenség legrégebbi múltjába a kialakulóban levő galaxis-halmazok közötti térben, az anyag születésének idején, visszafelé oda, ahol (amikor) még a fény sem létezett, az ősrobbanás egyre hevítőbb tüzében mind közelebb és közelebb hatolva az Idők Kezdetéhez.

Berger asszony utasítására Davidson ellenőrizte a hajó állapotát, különös tekintettel a külső borítás hőmérsékletére és ellenállására. Az acélköpeny a kinti viszonyok hatására már elkezdett melegedni, de még nem volt aggasztó a helyzet. Az érzékelők még mindig kifogástalanul működtek, szépen ellátták feladatukat, azaz gyűjtötték a külvilágból származó adatokat. Pedig már óriási erők ostromolták a mérőhajó falát, és Jamie Berger rágondolni sem mert, mi történne velük, hogyha hajójuk, ez a masszív fazék nem óvná őket többé a dühöngő őselemek haragjától.

Bár az asszony elhatározta, hogy mindvégig ébren marad, az elmúlt órák sokat kivettek belőle. Mind gyakrabban kapta magát azon, hogy percekre elszunyókált. Az egyenletes hőmérséklet, a tompán áradó fény, a matróz halk szöszmötölése a szomszédos ülésben mind arra indította, hogy engedje szemét lecsukódni, s amint a mérőhajó a múltba, Jamie Berger tudata az álmok világába csusszant alá.

*

Hirtelen arra riadt, hogy Davidson mellette áll, és a vállát rázogatja.

– Ébredjen gyorsan! Könyörgöm, ébredjen!

Berger kinyitotta szemét, és nyomban körbetekintett, de semmi rendkívülit nem látott. Amint azonban a számlálóra esett a pillantása, egyszerre meghűlt ereiben a vér. Tizenhárommilliárd éven túl jártak, és az évszámok észvesztő sebességgel pörögve növekedtek.

– Kapcsolja le a motorokat! – kiáltott Davidsonra. – Azonnal kapcsolja le! Hallja?

– Már megtettem – felelte riadtan a matróz. – Ez volt az első dolgom, amikor láttam, hogy gyorsulni kezdett a merülés.

– Hogyhogy gyorsulni kezdett?! – kiabált az asszony. – Mitől kezdett el gyorsulni? Mit csinált a hajóval?

– Az égvilágon semmit! Csak figyeltem a műszereket, mint mindig, és egyszer csak láttam, hogy az évszámok mintha megbolondultak volna!

Fejével a számláló felé intett, ahol minden pillanattal rohanvást emelkedett a kijelzett érték. Már nem merültek, hanem egyenesen zuhantak a múltnak a kútjába. És Jamie Berger jól tudta, hogy ez a kút korántsem fenektelen. Alig félmilliárd év választotta el őket, hogy saját bőrükön tapasztalják meg a létező legforróbb pokol tüzét.

Homlokán kiütközött a veríték, és a matróz arcán saját riadalmát látta fokozottan visszatükröződni. Szótlanul bámultak egymásra, miközben a kutatónő agya lázasan járt. A leíró függvény, gondolta, jelleget váltott. Valami lényeges változás következhetett be a téridő szerkezetében, amitől megszűnt a parittya-effektus. Úgy látszik, túlfeszítették, és a parittya elszakadt!

Erre ráérek később, gondolta azután, miközben szemével ösztönösen ellenőrizte, hogy a mérőberendezések rögzítenek-e mindent, ami a hajó környezetében észlelhető, most az a legfontosabb, hogy megállítsuk a zuhanást.

Hátramenetbe kéne kapcsolni, gondolta ösztönösen, s máris tudta, hogy ostobaság. A múltból a jelen felé minden mérőhajó csakis a parittya erejével emelkedhetett vissza.

– Valahogy nem lehetne megfordulni? – kérdezte hangosan.

Davidson nem értette.

– Hogyan? Mit akar? – szűkölt már szinte a matróz a félelemtől.

Az időfizikusnő is csak most próbálta szavakba önteni gondolatait.

– A hajtóművünk csak egy irányban képes dolgozni. De ha meg tudnánk fordítani valahogy a hajót... az időben, természetesen... hogy a jövő felé hajtsanak minket az időmotorok...

A matróz görcsösen, tehetetlenül tárta szét a kezét, és Berger asszony megértette, hogy bármilyen tetszetős is az ötlet, gyakorlati megvalósítására nincs remény. A mérőhajó semmiféle kormányművel nem rendelkezett, ami alkalmassá tette volna a manőver elvégzésére.

– Ez esetben...

Látta, milyen feszülten néz rá a matróz. Pontosan tisztában van a helyzetünkkel, gondolta.

– Ez esetben is maradt még néhány lehetőségünk – közölte hangosan, bátorítón, s amint kimondta, váratlanul maga is hinni kezdte, hogy tényleg történhet még valami, ami megmentheti őket és hajójukat az egyre biztosabb pusztulástól. Megköszörülte a torkát, majd így szólt:

– Először is... lássuk csak, igen... megváltozhat ismét a leíró függvény.

Nem lesz elég idő, hogy elmagyarázzam, gondolta. Leolvasta a hajó zuhanási sebességét, hány évet halad vissza a múltba másodpercenként, és megdöbbent. Eredményül majdnem félmillió év/szekundumot kapott. Gyors becslés fejben: legfeljebb negyedórányi idejük maradt, feltéve, hogy a tempó nem változik, és feltéve, hogy az idevágó elméletek sem tévednek.

– Azt akarom mondani, hogy ez a zuhanás magától megszűnhet. Ahogy magától is állt elő. Talán a mind kisebb méretűvé zsugorodó Mindenségben az idő „közegellenállása" ismét szerephez jut. Lefékez, sőt visszalő minket, mielőtt megsülnénk ebben a túlméretezett fazékban.

– Van más lehetőségünk is? – kérdezte türelmetlenül a matróz, aki nem szeretett ölbe tett kézzel várakozni, ha az élete volt a tét. Csak úgy izzott benne a tenni vágyás.

Jamie lázasan gondolkodott.

– Nos, a helyzet úgy áll, hogy ez nem közönséges hajó – mondta végül.

– Persze, hogy nem! – vágta rá a matróz, és feszülten várta a folytatást.

– Mondja csak, kedves... mi is a keresztneve?

– Peter.

– Tehát mondja csak, kedves Peter, előfordult már, hogy egy mérőhajó bajba került?

– Nem, még soha.

– Mit gondol, ha történt volna ilyen eset, maga hallott volna róla?

– Hááát... – Davidson elgondolkodott – nem vernék nagydobra, annyi szent! De azért, azt hiszem, tudnék róla. A folyosói híradó, tudja. A pletykák. Fű alatt csak elterjedne a híre a bázison, hiába nyilvánítanák titkossá.

– És mégsem hallott semmit, igaz?

Az időmatróz még türelmetlenebbül bólintott.

– Mondja már, hová akar kilyukadni!

Jamie Berger lassan válaszolt:

– Ha egy mérőhajó, tegyük fel, mégiscsak bajba kerülne, és nem térne vissza a bázisra... Mit tenne a bázisparancsnokság?

A matróz Willis unott arcára gondolt, és már a nyelve hegyén volt, hogy kimondja a véleményét, de útitársára tekintettel meggondolta magát. Inkább azon törte a fejét, mire akarhatja Jamie Berger rávezetni őt.

– Utána küldenének egy mentőhajót, nem? – kérdezte az asszony derűs arccal. – Egy másik mérőhajót. Mint a betlehemi videó esetében.

– Mire azt felkészítik az útra, nekünk annyi! – ellenkezett legyintve Davidson, de az asszony kedves mosollyal letorkollta: – Hát nem éppen az időben közlekedünk, Peter? Teljesen mindegy, mikor indul az a másik hajó, a lényeg, hogy ideérjen, és visszafogja valahogy a zuhanásunkat. Továbbmegyek. Még az sem baj, ha e pillanatban, azaz a jelenben, amelyből indultunk, fogalma sincs senkinek, hogyan kell ezt csinálni. Egyszer majd kitalálják, és akkor lemerülnek értünk. És tudja, mi a legszebb az egészben?

– Micsoda? – kérdezte tétován a matróz.

– Miután visszavisznek bennünket, senki sem fog beszélni arról, hogy a mérőhajónk bajba került. Ezért nem hallott róla soha, hogy egy mérőhajóval katasztrófa történt volna. A mérőhajókat mindig megmentik, hiszen az emberiség kezében az idő!

– Jamie, maga tényleg hisz ebben?

– Szilárd meggyőződésem.

– Vagyis semmit sem kell tennünk, úgyis megmentenek minket?

– Pontosan. Azazhogy...

Jamie előbb az évszámlálóra, majd a hőmérők adataira, végül az órára pillantott. A zuhanás mit sem lassult. Jól becsülte, nagyjából öt percük maradt.

A Mindenségre már aligha számíthattak.

Ha jól okoskodott, mindjárt itt a segítség. Ha nem, minek keserítse el ezt a szegény fiút? Vidáman felnevetett.

– Egyvalamit azért tehetünk, amíg megérkezik az a másik mérőhajó.

Davidson követte tekintetével Jamie pillantását, és nyomban megértette. Miért is ne?

Odalépett a tűzoltószekrényhez, poharakat kerített, teletöltötte pezsgővel, ügyelve, hogy a hab ki ne folyjon, majd koccintásra emelte poharát.

– Köszöntőt is kell mondania! – biztatta Jamie. – Maga mire iszik?

– Arra, hogy az a patkány Willis dögöljön meg mielőbb!

– Inkább a mentő mérőhajóra, Peter!

– Nem bánom, ha így akarja!

– Akkor hát egészségére, Peter!

– A magáéra, Jamie!

Ittak, majd bizakodó cseverészésbe fogtak, míg a mérőhajó immár feltartóztathatatlanul, rohanvást merült mind mélyebbre és mélyebbre a múlt ismeretlen vizében.

II. rész

A mérőhajó startjának napján Willis parancsnoknak váratlan látogatója akadt.

– Dr. Frank Madison – továbbította hangosan a kapuszolgálat üzenetét Bradock másodtiszt, Willis fiatal helyettese –, nem is akárhonnét. Ezt nézze meg, uram!

Elismerő füttyentést hallatott, amire Willis is pillantásra méltatta a képernyőt.

– Az Időkutatási Minisztériumból? – dünnyögte. – Azt hittem, onnan már mindenki rég megérkezett.

Végigfuttatta ujját a listán, de nem találta a nevet. Pedig nem volt ismeretlen előtte, e percben azonban sehogy sem jutott eszébe, hol hallotta. Biztosan nem tartozott azok közé, akik számítanak, azokat Willis jól ismerte, és gondosan ápolta velük kapcsolatát.

– Hadd várakozzon a fickó! – szólt le mogorván a kapusnak. – Vizsgálják át, amíg leérek, de jó alaposan ám! Nem fogok sietni – vigyorodott el, azzal sapkáját fejébe húzva ráérősen elsétált.

Mire lebaktatott a többemeletnyi lépcsőn, s a bejárathoz ért, a biztonságiak végeztek az idősödő férfi átkutatásával. Tipikus tudósféle, méregette Willis enyhe megvetéssel a ruházatát, holmiját rendezgető, erősen kopaszodó férfit. Ámbár éppúgy lehet új főosztályvezető vagy akár államtitkár is. A hírek néha lassan járnak. Ez óvatosságra intette, visszafogta nyers modorát. Ismerősnek tűnt az arca is, de vajon honnét? Nehezen tudta volna meghatározni, hány éves, ám e pillanatban a kora érdekelte legkevésbé.

– Ma nem ereszthetünk be senkit – kezdte tőle telhetőleg a legudvariasabban –, aki nem szerepel a minisztérium előzetesen megküldött listáján.

A látogató nem követelőzött.

– Mindössze annyit kérek, hogy válthassak önnel pár szót, parancsnok úr – felelte nyugodtan. – Rövid leszek, nem tartom fel soká, és ha nincs ellenére, máris a lényegre térek. Kérem, hogy semmiképpen se engedje lemerülni a mérőhajót!

Willis meglepetten pillantott rá, majd szeme gyanakvó óvatossággal összeszűkült.

– Mi okom volna visszatartani?

Dr. Madison nyugodtan érvelt, jó előre átgondolta minden mondatát.

– Tudom jól, hogy a mérőhajónak érvényes startengedélye van a mai napra. Mégis arra kérem, ne engedje alámerülni! Higgyen nekem, nem alaptalanul beszélek! A parittya bizonyos mélységen túl instabillá válik. Cseppet sem túlzok, ha azt állítom, hogy a parittya nagyon-nagyon veszélyes. El fogjuk veszíteni a mérőhajót!

*

Amint dr. Madison felemlítette a parittyát, Willis parancsnoknak rögvest eszébe jutott, miért találta első pillanattól ismerősnek a látogatót. Elméje ezután már gyorsan megvilágosodott. Hiszen ő nem más, mint a parittya-elv felfedezője! A kezdet kezdetén, sok évvel ezelőtt mindenki csak úgy emlegette, hogy a Madison-féle parittyahatás. A tudományos körök egy emberként emeltek kalapot az eredményei előtt, Einsteinnel emlegették egy szinten, ünnepelt sztárja volt tudománynak és közéletnek egyaránt. Mire azonban elméleti munkái alapján megépültek az első mérőhajók – bukkantak fel újabb részletek Willis emlékezetében –, ez a Madison túl sokat kezdett okoskodni. Folytonosan ágált a merülések ellen, fenntartásait hangoztatta mind a múltbéli beavatkozások ismeretlen kihatásai, mind az elméleti tisztázatlanságok okán a mérőhajókra leselkedő veszélyek miatt. Addig-addig, míg szépen félre nem állították. Kísérleteihez nem kapott több támogatást, partra vetett halként vergődhetett, még a nevét is elhallgatták. Azontúl az általa felfedezett erőhatást egyszerűen csak parittyaként említették az Időkutatási Minisztérium hivatalos közleményeiben, személye nem kapott többé nyilvánosságot, így hamar elfelejtődött, neve is kikopott a használatból. Őt magát szemlátomást megviselték az események. A parancsnok emlékezetében pár esztendővel korábbról még jó tartású, középkorú férfi képe élt, míg ez itt, ha jobban szemügyre vette, járni alig képes öregember, akinek nehezére esik minden lépés, és hajfestése is rosszul palástolta, hogy erősen őszül. Már nem csodálkozott, hogy első pillantásra meg sem ismerte. Csak a hozzá hasonló, vén rókák emlékeztek még egyáltalán Madisonra, no meg a viselt dolgaira.

Willisnek úgy rémlett, eltávolítani végül nem merték a minisztérium apparátusából, az túl nagy botrányt kavart volna, ám úgy szervezték át a munkakörét, hogy ki se látszódjon az adminisztrációs teendőkből. S amint a bázisparancsnok fejében összeállt a kép, nyomban gyanakodni kezdett. Mit keres itt ez az ember? És valójában miért akarja megakadályozni a mérőhajó startját?

Elhatározta, hogy egyelőre előzékeny lesz. Az ilyen Madison-féléknél sosem lehet tudni. Tegnap fenn, ma lenn, holnap talán megint fenn... A műveleti területtől azonban mindenképpen távol kell tartani. Egyéb se hiányzik, mint hogy meglássák a kupolacsarnok környékén. Szólt a kapusnak, hogy beeresztheti az ő felelősségére, hangsúlyozta: az ő, Willis parancsnok felelősségére. Az ilyen gesztus mély nyomot hagy, Madison később is emlékezni fog rá, ha netán megint felvinné az isten a dolgát. A csarnokot messze elkerülve, a hátsó folyosókon át vezette irodájába a látogatót. Körülnézett, mielőtt beengedte, nem látja-e őket valaki, majd gondosan behúzta maga mögött az ajtót, s csak ezután fordult vendégéhez:

– Kifejtené bővebben, amit az imént állított?

– Szívesen, de – dr. Madison megtorpant, s kérdő pillantást vetett a parancsnokra – mennyire jártas az elméleti időfizikában?

A másik ingatag bólogatására a tudós a homlokát ráncolta.

– Majd közérthetően mondom, amennyire lehet. A dolog lényege, hogy a parittya néven közismert erő, amit eddig sikeresen használtunk a mérőhajók visszatérítésére a jelenbe, valójában nem egyetlen erő. Többféle téridő-szerkezeti feszültség szuperponálódik egymásra, s ahogy az időtengely mentén lefelé haladunk, ezek viszonya minduntalan változik. Eleinte ez a változás elhanyagolhatóan kicsi, ám később, a nagyon-nagy mélységekben katasztrofálisan megnő a jelentősége. Amint a képzetes idő négyzetét tartalmazó tagok meghaladják a valós komponensekből számított skalárértéket, összegfüggvényük átlép a negatív tartományba, s amint ez megtörténik...

Willis némán figyelt, arcán nem látszott sem izgalom, sem megrendültség. A tudós hiába próbálta leolvasni róla szavai hatását.

– Bocsánat, csak nem tudtam kihagyni a matematikát. Oly szorosan fonódik össze a fizikai jelentéstartalom a matematikai formalizmussal, hogy...

– Folytassa csak! – szólt egykedvűen a bázisparancsnok.

– Ez annyit jelent, hogy az általunk parittyának nevezett visszahúzó erő az idő egy meghatározott pontján zérussá válik, majd az ettől mélyebben fekvő idősíkokban rohamosan növekvő erejű szívóhatásként jelentkezik. Mindennek az oka végső soron a megnövekvő anyagsűrűség gravitációs hatása. Mintha örvénybe vagy fekete lyukba zuhanna a mérőhajó, amelyik túlmerészkedik ezen a határon. Az elméleti modell szerint e ponttól lefelé már sehol sem válik ismét pozitívvá a visszatérítő erő, vagyis ha egy hajó e kritikus érték alá süllyed, sohasem lesz képes visszaemelkedni, legalábbis, amíg időmotorjai csak a múlt irányába képesek hajtani.

Hümmögés, tarkóvakarás Willis részéről, majd azt kérdezte:

– Meg tudja mondani azt is, dr. Madison, hogy hol húzódik a határ, ameddig még biztonságos a merülés?

– Számításaim szerint a kritikus pont hozzávetőlegesen ötszázmillió évvel az ősrobbanás után helyezkedik el. Ha úgy jobban tetszik, nagyjából mínusz tizenhárommilliárd esztendő. Érti már, miért kérem, hogy ne engedje lemerülni a kísérleti mérőhajót Jamie Bergerrel a fedélzetén? Azt a hajót úgy építették meg, hogy képes legyen túljutni a biztonságos határon a korai világmindenségben uralkodó viszonyok közepette. Én jól ismerem Jamie-t, nem az a fajta, aki megállást vezényelne, amíg a körülmények rá nem kényszerítik. Csakhogy akkor már késő!

A parancsnok mérlegelte magában a hallottakat.

– Miért nem szólt erről hamarább? – kérdezte átható tekintetét dr. Madisonra szegezve.

A tudóst zavarba ejtette az egyszerű kérdés.

– A számítások csak nemrégen fejeződtek be... nagyon bonyolult számításokról van szó... a legmodernebb számítógépeknek is sok-sok időbe telt... ellenőrizni sem volt még módom... de amíg meg nem bizonyosodunk mindenről, nem szabad kockázatnak kitenni a mérőhajót!

Willis mélyen beszívta a levegőt.

– Nézze, dr. Madison! Én tudom, hogy maga kicsoda, respektálom a tudományos hírnevét és tekintélyét. Ugyanakkor felelősséggel tartozom a kikötőcsarnokban folyó tevékenységért is. Önnek tudnia kell, mennyi előkészítő munka előzte meg a mérőhajó mai útját. Értse meg, egyszerűen nem áll módomban a jelenlegi szakaszban gátat vetni az eseményeknek. Arra kérem, térjen vissza a számításaihoz, hátha valamit elhibázott bennük, és...

A látogató először látszott elveszíteni a türelmét.

– Másról is szó van! – vágott közbe visszafojtott indulattal. – Jamie Berger a legközelebbi, nélkülözhetetlen munkatársam a mai napig. Pótolhatatlan veszteség lenne a további kutatásaim szempontjából, ha valami baja történnék.

Willis enyhén elfintorodott. Ez a mozaik-darabka tökéletesen beleillett az apránként összeálló képbe. Lehet, hogy az út veszélyességére vonatkozó információ nem is annyira friss? A kellemetlen tudóshoz hű segítő eltávolítása beleférne a programba?

– Tökéletesen megértem magát – felelte simulékonyan –, de ez a kérdés a minisztérium hatáskörébe tartozik. Én nem ígérhetek olyasmit, amit nem vagyok képes betartani.

– Várjon! – kiáltotta a tudós. – Van egy igazán nyomós érvem, hogy hallgasson a szavamra.

– Valóban? – jegyezte meg Willis flegmán, már alig színlelt érdeklődéssel.

– A start elhalasztása esélyt nyújt önnek, parancsnok úr, hogy túlélje a mai éjszakát!

*

Willis arca megnyúlt, egyszeriben lehullt róla a hanyagul magára erőltetett udvariasság.

– Fenyegetni merészel? Figyelmeztetem, dr. Madison, megüthetek más hangot is!

– Dehogyis! – tiltakozott élénken hadonászva a tudós. – Teljesen félreért. Hallgasson ide! Elárulok magának valamit, ha másként nem megy. Ne higgye, hogy csupán hirtelenjében összecsapott számításokra alapozom a mondandómat!

– Majd én eldöntöm, mit hiszek – vetette közbe nyersen Willis.

– Cáfolhatatlan tény támasztja alá az érvelésemet – folytatta Madison. – Nevezetesen az, hogy a mérőhajó, fedélzetén Jamie Berger kutatónővel és egy időmatrózzal, sohasem tér vissza a jelenbe.

Willis ajka megvetően lebiggyedt.

– Ezt meg honnan veszi? Semmi értelme annak, amit mond. Csak próbálkozik kétségbeesetten.

A tudós izgalomba jött:

– Semmi értelme, ha a jelenből szemléli az eseményeket, a *maga* jelenéből. Csakhogy én a jövőből utaztam vissza a maga idősíkjába azzal a céllal, hogy leállítsam a mérőhajó startját. Mint mondtam, a mérőhajó sohasem tér vissza, ha egyszer útnak indul. Hajó és személyzete odavész. Húsz év múlva a mi számunkra ez már tudománytörténeti tény.

Willis nem lepődött meg túlságosan. Annyira semmiképpen sem, hogy ne tudta volna hűvös fejjel értékelni dr. Madison szavait. Még sosem hallott róla, hogy valaki a jövőből érkezett emberrel találkozott volna, de hát a mérőhajók utasai sem verték nagydobra, honnan jöttek, ha kiszálltak valahol az elmúlt idők mélyén, egy távoli korban. Nyilván a jövőben is képesek lesznek merülést végrehajtani, s noha világegyezmény védte a mérőhajózás kezdeténél magasabban fekvő időket a behatolástól, melyik nemzetközi megállapodást nem szegik meg olykor? Továbbá Willis parancsnok jó emberismerő volt. Az évek során matrózai és a kikötőbázis más beosztottjai rengetegszer próbálták a legkülönfélébb trükkös módszerekkel átverni, ösztöne ezernyi tapasztalaton edződött. S ez az ösztön most azt súgta, hogy a tudós igazat beszél. De ha mondandójában kételkedett volna is, nem hagyhatta figyelmen kívül, amit Madison – szándéka ellenére – mind kevésbé tudott leplezni: a korát. A kimerültség jelei mind árulkodóbban ütköztek ki rajta. Fárasztotta a beszéd, zihálva szedte a levegőt. Sminkje, mely arcának eleinte fiatalos küllemet kölcsönzött, a verítékkel leolvadva hatását veszítette, és sötétre festett, ámde gyérülő haja is mind ziláltabban tapadt fejbőréhez. Nem az a Madison volt ő, akire Willis emlékezett, hanem annak évtizedekkel idősebb változata. Kénytelen volt komolyan fontolóra venni a tőle hallottakat.

– Tegyük fel, hiszek magának – mormogta kelletlenül.

– Bölcsen teszi – válaszolta a tudós fellélegezve, nagy megnyugvással.

– Mire célzott az imént? Mi történik ma éjjel?

– A kikötőcsarnok elpusztul. Egy robbanás eltörli a föld színéről az egész létesítményt.

– Szabotázs? – találgatta Willis személytelen érdeklődéssel, egyelőre inkább kíváncsian, mint nyugtalanul.

– Nem tudom – rázta fejét az idős tudós –, senki sem tudja. Máig sem hozták nyilvánosságra az okát. Úgy értem, az én húsz év múlva létező jelenemig sem publikáltak elfogadható magyarázatot. Az általam ismert múltban a mérőhajó elstartolt, és rá néhány órával a csarnok felrobbant. Ez az acélból és betonból épült, üresen álló építmény úgy repül a levegőbe, mintha nukleáris rakétatámadás érné. Az egész személyzet, közel százötven fő a katasztrófa áldozatává válik.

– Arról beszéljen, hogy én miképpen élhetem túl!

– Sajnálom – mondta Madison csöndesen –, de nem segíthetek. Mindössze pár órája maradt hátra. Az egyetlen esélye, hogy megússza, ha valami lényeges változás történne.

– Például ha elmenekülnék? – latolgatta Willis.

– Próbálkozzon vele! – tárta szét a kezét Madison. – A következmények beláthatatlanok. Az idő új egyensúlyi helyzetre törekszik majd, a változások bárkit elérhetnek, és ki tudja, hol végződnek! De a mérőhajó startját előbb mindenképp állítsa le!

Csakhogy, töprengett Willis magában, ha indokolatlanul elhagyom a szolgálati helyemet, éppen amikor a mérőhajó útja miatt az Időkutatási Minisztérium figyelme fokozottan reánk terelődik, holtbiztosan megütöm a bokámat. Ezt nem lehet megúszni. És mire hivatkozhatnék? Egy jövőből érkező, bizonyíthatatlan intelemre? Ha viszont figyelmeztetést adok le a csarnokot fenyegető veszély miatt, szőtte tovább gondolatait, bolondnak néznek, és semmit sem fognak tenni. Ha pedig mégis bekövetkezik a tragédia, és netán túlélem, csak magamat keverem bajba, mert azt fogják hinni, hogy közöm volt a robbanáshoz. Igaz, hogy Madison a jövőből érkezett, de vajon igazat állít-e? Messziről jött ember azt mond, amit akar, márpedig a jövőnél ellenőrizhetetlenebb messzeséget keresve sem találni. Mi van, ha Madison szándéka egyszerűen annyi, hogy a jövőből megakadályozza a mérőhajó startját, és ennek érdekében manipulálni próbál egy kitalált katasztrófával? De miért hangzik minden szava olyan őszintén? Talán komolyan elhiszi maga is, amit mond, mert elhitették vele azok, akik felkészítették a feladatra?

Igen, ez nagyon is reális lehetőségnek tűnt a szemében. Willis, akinek életét kitöltötte a megszerzett posztjához foggal-körömmel való ragaszkodás, és mindenkiben ellenséget sejtett, könnyedén szőtt képzeletében egész összeesküvést, mely az ő karrierjére tör. Csakhogy nem hagyhatta figyelmen kívül a másik nyugtalanító lehetőséget sem, ahhoz kockázatosan nagy volt a tét: a saját élete.

Madison egyhelyben ácsorogva várta, hogy a bázisparancsnok megeméssze az információt. Nem sürgette, át tudta érezni, milyen nehéz és fontos döntés előtt áll.

Willis, miután befejezte a rágódást, így szólt:

– Maga szerint mi változna meg konkrétan, ha ma nem startolna el a mérőhajó?

– Hogy őszinte legyek – felelte a látogató –, nem tudom. Annyi bizonyos, hogy Jamie Berger és a maga matróza egyelőre életben maradnának. Sok minden történne másképpen, egy csomó apróság. Lehetetlen megjósolni vagy kiszámítani valamennyit. De talán lesz majd köztük olyan változás, ami eltéríti a robbanás bekövetkezéséhez vezető eseménysort. Valaki talán időben ránéz egy műszerre, és észrevesz egy rendellenesen magas értéket, vagy másvalaki nem tesz oda egy gyúlékony tárgyat vagy anyagot, ahová eredetileg tette volna. Végtelen a variációk száma. Már az én megjelenésem is jelentős beavatkozás! Nem is lenne szabad itt lennem, de fütyülök rá, hogy ellenkezik a Merülési Szabályzattal. A figyelmeztetésem talán elég, hogy megtalálják és semlegesítsék a robbanás okát, talán nem. Vegye úgy, hogy Jamie Berger életéért cserébe kap egy esélyt, hogy mentse a saját bőrét és a beosztottjai életét.

Willis hátradőlt, ujjaival kényelmesen játszadozni kezdett, mint aki bővében van az időnek, és semmi sem sürgeti.

– Mondja csak, dr. Madison, van magának fogalma arról, miféle érdekek fűződnek a mérőhajózás fejlesztéséhez? Hogy velük szemben mennyit nyom a latban egy kis tudományos aggály vagy akár néhány emberélet? Megmondom: édeskeveset. Komolyan azt hiszi, hogy feltartóztathatja ezt a folyamatot? A figyelmeztetéséért cserébe hadd adjak én is egy tanácsot: ne próbáljon az útjába állni, mert elsöpri, mint hangyát a szökőár!

– Nincsenek illúzióim – felelte komor arccal Madison. – Jól tudom, mire megy ki a játék. Az arany a fontos, a mérhetetlenül sok, könnyedén megszerezhető arany, de mégsem tehetek másként. Nem engedhetem a pusztulásba rohanni Jamie-t, ahhoz túl sokat jelent nekem.

Kopogtak az ajtón, s belépett a fiatal Bradock.

– Parancsnok úr, hiányolják odalent a csarnokban.

Miközben szavait Willishez intézte, kíváncsian méregette annak vendégét.

– Rögtön megyek – vetette oda Willis.

Madison a belépő felé fordult, s érdeklődéssel viszonozta annak tekintetét.

– Maga ugyebár Julian Bradock, a kikötőcsarnok másodtisztje?

– Szolgálatára, uram. Ismer engem?

Az öregember megértően bólogatott, majd ajka szomorkás mosolyra húzódott.

– Emlékszik, Julian, mennyit tétovázott két hónappal ezelőtt, hogy megemelje-e annak az ügynöknek a rábeszélésére az életbiztosítási kötvénye összegét?

– Honnan tud maga erről? – kérdezte meglepetten a másodtiszt.

– Nos, fiam – mondta kesernyésen Madison –, hamarosan kiderül, jól döntött-e.

Bradock kérdezősködni szeretett volna, ám Willis közbeszólása megakadályozta.

– Másodtiszt! Észlelt a közelünkben idegen mérőhajót?

– Nem, uram. Az elmúlt huszonnégy órában nem.

– Mekkora körzetre terjed ki a megfigyelés?

– Jelentem, az alapkészültség szerinti, hozzávetőleg száz mérföld sugarú körben észleljük az időmotorok tachion-sugárzását.

– Köszönöm, elmehet.

– Ne feledje, uram, hogy várják odalent a minisztériumi...

– Azt mondtam, lelépni! Azazhogy még valami, Bradock! Nem látott itt senkit! Megértette?

– Igenis, uram! – kapta magát vigyázzállásba a fiatal másodtiszt.

– Hisz nekem végre? – kérdezte Madison a bázisparancsnokot, mikor ismét négyszemközt maradtak.

– Elárulná, honnan ismeri a helyettesem viselt dolgait? – kérdezett vissza Willis fürkészőn.

– A kikötőcsarnok pusztulása hosszan foglalkoztatja majd a sajtót. Megjelenik az áldozatok fényképe, részletesen ismertetik életrajzukat, és minden előbányászott különleges apróság magára vonja a figyelmet, mint például Bradock életbiztosítása. Gondolhatja, hogy figyelmesen áttanulmányoztam az összes hozzáférhető részletet. Hosszas nyomozás folyik majd az ügyben, amíg kizárják annak lehetőségét, hogy Juliannek köze lehetett a katasztrófához, hogy esetleg így akarta pénzhez juttatni a családját.

– Rólam is hordanak majd össze efféléket?

Madison homlokát ráncolva koncentrált.

– A maga neve, amennyire emlékszem, nem merül fel ilyen vonatkozásban. Minthogy gyermeke nincs, minden vagyonát a válófélben lévő felesége örökli majd, mivel még nem mondták ki a válást.

– Ó, a ribanc! – füstölgött Willis.

– Sajnálom, ha újabb rossz hírrel szolgáltam.

Willis egy ideg fel-alá járkálva rágódott a hallottakon, végül két öklével az asztalra támaszkodva közel hajolt a tudós arcához.

– Idefigyeljen, Madison! Ne szórakozzon velem tovább! Bradock az imént jelentette, maga is hallhatta, hogy száz mérföldes körzetben nem tartózkodik mérőhajó. Tévedésről szó se lehet, a tachion-kisugárzás összetéveszthetetlenül jellegzetes. Honnan a pokolból került maga elő? A jövőből bizonyosan nem!

A látogató fáradt mosollyal tekintett rá.

– Még mindig kételkedik, parancsnok úr? Megértem, végül is ez természetes reakció. De vegye figyelembe, hogy a következő húsz esztendő alatt az alkalmazott időfizikában is fejlődik majd egy s más. Mi már nem hagyjuk szanaszét a járó motorú mérőhajóinkat, ha megérkezünk valahová, kitéve az adott korban leselkedő veszélyeknek, hanem elrejtjük azokat egy olyan technikával, amit csak évek múlva fedeznek majd fel, az időpillanatok közötti úgynevezett extraidőbe. Ott van a jármű, de a közönséges időből nem mutatható ki, nem is érhető el. A legteljesebb biztonságban várakozik a vezetőjére. Csak az, aki hasonló technikával meg tudja felezni az elemi időtávot, mozdíthatja vissza az extraidőből egy nagyon finom, fél pillanat nagyságú eltolással a közönséges, bárki számára észlelhető időbe. Hajóm itt parkol a csarnok közelében. Ha szán rá néhány percet, szívesen megmutatom. A látványa beszédesebb lesz minden érvelésnél.

Willis tudományos képzettsége, vagy inkább annak hiányosságai nem tették lehetővé, hogy eldöntse, igaz lehet-e, amit hallott, de pillanatnyilag nem is ez volt számára a legfontosabb. Érthetően még mindig a saját sorsa felől töprengett.

– Tehát azt állítja, el fogok pusztulni ma éjszaka?

– Őszintén sajnálom, higgye el!

– Árulja el, mit tehetek, hogy megelőzzem a robbanást! Hogy bizonyosan megelőzzem!

Madison tehetetlenül tárta szét a kezét.

*

A leszálló őszi alkony hűvös levegője megcsapta Willis arcát, amint megindult dr. Madison nyomában a kikötőcsarnok parkolójának távoli, elhagyatott szeglete felé. A tudós – kezében távkapcsolót tartva, melyen rezgő, világító nyílhegy mutatta az elrejtett hajó irányát – magabiztosan haladt egy pontig, ahol minden éppoly üresnek és kihaltnak látszott, mint másutt. Ott megtorpant.

– Sajnálom, parancsnok úr, hogy nem szolgálhattam jobb hírekkel a jövőjét illetően – mondta dr. Madison búcsúzóul –, de hazudnék, ha mást állítanék, mint hogy az ön hátralevő élete e pillanatban igencsak rövidre szabott. Ám ha nem engedi útjára a mérőhajót, alternatívák nyílnak meg. Ha a hajó nem indul el, oly mértékben változhat az események láncolata, hogy talán...

Megkönnyebbülten fecsegett, hogy célját elérhető közelségben látta, önmagát ismételgette, ám a másik férfi szótlansága hamar kedvét szegte. Elnémulva emelte fel a távkapcsolót, és az előttük elterülő, üres térre irányította. Willis váratlan fuvallatot érzett az arcán. A következő pillanatban ott lebegett a semmiből kibontakozva dr. Madison hajója, mint egy álom. A bázisparancsnok már sokszor volt tanúja, miként bukkannak elő a mérőhajók a semmiből – egyik pillanatban csak az üres báziscsarnok, a következőben pedig teljes tömegével, valóságosan ott az egész hajó, olyan hirtelen, ahogyan térbeli mozgással sosem kerülhetett volna oda –, mégis elakadt a lélegzete. Madison hajója szemkápráztatóan gyönyörű volt. Az esetlen, leginkább fazékhoz hasonlító, dísztelen mérőhajókhoz képest kiáltó volt a különbség. Dr. Madison légiesen kecses járművének sima, enyhén domborodó felületén izgalmas színárnyalatok váltakoztak egymásba mosódva egyik szélétől a másikig, s szépségének fokozására – vagy mert funkcióval bírt, Willis nem tudta eldönteni –, halvány foltok keletkeztek és növekedtek rajta váltakozó sebességgel, majd pukkantak szét, mint a szappanbuborékok. Ha maradt még benne kétely, hogy dr. Madison igazat beszélt-e, most utolsó maradékának is szerte kellett foszlania.

– Íme, a *Reménysugár*! – mosolyodott el a jövőből érkezett férfi, mint gyerekére büszke apa. – Az én reménysugaram, hogy megmentsem Jamie Bergert és a mérőhajót, az öné pedig, hogy életben maradjon. Remélem, sikerült végre megfelelő döntésre jutnia, parancsnok úr!

Hozz bizonytalan helyzetbe valakit, elmélkedett eközben Willis, s meg fogja ragadni a feléje nyújtott első szalmaszálat, bárki is nyújtja, bármilyen szándékkal. Ennyire primitív Madison stratégiája, gondolta megvetően, kifelé azonban komoly arcot vágva kezet nyújtott, s mélyen az idős férfi szemébe nézett.

– Bocsássa meg, ha eleinte kételkedtem a szavában! Köszönettel tartozom önnek mindazért, amit tett. Ígérem, hogy a mérőhajó ma nem fog elstartolni a kupolacsarnokból. Megtalálom a módját, bízzon bennem!

Dr. Frank Madison megrendülten hallgatta e szavakat, az ígéret várva várt szavait. Szemébe könny szökött. Megragadta, s hosszasan rázogatta a parancsnok kezét.

A *Reménysugár* úgy tűnt el, ahogy az imént megjelent. Egy perccel azután, hogy az idős férfi elégedett, hálás mosollyal arcán átlépte a feltáruló ajtórést, a csodálatos hajó beleolvadt az alkonyati szürkeségbe, egy szempillantás alatt felszívódott, nyoma sem maradt. A parittya elröpítette a húsz évvel későbbi jövő felé.

A parancsnok egymagában maradt ácsorogva a betonon.

Megsemmisül a bázis!

Némán baktatott visszafelé. A bejárat előtt megállt, szeme végigfutott a kapu feletti, ezerszer látott ógörög idézeten: „Meglásd, nincs különösb az időnél semmi e földön!" – Borzongva érezte át e pillanatban a szöveg mélyén rejlő igazságot. Körülnézett. A bázis szilárdan állt, sziluettje élesen rajzolódott ki a pirosba boruló alkonyi ég háttere előtt, mint a kupolás keleti templomok. Kézzelfoghatóan valóságos volt, miként az egyre hűvösebb szellő is, amely csak fokozta borzongását. És ezzel a valósággal állt szemben Madison szava. Látogatójának alakja és kétes jóslatainak emléke most, hogy személyében nem volt már jelen, máris kevesebbet nyomott a latban.

Willis parancsnok kezdett megnyugodni.

Egy végzetes baleset ma éjjel? Cseppet sem valószínű. Ha pedig nem így történik, akkor számára egyetlen fontos dolog marad: Madison ne akadályozhassa meg a mérőhajó indulását, akkor sem, ha újra betoppanna a jövőből.

A kapuban Bradock várt rá, arca csupa kérdés.

– Különös fickó volt, nemde? – puhatolózott.

– Hallgasson rám! – szólt a parancsnok helyetteséhez. – Felejtse el, hogy ezt az alakot valaha is látta! Azt pedig különösképp, hogy járt az irodámban!

A másodtiszt megütközve tekintett rá. Willis érezte, hogy bővebb magyarázattal tartozik.

– Ostobaságot akart – mormolta legyintve, mintha valóban csak lényegtelen apróságról folyt volna köztük a szó. – Arra próbált rábírni, hogy tagadjam meg a mérőhajó indítását. Egészen eddig erről győzködött.

Julian Bradock szeme tágra nyílt.

– Ez egy őrült! – nevetett fel megvetően.

– Ugye, hogy az?

A csarnokba értek, ahol terített asztalok körül, állófogadás keretében öltönyös, jókedvű minisztériumi vendégek keveredtek a bázis szolgálatkészen buzgólkodó felszolgáló személyzetével. Willis elfintorodva fordított hátat nekik, és a parancsnoki hídra tartott akkora léptekkel, hogy Julian alig bírt lépést tartani vele.

– Parancsnok úr! – lihegte a nyomában. – És... megmondta neki?

– Én ugyan nem – felelte Willis közömbösen.

– Akkor hát... még most sem tudja?

A parancsnoki hídra értek, innen áttekinthették az egész csarnokot.

– Hagyta úgy elmenni, hogy nem is tudja? – kérdezte ismét ámulva a másodtiszt. – Dr. Madison nem tudja, hogy a mérőhajó...

Willis színtelen szeme, merev nézése elakasztotta a szavát.

– ...hogy a mérőhajó...

Bradock sehogy sem tudta megemészteni, egyre a fejét ingatta.

– Nem mondta meg neki, hogy a mérőhajó... már két órája elstartolt?

– Én ugyan nem – felelte Willis változatlanul közönyösen, pillantását körbehordta a csarnok üres légterén, majd tiszttársára tekintve csúnyán elvigyorodott.

*

A kikötőépület monumentális csarnokának belsejében nyugalom honolt mindenfelé, amerre a parancsnoki híd törhetetlen üvegablakán át el lehetett látni. A gigantikus méretű mérőhajó sikeres elstartolását követően a terhétől megszabadult tartólánc csapkodása hamar alábbhagyott, üresen maradt vége immár órák óta moccanatlanul csüngött alá a magasból. A megnyitott légszelepeken sivítva beáramló levegő gyorsan kiegyenlítette a légköri nyomás és a kupola belsejében uralkodó vákuum közti különbséget, s a csarnok máris készen állt a visszatérő mérőhajó fogadására. Csak odalent nyüzsgött a hivatalosok tömege, pohárral és tányérkával a kezükben lassan áramlottak, mint a viszkózus folyadék.

A start délután négykor történt, a visszaérkezést hét óra körül várták. A mérőhajók érkezése félelmet keltő, egyszersmind élvezetes látvány volt, a bázison szolgáló tisztek, mérnökök, technikusok és időmatrózok, ha tehették, nem is maradtak le róla. Egyetlen pillanat műve, s az üres csarnok közepén, mint egy csoda, egyszeriben ott lebeg a semmiből előtűnve, kitöltve a teret az idő mélységeiből visszaérkező mérőhajó. De csak egy pillanatig, aztán zuhanni kezd, folytatja szabadesését, ahogy a startnál abbahagyta. Ez az érkezés legkritikusabb pillanata. Ekkor lép működésbe a hajó térkiegyenlítő rendszere, amely egyre erőteljesebben lassítja az esést, míg végül az ormótlan, hengeres fémtest centiméterekkel a kőpadló felett lebegve, puhán landol. A művelet a kúpfeneket négy irányból alátámasztó teleszkópos lábak kieresztésével és a hajótest csarnokállványzathoz rögzítésével végződik.

E páratlan hajógigász visszatérése kiemelkedő eseménynek ígérkezett.

Reggel, dél, este. A napszakoknak nem volt jelentőségük ennek az ablaktalan, csupán reflektorok és lámpatestek mesterséges fényével megvilágított építménynek a félhomályos belsejében. Az idő eme betonkupolás csarnoka a start utáni órákban üresen tátongott, akár egy bazilika. Willis megpróbálta elképzelni az idő hatalmas parittyáját, amint megfeszül, egyre jobban ellenáll a múltba lefelé nyomuló mérőhajó erejének, majd amikor az időmatróz végül leállítja a motorokat, a fékét vesztett parittyaerő feltartóztathatatlanul röpíti vissza a hajót saját jelenébe. Csak ekkor áll helyre a világban az anyagmegmaradás törvényének rendje, amit az idősíkokon át eltávozó tömeg ideiglenesen felborított. Aztán rá kellett ébrednie, nem először, hogy pusztán mások által megfogalmazott, régről agyába rögzült mondatokat ismételget. Elképzelni, ami valójában történt, elegendő fantázia híján tökéletesen képtelen volt.

Miután egy mérőhajó eltűnt a csarnok zárt kupolájából, bármily hosszú időt töltött is úton a saját ideje szerint, legfeljebb néhány másodpercbe tellett, míg újra felbukkant a csarnok jelenében. A késési időtartam kizárólag a merülés mélységétől függött. A késés jelenségére még nem született kielégítő elméleti magyarázat, létezése azonban tapasztalati tény volt, mióta mérőhajók járták az idő mélyét. Mértékét is sikerült érzékeny műszerekkel pontosan kimérni a pár ezer éves mélységű merülések során. Az alámerülések történetében nem akadt rá példa, hogy egy hajó legkésőbb percekkel a start után vissza ne érkezzen a jelenbe, amiként repülőgép sem maradt végleg fenn az égen soha.

Most azonban nem csupán percnyi nagyságrendű várakozásról volt szó, mint azoknál a hétköznapi mélységű merüléseknél, amelyekből naponta többet is végrehajtottak, mielőtt a titkos projekt céljaira lezárták a kikötőcsarnokot. A minisztériumból Willis tudomására hozták, hogy a mérőhajó rendkívüli mélységekbe igyekszik – pontos adatot még vele sem közöltek, ám a rendkívüli jelzőt többször is nyomatékosan hangsúlyozták –, így a késési dilatáció, szólt a tájékoztatás, a három órát is elérheti.

Magában elismerően füttyentett, mikor meghallotta.

Ismét Madisonra gondolt, aki visszatért a jövőbe, a saját jelenébe. Hirtelen az jutott eszébe, mert gyanakvó természete sosem hagyta el, hogy hátha mégsem távozott, hátha csak elbújt a pillanatok közé, az extraidőbe, ahogy magyarázta, és csupán a kedvező alkalomra vár, hogy újra előjöjjön, mikor már senki sem számít rá. Meg kell erősíteni az őrséget, felhívni a figyelmüket, hogy éberen ügyeljenek. És el kell rendelni, hogy minden zugot gondosan vizsgáljanak át. Meg kell találni a robbanás okát, míg nem késő. Aztán arra gondolt, hogy jöhet ennél rosszabb is. Madison bármikor visszatérhet, hiszen a kérése nem teljesült, nem is teljesülhetett. Willis első perctől tudta, hogy nincs lehetősége megállítani, még kevésbé visszahozni a mérőhajót. Üzenetet nem küldhetett utána, mert az időn át nem létezett kommunikáció, és már oly régen elindult, hogy más hajókkal utolérni sem lehetett. A csarnokban – egy ócska mentőcsónakot nem számítva – egyébként sem tartózkodott másik mérőhajó.

A mérőhajó réges-rég úton van tehát, és ha tényleg nem tér vissza, Madison ismét beavatkozhat a jelenbe. És ez megismétlődhet újra meg újra, kedve szerint, ahányszor csak akarja, ő pedig tehetetlen ellene.

Épp elég időlogikai okfejtést hallott életében – a matrózok unaloműzésként mesélgettek egymásnak efféle rémisztő történeteket –, hogy lelki szemei előtt megjelenjen a kelepce, az események örökkön ismétlődő köre, mely újra és újra önmagába zárul a végtelenségig. Fogalma sem volt, hogyan másszon ki belőle. Majd másvalamin kezdett töprengeni. Madison nyilvánvalóan nem vaktában vágott az útnak, hanem alaposan felkészült rá. Még Bradock biztosításáról is tudott. De akkor mivel magyarázható, hogy lekéste a mérőhajó indulását? Igaz, a mérőhajók startját sohasem hozzák nyilvánosságra, Madison pedig a minisztériumi kollégákra, mint afféle megtűrt, belső ellenzéki nemigen számíthatott. Ellenben a leghitelesebb forrás előtte is mindenkor nyitva áll: a bázisnapló. Az Időkutatási Minisztérium informatikai központján keresztül könnyen hozzáférhetett.

Miért késett el Madison, egyre ez a kérdés foglalkoztatta.

Miért késett?

Miért?

A bázisnapló körül valami nincs rendben. Megérzés volt csupán, de úgy bízott benne, ahogy emberekben soha.

Parancsára az ügyeletes informatikus gyanútlanul megjelent. Fiatalember volt, jó szakember, de laza, aki nem vette túl szigorúan az előírásokat. Willis ismerte a fajtáját. Látszólag közömbösen kérdezgette a napló felől, de közben sasszemmel figyelte. Észrevette, amikor beosztottja kissé összerezzent, s máris tudta, hogy jó nyomon jár. Még két perc, és a fiú mindent beismert. A parancsnok eddig azt hitte, hogy a gépi napló módosítása nem hétköznapi ügy, hiszen az adatokat kódolva tárolják, és a hozzáférés sem egyszerű. Kiderült azonban, hogy a napló átírkálása rendszeres gyakorlatnak számít az informatikusok körében, ha valaki korábban távozott, vagy elcserélte a beosztását. Most saját szemével láthatta, hogy egyetlen utasításra mily könnyen nyílt meg az állomány, s az adatok máris kiszolgáltatva hevertek az informatikus előtt. Átíratta vele a mérőhajó startjának időpontját. A fickó könnyedén végezte el, nyilvánvalóan nem először csinált ilyet.

A mérőhajó startjának bejegyzése három órával későbbre került, hogy dr. Madison hamis adatokra bukkanjon, ha kutakodik a jövőből, ahányszor csak megteszi, ahányszor újra zárul az időlogikai kör, míg világ a világ.

A mérőhajó úton van, és vissza fog térni, gondolta a bázisparancsnok bizakodóan, ahogy a mérőhajók mindig is visszatértek, mióta az időutazás eme módja létezett. Madison pedig elmehet a pokolba az ármánykodásával! Ő ugyan meg nem retten tőle, akárhányszor kelljen is újra meg újra szembenéznie vele!

*

Még nem telt el a mérőhajó távollétéből hátralevő harmadik óra, amikor Willis parancsnoknak ismét hívása érkezett, s amint meghallotta a hívó fél hangját, nyomban harapós kedve támadt.

– Itt Madison beszél!

– Mi az ördögöt keres még itt? – ripakodott rá. – Nem emelkedett vissza a saját korába?

– Ne aggódjon, parancsnok úr, már hazaértem.

– Ne akarjon átverni, Madison! Más idősíkból lehetetlenség hívnia!

– Ugyan miért? Ahol egy hajó átjut oda-vissza, ott az információ is átküldhető, csak maguk még nem ismerik a módját. Kolumbusz is előbb ért Amerikába, mint az első távirat. Pár év múltán majd ezt is feltalálják.[2]

Willist az érdekelte, mit akar még tőle, miután beleegyezett a kívánságába.

---

[2] A különböző idősíkok (korok) közti kommunikáció nehézségeket, sőt látszólagos ellentmondásokat is felvet. Tegyük fel például, hogy a bázisról egy mérőhajó 100 év mélységbe merül alá, ahol egy teljes napot kíván eltölteni, mielőtt a parittya-effektusra hagyatkozva visszatérne. Késési dilatációja az egyszerűség kedvéért legyen $T_\Delta=1$ másodperc. A múltban töltött első óra után a mérőhajó kapitánya egy felmerülő probléma miatt (pl. egy adott múltbéli szituációban hogyan cselekedjenek) beszélgetést kezdeményez indulási jelene fölött 10 perccel a bázisparancsnokával (szusszanásnyi időt hagyva neki a start után). Mi történik a bázison? $T=0$ sec pillanatban a mérőhajó elstartol. $T_\Delta=1$ másodperc múlva, azaz $T=1$ sec pillanatban a mérőhajó már vissza is érkezik egynapos útjáról, a kapitány és legénysége elégedetten hagyja el a járművet, mivel sikeresen oldották meg a problémát. A bázisparancsnok még látja a büfébe távozó személyzet hátát, amikor $T=600$ sec pillanatban, azaz a start után 10 perccel befut hozzá a kapitány hívása, és kommunikációs eszközén felhangzik az első mondat: „Bázis, van egy kis problémánk!" Sőt, az úton levő kapitány akár egy nappal idősebb önmagától is segítséget kérhet, ha alteregója nem siet annyira leöblíteni a torkát. Az ilyen és hasonló szituációk, látszólagos ellentmondások valójában logikusan fakadnak az idősíkok egyidejű létezésének tételéből.

– Csupán szeretném megerősíteni a döntése helyességében, parancsnok úr. Felhívom a figyelmét arra az óriási veszélyre, amit a mérőhajó indulása jelentene. Korábban nem is mertem előhozakodni vele, nehogy őrültnek tartson. Remélem, mostanra sikerült végképp meggyőznöm, és hitelt ad a szavaimnak.

– Volna szíves a lényegre térni?

– Amennyiben helyesek a számításaim, és ez az óriási mérőhajó, amelynél nagyobbat sem azelőtt, sem azóta nem épített az emberiség, lesüllyed a kritikus időhatár alá, képtelen lesz többé visszafordulni, és meg sem áll egyenesen az ősrobbanásig.

– Ezt már ecsetelte – fejezte ki magát Willis szántszándékkal gunyorosan, hogy elvegye beszélgetőpartnere kedvét a fecsegéstől.

– Ez a hajó biztos pusztulását jelentené!

– Mi mást?

– Azonban eszébe jutott-e már, milyen következményekkel járna mindez a világegyetem egészére nézve?

Willis kicsúszni érezte lába alól a talajt. A mérőhajó elvesztésére megvolt az esély, ha Madison elmélete nem tévedett. Ez az ő baja. Miért nem szólt időben? Most már eső után köpönyeg. Davidson matróz miatt egy pillanatig se fájt a feje – legalább nem szemtelenkedik vele többé –, a kövér fizikusnő pedig még annyira se érdekelte. A mérőhajó pusztulásáért nem vonhatják felelősségre, ő csupán a startolást biztosította szakszerűen, a többi nem tartozik rá. Mit jön akkor most neki ez a Madison a világegyetemmel?

– Hallott már a finomhangolásról? – érdeklődött a tudós.

Lelki szemei előtt egy zongora képe jelent meg, amit dr. Madison egyik kezével kíméletlenül püföl, míg a másikkal a belsejében nyúlkálva egy nagy fémkulccsal matat, s közben grimaszoló arccal hallgatja a kicsiholt hangok fülsértő kavalkádját. De csak eszébe ötlött, hogy ismerős neki, találkozott ő már a tanulmányai során ezzel a finomhangolás dologgal. És tényleg a világmindenségről szól, annak is a kezdeti állapotáról, nem pedig holmi zongoráról.

– Az a lényege – folytatta dr. Madison, meg sem várva, mit válaszol a másik –, hogy a világ időbeli kezdőparaméterei nagyon sok tizedesjegyre pontosan éppen olyanok, hogy lehetővé tegyék az élet későbbi kialakulását. Vannak, akik ezt a teremtő Isten létezésének bizonyítékaként fogják fel.

– Hallottam róla – mormolta Willis. – Remélem, nem hitvitázni akar velem!

– Eszemben sincs! Csupán arra kívántam felhívni a figyelmét, hogy a gigantikus tömegű mérőhajó becsapódása a kezdeti világegyetembe hasonló esemény lenne egy elefánt látogatásához a porcelánboltban. Egynémely paraméter bizonyosan elállítódna, no, nem nagyon, épp csak egy icipicit, mondjuk, a huszadik tizedes jegy tájékán, ám ez is elegendő ahhoz, hogy...

Willis már nem figyelt a folytatásra, maga is le tudta vonni a következtetést. Tudatában egy halott, tökéletesen sivár világmindenség képe tűnt fel, amelyben nem születnek meg a kémiai elemek, mert a folyamat előbb elakad. Nem jöhet létre az amúgy is oly valószínűtlen élet, mert megszűnik az a nagyon parányi lehetőség, amelynek talaján korábban mégiscsak kicsírázhatott. Elmarad a törzsfejlődés, nem alakulnak ki a növény- és állatfajok, majd természetesen az emberiség sem, ebből következően pedig ő maga sem. S bármily kényelmetlen érzés volt, nem száműzhette gondolatai közül, hogy ez a rémkép talán csak karnyújtásnyira van a megvalósulástól.

Madison végre elköszönt, s Willis parancsnok magára maradt ismét feltámadó kételyeivel.

Közeledett a harmadik óra vége. Az összegyűlt tömeg visszavonult a kordonok mögötti biztonságos területre, ahonnan az érkezést figyelhette. A terített asztalokat, kerekes zsúrkocsikat kitolták, a csarnok közepe üresen várakozott, hogy a visszatérő, hatalmas hajótest hamarosan betöltse. Willis is elfoglalta helyét a parancsnoki hídon.

Az idő ezúttal a legkevésbé „különösb" arcát mutatta: szabályosan teltek a percek, mígnem elérkezett az este hét óra, és a várakozók izgalma a tetőfokára hágott. Eltelt a következő perc is, majd még egy. A számítások csak hozzávetőlegesek, gondolta Willis, inkább csak becslések. Eltelt negyedóra, és a mérőhajó nem érkezett meg. Ekkor már többen a parancsnoki híd felé nézegettek, de Willis nem tehetett többet, ezt igazán meg kellett érteniük. A legcsekélyebb ráhatása sem volt az eseményekre.

Elmúlt fél nyolc is. A mérőhajónak rég vissza kellett volna érkeznie, de se híre, se hamva nem volt. Ahogy teltek-múltak az újabb percek, negyedórák, Willis úgy lett egyre idegesebb. Talán tévesek az út idejére vonatkozó számítások? Nem hitte. Madison szavai mind valóságosabb fenyegetésként magasodtak fölébe. Fél kilenc után mellkasában szorítást érzett. Ekkor már bizonyos volt benne, hogy a mérőhajó eltűnéséért őt az elsők között fogják felelősségre vonni. Hiába keresgélt emlékezetében: ilyen esetre vonatkozóan, minthogy elméleti képtelenségnek számított, a Merülési Szabályzat nem tartalmazott, nem is tartalmazhatott semmiféle előírást.

Szorongva egyre azon töprengett, mit is tegyen. Lassan megvilágosodott előtte a csapda, amibe került. Ha saját szakállára szánja el magát cselekvésre, később minden felelősség – anyagi és erkölcsi egyaránt – a saját fejére hull vissza. Verítékezni kezdett homloka a gondolatra, hogy az időmotorok darabonként ötvenmilliót érnek. Ha viszont nem oldja meg önállóan a helyzetet, parancsnoki képességeit fogják megkérdőjelezni. Legsúlyosabban nyilván az esik a latba, ha tovább késlekedik, és elmulasztja a legelemibb szükségintézkedéseket.

Nem maradt több vesztegetni való ideje. A mérőhajó sehol, elnyelte a téridő hatalmas óceánja, ahogy Madison megmondta. Most csak átkozódva tudott erre a névre gondolni. Az órájára pillantott: mindjárt kilenc. Végre cselekvésre szánta el magát, és hívta a diszpécsert:

– Vészhelyzet! A mentőcsónakot készítsék elő sürgős merüléshez! Stock és Kramer matróz azonnal jelentkezzen a parancsnoki hídon eligazításra!

*

A mentőcsónak csupán kisebb merülésekre volt alkalmas, és Willis parancsnoknak soha eszébe nem jutott volna bevetni, ha lát más kiutat. Csakhogy a bázison egyetlen más mérőhajó sem tartózkodott, a többi bázisnak pedig nem szolgáltathatott úti-koordinátákat a projekt szigorúan titkos volta miatt. A csónak bevetése kockázatos cselekedetnek számított, Willist azonban kevéssé érdekelte a rizikó, ha nem a saját bőrét kellett a vásárra vinnie. Ő kizárólag az eredmény miatt aggódott.

A két időmatróz felsorakozott a parancsnoki hídon, arcukon nyugtalanság honolt. A mentőcsónakkal merülni hasonló élmény volt, mint tutajjal nekivágni az óceánnak, ráadásul sietve kellett előkészülniük a lemerülésre. A mentőfelszerelést épp csak összekapkodták, élelmiszert és ivóvizet néhány dobozzal a bázis raktárából adtak ki nagy sietve, találomra. A legkevésbé sem repestek az örömtől.

Mostanra mindenki tudta, hogy a mérőhajót baj érte, nem érkezett vissza a merülésből. Eleinte még akadtak, akik Davidson tréfájára gyanakodtak, biztosan kiagyalt valami trükköt a parancsnok bosszantására, ám ők is hamar belátták, hogy ez éppoly lehetetlenség, mint belülről visszatartani egy vízesésen lezúduló hordót.

Willis törte a fejét, mennyit áruljon el a két időmatróznak, végül úgy döntött, legegyszerűbb, ha semmit, csupán az utasításokra szorítkozik. Feladatuk, hogy a mérőhajó világvonalán haladva minél mélyebbre jussanak, tapogatózzanak a radarral, hátha rábukkannak a hajó maradványára a múlt valamelyik síkjában. Ha így történne, ékeljék ki akadályokkal, nehogy elsodródjon, aztán igyekezzenek vissza jelentést tenni. Végül megszabta a legalsó határt, ameddig a merülést engedélyezi: mínusz tízezer év.

– Mínusz tízezer? – hüledezett Stock matróz, kettőjük közül az idősebb. Kramer még újoncnak számított. – Azt akarja, hogy merüljünk le mínusz tízezerig ezzel a vacakkal?

– Nem ezt mondtam! – válaszolta idegesen Willis. Jól tudta, hogy minden szavát vizsgálóbiztosok fogják utólag patikamérlegre tenni, és jaj neki, ha hibát találnak benne. – Ez csupán az engedélyezett legalsó határ. Ez alá semmiképpen sem mehetnek, tekintettel a csónak állapotára!

Míg beszéltek, a 2-es (tartalék) állásban már vonták felfelé a mentőcsónakot. Kicsi volt, ütött-kopott, viharvert. Éles helyzetben még sosem kellett igénybe venni, de kiképzésre sűrűn használták. Willis most semmi pénzért nem lett volna két emberének a bőrében.

A matrózokat a gyorslift felvitte a galériára, onnan átmásztak a csónak szűk tetejére. Stock a tartóláncba kapaszkodva egyet még

„trapézolt" a mélység felett, oldalra kidöntötte testét, mint a légtornászok, míg Kramer, az újonc gyorsan bemászott a búvónyíláson. Stock követte, majd két matróz rájuk zárta a fedelet, azután sietve kiürítették a csarnokot. A légszivattyúk máris beindultak, a kupola levegője ritkulni kezdett.

– 2-es hajó, merülésre kész? – érdeklődött a diszpécser.

– Hogyne, pajtikám! Minden vágyam, hogy eszméletlenül odaverjem a seggem a betonhoz! – szájaskodott Stock matróz. Aztán befelé ez hallatszott: – Jaj, ne! Te hagymát zabáltál? – Majd ismét kifelé: – Ez a Kramer egy hagymaevő állat! Csak úgy bűzlik a pofája a fokhagymától!

A háttérben Kramer bocsánatkérően heherészett.

Amint elérték a tökéletes vákuumot, Willis intett, és a 2-es hajó elstartolt. Másfél másodperc zuhanás élet és halál mezsgyéjén, majd a semmivé foszló hajó látványa, ugrás az idő láthatatlan mélyébe, sikeresen, mint mindig.

Aztán megint az üresen csapkodó lánc, a megnyitott légszelepek. Sietni kellett, csupán néhány perc állt rendelkezésre, míg a 2-es hajó, vagyis a rozzant mentőcsónak visszaér a jelenbe. Kinyitották a kaput, a tömeg apránként visszaszivárgott, s várta a fejleményeket.

Willis parancsnok szemét hol az órára, hol a 2-es startállásra függesztve várakozott.

A másodpercmutató körbejárt.

Egyre fogyott az idő.

*

Amint magukhoz tértek a start okozta megrázkódtatásból, Stock feltápászkodott, és a műszeres pulthoz vánszorgott. Kinyitotta a szerelőajtót, benyúlt, és nyögve matatott odabent egy darabig, majd elégedetten húzta vissza a kezét.

– Kiiktattam a fedélzeti eseményeket rögzítő rendszert – vigyorgott. – Erről az útról, pajtikám, nem fogsz videóüzenetet küldeni a mamádnak.

– Bocsánat, de nem szabályellenes ez? – kérdezte a tapasztalt idősebbnek kijáró tisztelettel az újonc Kramer.

– Odanézzenek, a kis eminens! De bizony, nagyon is szabályellenes. Majd megtanulod, pajtikám, hogy ha el akarsz érni valamit, ahhoz elsősorban a szabályokat kell megkerülnöd. A szabályok nem érted vannak, hanem ellened.

Kramer megszeppenve hallgatott. Nem értett egyet, a hajózóiskolában egészen másként nevelték, de úgyis a társa akarata érvényesült, hiszen ő volt a hajó parancsnoka. Csak remélhette, hogy Stock tudja, mit csinál.

Az idősebb férfi kényelembe helyezte magát, szemügyre vette Kramert, mint aki mérlegeli, mondjon-e valamit, végül így szólt:

– Hihetetlenül szerencsés vagy, pajtikám! Ha szét nem verem a büdös pofádat a fokhagyma miatt, egy életre hálás leszel, amiért éppen mellém osztottak be, és éppen erre az útra.

Kramer nem osztotta meg vele ezzel kapcsolatos kételyeit. Figyelmét lekötötte a merülés, amely cseppet sem bizonyult simának. A mentőcsónakot eredetileg csupán arra tervezték, hogy baj esetén elváljon a mérőhajó testétől, és a parittyára hagyatkozva visszahozza utasait a jelenbe. Később szereltek rá egy kisebb teljesítményű időmotort, így alkalmassá vált önálló merülések végzésére is, azonban a barkácsolás eredményeként olyan feszültségek ébredtek a csónaktestben, amivel tervezői eredetileg nem számoltak. Recsegett-ropogott már az út kezdetén, s ahogy a parittya hatalmasra feszülő erejével szemben mind mélyebbre igyekeztek, az ijesztő hatás egyre fokozódott. Míg azonban Kramer matróz lelkében nőttön-nőtt a félelem, Stock ügyet sem vetett rá.

– Aztán tudod-e, miért leszel hálás nekem?

– Nem tudom, uram.

Az idős matróz hahotázott.

– Ne uramozzál engem, te kis tejfelesszájú! Én becsületes matróz vagyok, nem holmi kikent-kifent tisztecske a bázisparancsnokságról.

Morgott egy kicsit, majd hamarosan újra megszólalt.

– Tudod-e, hová tartunk?

– A mérőhajó nyomában haladunk – felelte megszeppenve az ifjú matróz.

– És azt tudod-e, hová indult ez a nevezetes, ámde nevenincs hajó?

– Senki se tudja. Szigorúan titkossá minősítették az úti célt, ezt mondták a fiúk a bázison.

– Hát én megmondom neked – dugta közelebb a képét Stock, majd fintorogva nyomban vissza is húzta –, csak ne zabáltál volna annyi hagymát!

Kramer engedelmesen figyelt.

– Jelen voltam, amikor betáplálták útvonalunk koordinátáit, amelyen a mérőhajó elindult, s amelyen most magunk is haladunk. Vetettem rájuk egy gyors pillantást. Mondhatom, nem mindennapi koordináták azok. Jó pár éve járom már az idő mélységeit, eljutottam igen különös helyekre és korokba az emberiség múltjában, de ilyen koordinátákat még nem láttam. Nagyon mélyre vezetnek az időben, és alighanem az óceán közepe felé, mert az ismert szárazföldi útvonalak egyikére sem hasonlítanak.

– Számít ez nekünk? – kockáztatta meg a kérdést félénken Kramer matróz. – Bárhová is megyünk, a parittya biztonsággal visszahoz minket az eredeti útvonalon. Még csak ki se kell szállnunk.

– Persze, hogy számít – acsarkodott Stock. – Nem gondolkodtál el azon, hogy miért nem ereszkedhetünk mínusz tízezer alá?

Kramer a fejét rázta.

– Hát tudd meg, hogy én használtam az agyamat, és egyszer csak, láss csodát – az idős matróz eszelősen átszellemült arcától az ifjabb önkéntelenül hátrahúzódott –, összeállt a fejemben a megoldás. Meg se kérdezed, mi az?

– Mi... mi az?

Stock kiköpött a padlóra, és cipőjével komótosan szétkente.

– Nagyon új vagy te még itt, fogalmad sincs a dolgokról. Te még biztosan azt hiszed a mérőhajókról, amit az iskolában tanítanak, hogy hozzásegítenek bennünket a történelem jobb megismeréséhez, az emberiség sorsának javításához, meg ehhez hasonló kenetes dumák. Hát, ennél még a szeretőm is többet tud, pedig őt aztán nem az eszéért tartom, elhiheted! – Nyerítve felnevetett. – Valahányszor visszatértem egy útról, mindjárt azt kérdezte a kis szajhája: no, ezúttal hány *mérő* aranyat hoztatok? Főleg persze az érdekelte, hogy neki mit tudtam lenyúlni a zsákmányból, és egy-egy ékesebb darab után nem is volt hálátlan, olyan éjszakát csaptunk, hogy még most is beleremegek, ha rágondolok. Ez az igazi titok, pajtikám, hogy a kormány a múlt kincseivel fedezi a mind tűrhetetlenebbé váló költségvetési kiadásokat. Velünk raboltatják ki a múltat, hogy ők pár évvel tovább lehessenek hatalmon. Ha tudnád, hányszor megfordultam Dél-Amerikában, az aztékok földjén vagy a spanyol királyok kincseskamráiban!

– No és a történelmi videók? – kérdezte a megszeppent Kramer. – A filmre vett csaták, a sorsdöntő tárgyalások, a híres merényletek bemutatása élőben?

– No, persze, persze! Valamit a tömegeknek is fel kell mutatni cserébe az iszonyatos költségekért, amibe a mérőhajózás kifejlesztése került.

Az ifjú Kramer matróz bénultan hallgatott. Még ragaszkodott az illúzióihoz, de Stock könyörtelenül folytatta:

– Úgy látszik, újabb lelőhelyre bukkantak, valami minden eddiginél hatalmasabbra. És én, pajtikám, én, Johann Stock, az egyszerű időmatróz, rájöttem, hová készülnek olyan nagy titokban.

És végre kibökte a nevet, ami már majd szétfeszítette belülről:

– Atlantisz! A legendás Atlantisz!

Kramer még a száját is nyitva felejtette. Stock nevetett.

– Útban vagyunk egyenesen Atlantisz felé, amikor még virágzott, amikor még nem nyelte el a tenger. Ez a csónak egyenesen odavisz bennünket, csak kicsit lejjebb kell merülnünk, mínusz tízezer alá!

*

Kramer matrózra minden romlatlansága ellenére bódítólag hatott a gazdagság ígérete. Ám míg ez távolinak és bizonytalannak tetszett, a mínusz tízezer alá merülés kézzelfoghatóan közeli volt, és bizonyosan nagy veszélyeket rejtett. Még épp csak elhagyták a mínusz ezret, és a csónak máris szét akart esni alattuk. Stock csak nevetett ezen.

– Hallgass mindig az öreg cápára! Sok mindent megéltem én már a mérőhajók fedélzetén, mesélhetnék neked napestig. Hidd el, ha mondom, kibír ez a csónak többet is! Elvisz téged mínusz tízezernél mélyebbre, és visszahoz olyan biztonságban, mintha az anyád ölében ülnél. Csak előbb megpakoljuk a batyunkat a mesés Atlantisz kincseivel, és ha elsőként jelenünk meg vele a piacon, egy életre megoldódnak az anyagi gondjaink.

Kramer ezt szépnek találta, de másvalami is aggasztotta.

– Mi lesz, ha útközben szembejön velünk az a hatalmas mérőhajó? Úgy legázol bennünket, mint ágyúnaszád a halászbárkát.

Stock matróz furcsálló tekintettel nézett rá:

– Honnan jöttél te, pajtikám? A haditengerészettől talán? Azoknak vannak ilyen flúgos szövegeik, mert képtelenek felfogni, hogy a mérőhajóknak csak a neve hajó, de egyébként nem hasonlítanak semmihez ezen a világon. Olyan, hogy időbeli ütközés, egyszerűen nem létezik, érted? Számtalanszor kipróbálták, soha nem sikerült elérni, hogy két test a legcsekélyebb kárt okozza egymásban, ha az idővonaluk keresztezi egymást. Kitérnek vagy áthatolnak egymáson, a rosseb tudja, anélkül, hogy észrevennék. Emlékszel? „... nincs különösb az időnél..."

Az út hátralevő részében a számlálót figyelték. Lassan, de biztosan ereszkedtek alá, s bár a hajótest félelmet keltően ropogott, saját idejük szerint három óra múltán baj nélkül elérték a mínusz tízezredik évet.

Stock kacsintott.

– Már csak ilyen kevés hiányzik, hogy a saját szemünkkel pillanthassuk meg a fénykorát élő Atlantiszt. Lesz miről mesélni a lányoknak!

Kramer matróz szíve a torkában dobogott, ahogy a parányi csónak erőlködő motorral még jobban megfeszítette a parittyát, már-már a végsőkig, és még lejjebb nyomult az idő mélységébe. Stock nyugalmat erőltetett magára, ám őt is elkapta az izgalom élete nagy dobása előtt.

Újabb kétezer év süllyedés után megálltak, és stabilizálták a csónakot, kirakva egy akadályt, ahogy kellett, a csónak jövő felőli időoldalán. Az akadály, ez a szabványosított eszköz mintegy kiékelte a járművet, nem engedte odébb csúszni az időben a parittya állandóan érvényesülő ereje hatására, míg ők a kincsszerző körúton járnak, akkor sem, ha az időmotorok netán leállnának. Máskülönben sosem jutnak haza. Ez a szellemes találmány magát a parittya erejét fordította szembe a visszahúzó hatásával, azaz önmagával, így energia-ráfordítás nélkül is biztonságosan üzemelt.

Stock a társára nézett, bátorítóan elvigyorodott, és megpróbálta kinyitni a búvófedelet. Ám az nem engedett, helyette a riasztójelzés szólalt meg, és figyelmeztető üzenetet kapott a monitoron óriási piros betűkkel, a végén három felkiáltójellel: „A hajó elhagyása veszélyes!!!" Stock megint kiköpött.

– Azt hiszitek, ilyen könnyen rászedhettek? – morogta.

Ismét benyúlt a műszerpult alá, és előbb a monitort oltotta ki, aztán a vészjelzést némította el, legvégül elintézte a zár elektronikus reteszelését. Mikor végzett, ismét a búvónyílás fedelére helyezte kezét.

– Végre szabad az út! – kiáltotta, és egyetlen erőteljes mozdulattal kilökte a fedelet. Még látta Kramer elrémült tekintetét, mellkasán érezte a kisüvítő levegő fagyasztóan hideg áramlatát, s amint föltekintett, rájött, hogy végzetesen tévedett, de már nem volt képes visszahúzni a fedelet.

Egy másodperccel később halott volt, amiként a csónak mélyén Kramer is, s holttestük az idő végezetéig ott felejtődött a világűr minden irányból feléjük hunyorgó csillagai alatt.

*

Willis dermedten állt a parancsnoki hídon. Negyedóra telt el a mentőcsónak startja óta, de a jármű nem jelent meg újra. Úgy tűnt, hogy a mérőhajó esete kísértetiesen megismétlődik. Ám míg a mérőhajó eltűnése az idő óriási mélységében dr. Madison teóriája alapján – legalábbis az ő számára – magyarázatot nyert, a mentőcsónak sorsáról feltevése sem lehetett. A parancsnok látta, hogy a lent gyülekező, a visszatérésre váró emberek mind izgatottabban dugják össze a fejüket. Mostanra mindenki sejtette már, hogy a mentőcsónakot is baj érte. A parancsnok minden idegszálával érezte a kezdődő forrongást.

Minisztériumi embereket addigra már sehol sem látott. Éppúgy nyomuk veszett, akár a mérőhajónak vagy a kis csónaknak. A baj első szelére sietve szálltak be fekete autóikba, és viharzottak el a csarnok elől, hogy csak úgy porzott utánuk a beton.

Willis romokban heverni látta karrierjét.

Újra cselekedni kellett volna, de már nem érzett magában elég erőt. Minden gondolata, s vele minden akarása elszállt, csupán annyi tellett tőle, hogy meredten bámulja a csarnok két üres indítóállását. Nem tudta, mennyi idő telt el így. Percek és órák folytak rajta keresztül. A láthatatlan és megállíthatatlan folyam, amely megszül és eltemet. Amelynél nincs különösb. Csak ült kábultan. Az emberek közé nem mert lemenni. Félt a kérdéseiktől, a vádaskodásuktól, hiszen rövid idő alatt három társuk veszett oda. Joggal akarták volna tudni, mi történt, de Willis semmit se mondhatott. Aztán észbe kapott. Ha Madison igazat beszélt, bármely percben bekövetkezhet a vég! Sietnie kell! El innét mielőbb, jó messzire!

Megpróbálta embereit kikerülve elhagyni a bázist, de már a folyosón hangosan követelőzve elébe álltak:

– Mi lesz most, parancsnok úr?!

A csarnokig kísérték, körülállták, nem eresztették. Willis agya fáradtan forgott, nyelve is mintha megbénult volna. Úgy érezte, fenyegetően veszik körül, miközben ő képtelen bármilyen cselekedetre. Valamit tenni kellene, gondolta, mielőtt kitör a nyílt a lázadás, különben képtelenség lesz megálljt parancsolni.

Jó lenne harapni is valamit. Mardosó éhséget érzett. Tegnap délben, órákkal a mérőhajó startja előtt evett utoljára, teljesen kiürült a gyomra. Már közel lehet a hajnal. Odakint jön fel a nap, csak itt bent, ebben a betonkatedrálisban uralkodik az örökös félhomály, nem látszik a kinti fényből semmi. Egy szelet sült sonka tükörtojással, egy jó erős kávé!

Reggelizhessen előbb, aztán majd csak lesz valahogy!

III. rész

Feltartóztathatatlanul futottak el az utolsó percek, mígnem elérkezett közülük is a legutolsó.

A mérőhajóban csend uralkodott, szorongó hallgatás. Jamie és Peter görcsösen markolta kiürült poharát, miközben hajójuk változatlanul félmillió év/szekundum sebességgel zuhant időbeli végzete felé. Jól tudták, hogy az ősrobbanást legfeljebb egymillió évnyire közelíthetik meg, mielőtt a mind mostohábbá váló környezeti viszonyok könyörtelenül elpusztítják a tehetetlenül aláhulló járművet. Már beletörődtek, hogy a világmindenség nem segíti ki őket. Jamie logikája is hibásnak bizonyult, nem jött a mentésükre másik mérőhajó. Haszontalanul röppentek el hátralevő életük utolsó másodpercei. És elérkeztek a legutolsó pillanatok.

Az utolsó két másodperc, az első egymillió év: maga a halál.

Tekintetük a kijelzőre tapadt, amit Jamie Berger a relatív időről átkapcsolt abszolút időre. A fizikusnő a merülésük során gyűjtött mérési értékek alapján képes volt meghatározni a Mindenség kezdeti profilját, és ki tudta számítani pontos időbeli távolságukat az ősrobbanástól. A relatív idő helyett, ami az indulási jelentől mért távolságukat mutatta, és már túl járt a tizenhárom és fél milliárd éven, inkább az egyre csökkenő abszolút időt figyelték, mely – sebességük számításba vételével – egyben az életükből hátralevő időt jelentette, az utolsó két másodpercet leszámítva. Már látták az út végét, ahonnan nincs tovább, és ahová elevenen sose érkeznek meg. Az utolsó két szekundumos tartományt lehetetlen túlélni.

Abszolút idő: ötmillió év. Tíz másodperc maradt az útból, és nyolc másodperc csupán az életükből. Peter Davidson behunyta a szemét. Uram, irgalmazz!

Mire kinyitotta: négymillió év. Nyolc, illetve hat másodperc. Látta, hogy Jamie gondterhelten ráncolja homlokát. Vajon mire gondol? Még mindig azt hiszi, van remény?

Hárommillió év. Jamie megpróbált biztatóan rámosolyogni, valamit mondhatott is, mert mozgott az ajka, de Peter semmit sem hallott belőle. Hiábavaló vigasz.

Kétmillió év. Négy másodperc a világ kezdetéig, de nekik már csak kettő, azután... Mire kell ilyenkor gondolni? Ki képes ilyenkor még gondolkodni?

Essünk végre túl rajta, talán nem fáj majd nagyon. Itt a vég!

Peter sápadtan meredt a kijelző zölden fénylő számjegyeire.

Abszolút idő: egymillió év!

Meddig tarthat ki még a hajó? Tizedmásodpercekig?

Legyen vége!

Csökkent a kijelzett évszám, egyre csökkent, de olyan sebesen, hogy Peter követni sem tudta a tekintetével. A hétjegyű évek hatjegyűre váltottak, majd ötjegyűre, s ekkor Peternek úgy rémlett, mintha lassulna a számjegyek pörgése.

Vadul reménykedni kezdett. Hát mégis? Mégis lefékezi őket a Mindenség? Csak a hajó kibírja addig, ez a hatalmas kondér, ez a jóságos, otromba fazék!

Lélegzetvisszafojtva figyelt. Most már tisztán látta, hogy valóban egyre lassul a változás üteme. Egyre lomhábban moccantak a számok, mintha kifáradtak volna az eddigi nagy rohanásban.

Már csak négy évszámjegyet látott... nyolcezer év... hatezer...

És merültek tovább lefelé.

Elérték az ezredik évet, és a mérőhajó lassulva ugyan, de még mindig süllyedt tovább, tovább és tovább. Peter gombócot érzett a gyomrában. Jamie felé pillantott, és látta, hogy a nő is halálsápadt.

– Mi történik most velünk? – nyögte az időmatróz. Egyenként, erővel kellett kipréselnie a szavakat.

Jamie rápillantott, de nem felelt. Itt valami nagyon nincs rendjén. Régen meg kellett volna halniuk. A mérőhajónak lángra kellett volna lobbannia, mint a kandallóba hullott papír balett-táncosnő, vagy cseppé olvadtan összefolynia, akár a rendíthetetlen ólomkatona.

Abszolút idő: kétszáz év. Hajójuk már szinte vánszorgott. Minden évet jól le tudtak olvasni, mielőtt visszacsúsztak egy újabb esztendőt.

– Már tudom, mi lesz velünk! – szólt Peter Davidson matróz, és hangja hisztérikus vígsággal csengett.

Jamie aggódva nézett rá.

– Szépen megülünk a gödör alján. Mert ez az egész egy rohadt nagy gödör, amibe szépen beleszánkáztunk, és most bizony itt maradunk, mert a magunk erejéből soha ki nem mászunk belőle! Megülünk itt, mint a vízbe ejtett kalapács, és itt fogunk elrozsdállni, míg egy hasonló, pórul járt szerencsétlen rá nem akad a maradványainkra!

Egyre hangosabban beszélt, a végén már szinte üvöltött félelmében.

Abszolút idő: száz év.

Jamie rávetette tekintetét az őrjöngő férfira, és már-már udvariasan kérlelte:

– Nem fogná be a száját? Gondolkozni szeretnék!

Csend ülte meg a hajót, a nemlét valószínűtlen csendje. A férfi meglepetten elhallgatott.

Abszolút idő: ötven év. Peter eszelősen csodálkozó tekintetétől kísérve Jamie egyszer csak halk hangon megszólalt, s mesélni kezdett:

– Egyszer volt, hol nem volt, volt egyszer egy világegyetem. Kicsi volt és forró, de később nagy lett, s addigra kellően kihűlt, hogy az élet kicsírázhasson benne. Az élet csírájából pedig gondolkodó lények lettek, akik megtanulták az időutazást, és hajókat építettek, hogy alámerüljenek az idő homályába, s megismerjék a múltat...

– Éppen most kell kiselőadást tartania a mérőhajózásról? – vágott közbe idegességtől remegő hangon a matróz.

– Ó, nem, maga téved, Peter – felelte Jamie nyugodtan. – Amiről én mesélek, az sokkal régebbi história. Irgalmatlanul régi, de így kellett történnie. Egyszer meg kellett történnie. Figyeljen rám, Peter, folytatom! Első hajóik, amelyek túl mélyre ereszkedtek, rendre odavesztek. Nem tudom, hányan lehettek, mire tudósaik ráébredtek, hogy az idő öle halálos csapdát rejt.

– Kikről beszél, az istenért?! – kiáltotta a matróz pattanásig feszült idegekkel.

– Hamarosan meglátja őket. Ez egy több milliárd éves faj. Meglehet, egyidősek a Mindenséggel. Alighanem ők az Elsők. Az elsők, akik öntudatra ébredtek az ősrobbanás kihűlő tüze után hátramaradó világban, és az elsők, akik megtanulták, hogyan maradjanak életben a viharosan változó, mostoha körülmények között.

Hát nem érti? Rájöttek, hogyan alakítsanak ki itt, a mélyben, az idő fenekén egy biztonságos menedéket, ahol a csapdába esett hajósok épségben átvészelhetik, amíg értük jönnek, és kiszabadítják őket. Hajójuk lassan csurgott lefelé az idő árján. Elfogytak a kétjegyű évszámok is, már a legelső években jártak. Jamie a fejét rázta. Hihetetlen, mondogatta, teljességgel hihetetlen, hogy itt vagyok, ahol valaha minden elkezdődött, azazhogy éppen most kezdődik el, és egyre jobban fortyog minden, és mi mégis sértetlenül, ölbe tett kézzel várhatjuk, hogy eljöjjenek hozzánk az istenekhez hasonlóan fejlett, földönkívüli, sőt bizonyosan a galaxison is kívüli értelmes lények, megmentsenek, és talán alkalmam lesz kommunikálni is velük. Hihetetlen, hogy mindez éppen velem, Jamie Bergerrel történik!

Az 1-es számjegy 0-ra váltott.

Peter falfehér arccal meredt maga elé. Jamie is elhallgatott, bár nehezére esett uralkodnia eufórikus hangulatán. Biztatóan átölelte a matrózt.

– Ne féljen, Peter! – suttogta a fülébe. – Meglátja, minden jóra fordul. Biztonságban vagyunk itt, olyan biztonságban, mint a Földön sohasem.

Az időmatróz hipnotizáltan bámulta a 0 évszámjegyet, képtelen volt megszólalni. Körülötte megállt az idő, s ő mintha vele együtt merevedett volna használaton kívüli marionett-figurává.

Aztán megint történt valami, amit korábban elképzelniük sem lehetett. A számláló újra moccant, és mínusz egyre váltott.

*

A mérőhajó lassan újra megindult, ezt jelezték az évszámok. Lehet, hogy valójában meg sem állt, csak ők hitték, hogy zérónál végállomásnak kell lennie, és utána már semmi sem következhet. De megtörtént! Szépen, lassan átúsztak az abszolút idő negatív tartományába, az ősrobbanásnál korábbi, azt megelőző időbe. A hajó mozgása újra gyorsult, a kijelző egyre nagyobb negatív számokat mutatott.[3]

Meglepetten pillantottak egymásra.

– Tévedtem. Nem menedék – ismerte el Jamie becsülettel.

Peter Davidson még nem tért magához az újabb fordulattól. Amit átélt, kívül esett nemcsak minden korábbi tapasztalatán, de azon is, amit egyáltalán felfogni volt képes.

– Hol vagyunk? – tudakolta elrémült hangon.

Jamie rendületlenül mosolygott.

– Nem hol, Peter, hanem mikor. Nem menedékben húzódtunk meg az imént, hanem egy átjáróba kerültünk. Azt kérdi, most merre hajózunk a téridő óceánjában? Az egyetlen logikus válasz csak az lehet, hogy ép bőrrel átjutottunk a világmindenségünk kezdetét jelentő szinguláris ponton, ami egyben egy korábbi, a miénket megelőző univerzum időbeli vége is. Azok a fejlett lények, akikről beszéltem az imént, az Elsők, biztonságos időcsatornát építettek ki a két Mindenség között, s valószínűleg kedvükre közlekednek rajta. Lehet, hogy találkozni fogunk velük. Talán fenntartanak valamiféle parti őrséget, amely szemmel tartja a csatornát, és észleli, ha idegen test kerül bele. Bár a legvalószínűbb, hogy tiszta automatika minden. De az is megtörténhet, hogy alkotásuk túlélte őket, mint a rómaiakat a kikövezett útjaik és vízvezetékeik. Ez esetben puszta fizikai folyamatok zajlanak körülöttünk, azok szállítanak a hátukon, mint pernyét a kürtő huzatja. De tudja, mi jutott eszembe, Peter?

Jamie zavartalanul csapongott, valójában nem is törődve az időmatróz létezésével. Absztrakt közönségnek tekintette csupán, mint hallgatóságát régebben, amikor fényesen kivilágított pódiumokon, szakemberek tömegei előtt tartott előadást.

– Sokan vélik úgy, hogy a mi világegyetemünk életbarát, mert lehetővé tette az élet kialakulását, amire a lehetséges mindenségek túlnyomó többsége nem képes. Azonban az életbarátságnak fokozatai vannak. Kezdjük a sort azzal a mindenséggel, amelyik csak nagy nehezen, évmilliárdok alatt mindössze egy-két alkalommal szüli meg

---

[3] Matematikai precizitással megáldott olvasóink kedvéért megjegyezzük, hogy itt a negatív számok *abszolút* értékéről van szó. Mivel előjel nélküli értékük növekedett, előjeles értékük természetesen nem nőtt, hanem csökkent.

az első élő organizmusokat, és a továbbiakban is éppen csak megtűri ezek életben maradását. Ez nagyon rideg, túlnyomórészt halott világ. A skála másik véglete a „virágoskert", ahol lépten-nyomon burjánzik az élet, s ami kialakul, fenn is maradna örökké, legfeljebb egyetlen vetélytárssal kell megküzdenie, a többi élő fajjal. A mi világegyetemünk, amelyet az imént hagytunk el, valószínűleg a skála ridegebbik végének közelében helyezkedik el. Nem a legbarátságtalanabb hely, ami a ciklikusan megszülető, táguló, majd újra összezuhanó világok sorában valaha létrejött, de voltak, és lesznek is sokkal vonzóbb univerzumok. Nos, hogy rövidre fogjam, mire is gondolok, az az értelmes faj, amelyik megalkotta az átjáró csatornát, bizonyára elindult kalandozásokra az idő mentén, s felfedezte az előző, majd az azt megelőző világokat, és ki tudja, meddig ér a sor. Talán a jövőbe is eljutottak. A lényeg, hogy kiválasztották az ízlésüknek legmegfelelőbb világmindenséget, ahol nem örökös küzdelem az élet, ahol a sült csirke szó szerint a szájukba röpül, és leheveredhetnek a tejjel-mézzel áradó folyók partján. Csak annyit akartam mondani, hogy a mi világmindenségünk talán nemcsak azért üres, nemcsak azért hiányoznak belőle az intelligens fajok, mert nehezen fejlődhetnek ki és maradhatnak fenn, hanem azért is, mert ha egyszer létrejöttek, amint felfedezik az időutazást, a csatornán át továbbállnak, máshol telepednek le, szétszóródnak az idő mentén egymást követő világegyetemekben. Maga sír, Peter?

Az időmatróz szeme könnyel telt meg, mint gyereknek a szomorú mese hallatán.

– No, mi a baj? Jaj, istenem, én itt csak jártatom a számat, s közben észre sem veszem, hogy maga meg...

– Most értettem meg, hogy még a reménye is elveszett, hogy valaha hazatérjünk. Szeretnék újra otthon lenni! – mondta ki Peter egyszerűen, ami a szívét nyomta, és bánatos szemmel tekintett körbe a mérőhajó szűkös belsején, az egyetlen környezeten, ami az elveszett világmindenségből számára megmaradt.

*

Öregkorának egyik hajnalán dr. Madison azzal a furcsa érzéssel ébredt, hogy ma rendkívüli események várnak rá. Csaknem három évtized telt el a mérőhajó eltűnése óta, és annak is jó évtizede már, hogy megpróbálkozott a sikertelen mentőakcióval a *Reménysugár* fedélzetén.

Tíz éve, miután Madison visszatért a saját jelenébe, első dolga volt ellenőrizni, mi változott az akciója előtti állapotokhoz képest. Megdöbbenve tapasztalta, hogy érdemben semmi sem módosult. Keserűen kellett ráébrednie, hogy a bázisparancsnok nem tartotta be ígéretét, és adott szava ellenére útjára bocsátotta a mérőhajót. A mérőhajó elindult és eltűnt, a kikötőcsarnok és benne Willis parancsnok a személyzettel egyetemben robbanás áldozata lett, mintha ő nem tett volna meg minden erőfeszítést, hogy változást idézzen elő az események menetében.

Maradt tehát minden a régiben, a katasztrófa emléke, Jamie fájó és pótolhatatlan hiánya egy újabb évtizeden át, és ami a legfurcsább, ő ebbe beletörődött. Eleinte maga sem értette, miért nem tesz újabb kísérletet, hogy mégiscsak elérje a hőn áhított változtatást. Talán attól félt, hogy immár a saját sorsa a tét? Belekeveredett az események menetébe, és egy újabb beavatkozás, még ha tőle magától származik is, már szükségszerűen érinti az ő életét is? Nem, ettől nem tartott jobban, mint bármely lehetséges balesettől, ami a mindennapokban leselkedik rá. Vagy az tartotta vissza, hogy szembekerülhet önmagával? Ha újra felbukkanna a bázison az indítás előtti órákban, könnyen összefuthatna saját magával. Furcsa gondolat volt, már-már a hidegleléshez hasonló érzés, de mint tudósban hamar felülkerekedett a kíváncsiság. Milyen lehet szemtől-szemben állni önmagunkkal? Hogyan reagálna önmaga két példánya? Vetélkedni kezdenének? Nem. Bizonyos volt benne, hogy inkább támogatná(k) egymást. Végül már szinte vágyott erre a találkozásra, mégsem készült fel a második beavatkozásra. Ha lelke legmélyére tekintett, és őszinte akart lenni magához, akkor be kellett látnia, hogy a valódi ok máshol rejlett: nem hitt többé a siker lehetőségében.

Nem az övé volt az egyetlen negatív tapasztalat. A mérőhajózás hőskorában történtek kísérletek a történelem menetének megváltoztatására. Gondosan kiválasztott helyzetekben próbálták a minimális beavatkozás elvének megfelelően (Merülési Szabályzat, első oldal), előre kidolgozott terv alapján módosítani az események folyását, de sosem jártak sikerrel. Az eredménytelenség nyomán az Időkutatási Minisztérium betiltotta a további próbálkozásokat, amíg alapos elemzések nem tisztázzák a kudarc okát, de a helyzet máig sem változott. Helyette maradtak a megfigyelések a múlt minél pontosabb megismerésére irányuló törekvésként.

Madison úgy sejtette, hogy magánakciójának sikertelensége ugyanerről a tőről fakad. A sors kezéhez fogható törvényszerűség érvényesül itt.

Reggeli után leballagott a ház elé, és mint egy garázsból, a semmiből előhívta mérőhajóját. Az évek során a *Reménysugáron*, miként reményei javarészén, túladott. Már nem érezte magához illőnek a vidám, szertelen színeket. Mostani hajójának, a *Halott Hercegnőnek* sötét, komor méltósága jobban illett mindennapi hangulatához. Megnyugvással szolgált a lelke számára.

*

A mérőhajó fedélzetén órák, majd napok múltak el egymás után, melyek a napló tanúsága szerint immár hetekké álltak össze. De mi értelme volt napokról és hetekről beszélni egy olyan világban, amelyben nem szól róla fáma, hány nap alatt teremtették? És ha teremtették volna, akkor sem nevezhető az összes létezőt magába foglaló Mindenségnek, csupán egyetlen láncszemnek az Idő fonalára felfűzött hatalmas, meglehet, végtelenül hosszú gyöngysorban.

Peter komoran maga elé nézve üldögélt naphosszat. Meg sem próbálta lekötni a figyelmét valami foglalatossággal, Jamie-hez is csak nagyritkán szólt. Az asszony aggódva ügyelt rá, nehogy ostobaságra ragadtassa magát. Neki ugyan volt mivel törődnie. A mérőhajó műszerei az út egész ideje alatt, beleértve a szinguláris ponton történő áthaladást is, folyamatosan és hibátlanul működtek, így mostanra egyedülállóan izgalmas adatsorokat tartott a kezében. Ideje javarészét ezek tanulmányozásával töltötte, s minthogy az adatok azóta is folyamatosan gyűltek, ez a tevékenység akár élete végéig eltarthatott.

A hajó készletei bőségesek voltak, hosszú-hosszú időre elegendőek, emiatt nem kellett fájnia a fejüknek.

A szinguláris pont elhagyása után a hajó fokozatosan felgyorsult, majd egyenletes sebességre beállva merült, hullott, zuhant alá minden eddiginél sokkal ismeretlenebb mélységek felé. Elképzelni sem merték, meddig tarthat még útjuk, mikor és hogyan ér véget, ha ugyan véget ér még az ő életükben, és nem örökkön-örökké régi, még régebbi és amazoknál is sokkalta régebbi világegyetemeken át vezet majd. Jamie ugyanis feltételezte, hogy azok a lények, akik megépítették az átjárót, aligha érték be egyszeri művel, miután kitalálták a technikát, amellyel áthidalhatók a szinguláris pontok, hanem előttük járva az úton, amin épp haladtak lefelé, további átjárókat is építettek. Mintha az Idő kiépített sztrádáján suhantak volna, mérőhajójuk úgy száguldott a mínusz végtelen felé.

– Tudja, mit nem értek? – kérdezte Jamie egy napon, maga sem tudta, hányadikon, egyiküket sem érdekelte már.

Peter szótlanul, komoran emelte rá kifejezéstelen tekintetét.

– Amióta elkezdődött a zuhanás még a saját világmindenségünkben, és maga kikapcsolta az időmotorokat, azóta folyamatosan haladunk egyetlen irányban, lefelé, azaz a múltba. Csakhogy közben áthaladtunk a mi világunkat határoló szinguláris ponton, és egy másik világegyetemben találtuk magunkat, amelyben a saját törvényei érvényesek. Itt már ismét érvényesülnie kellene a parittyának, hiszen ebben a mindenségben magasan fent vagyunk a jövőben, és csak az időmotorokat használva lenne szabad mélyebbre merülnünk. A motorokat azonban nem kapcsoltuk be egyetlen percre sem, mégis úgy hullunk a mélybe, akár egy darab kő. Mit gondol erről?

Az időmatróz csak ingatta a fejét, a kérdés nem zökkentette ki apátiájából. Jamie tovább elmélkedett:

– Egyetlen magyarázat kínálkozik, de ez számomra túlságosan hihetetlen. Lehet, hogy ebben a világban nem létezik a parittya?

Davidson felnézett, egy pillanatra úgy látszott, mintha meg is szólalna, aztán feje ernyedten visszacsuklott. Két kezébe temette arcát.

– Azért nem hiszem – beszélt tovább Jamie magának és a falnak – , mert a parittya elve hozzátartozik az anyag természetéhez. Csak a parittya képes biztosítani, hogy az idősíkokban az anyagmegmaradás kellően hosszú időt tekintve érvényesüljön. Ideiglenesen megsérthető ugyan, de a parittya gondoskodik a helyreállításról. Úgy is mondhatnám, hogy ahol létezik az idő, amelyben alá lehet merülni – márpedig mi éppen ezt tesszük –, ott léteznie kell a parittyának is. Feltehető persze a kérdés: milyen alapon tételezek fel bármit egy olyan mindenségről, amelyet a legkevésbé sem ismerünk?

Abbahagyta, nem folytatta. Látta, hogy Petert nem rázza fel az okfejtése, ám ennél jóval nyomósabb probléma volt, hogy maga sem ismert elfogadható választ a saját kérdésére.

Egy napon aztán – a hajónapló szerint épp kedd délutánra járt az idő –, a napló órája 17:32-t mutatott, amikor Jamie, aki egy percre sem szűnt meg tanulmányozni a mérési eredményeket, felegyenesedett, és elgondolkodva bámult maga elé, majd így szólt:

– Valami megint történik.

A matróz gépiesen fordította felé fásult arcát.

– Lassul a merülésünk – közölte Jamie. – Kétszer is ellenőriztem. Egészen bizonyos vagyok benne. Néhány óra múlva, úgy tűnik, meg fogunk állni. Van is egy magyarázatom rá, hogy miért.

*

Peter Davidson néhány másodpercig egyáltalán nem reagált a hallottakra, majd szája lassan kinyílt, és hörgő hang hagyta el ajkát. Az asszony döbbenten szemlélte, mígnem egyszer csak ráébredt, hogy a matróz nevet. Egész testét görcsösen rázta ez a furcsán feltörő, zokogásra emlékeztető hang.

– Szabad nekem is megtudnom, mit talál olyan mulatságosnak? – kérdezte megkönnyebbülten, de kissé meg is bántódva.

Peter nagy nehezen lecsillapodott, beszélnie is sikerült:

– Kár, hogy nem hallja magát, Jamie! Mondja, a maga fajtája mind ilyen?

– Milyen az én fajtám? – kérdezte még mindig sértődötten az asszony.

– A tudósfélékre gondolok. Ezen már igazán nevetnem kell. Először kitalálta, hogy értünk jön egy másik mérőhajó, és megment bennünket. Egészen logikusan hangzott, és én el is hittem magának az egészet az utolsó szóig. Amikor nem jött az a fránya mentőhajó, hogy kihúzzon minket a slamasztikából, és az ősrobbanás sem kapott be minket, akkor maga, Jamie, azzal állt elő, hogy menedék, meg hogy egy nagyon régi civilizáció építette, és mindjárt itt lesznek, hogy megmentsenek. Aztán senki se jött, és kiderült, hogy nem is menedék, hanem átjáró. Nem baj, nekem ez a magyarázat is épp olyan jó, mint az eddigiek, amíg a mérőhajó szét nem esik alattunk, de most mit akar? Megint kitalált valami újabbat? Várjon, nekem is vannak ötleteim! Épp elég időm volt gondolkozni. Mondok is mindjárt egyet. Már rég nem a valóságban, hanem a mesevilágban szállunk, mint az Ezeregyéj repülőszőnyege. Vagy ez itt körülöttünk már nem is az élők, hanem a holtak birodalma. A túlvilág... áááh! Várjon, ez lesz a legjobb! Olvasok én sci-fit is, nemcsak ócska krimiket. Egy másik, párhuzamos valóságban vezet az utunk a végtelen számú lehetőség közül, amelyek mindegyike megvalósulhat, és soha többé nem találjuk meg a saját világunkat, amelyből jöttünk, ahogyan egy végtelen lapszámú könyvet[4] sem lehet ugyanott kétszer kinyitni.

Jamie sértődését feledve, elismerő hangon szólalt meg:

– Igazán szép szellemi teljesítmény, Peter! Ki se néztem volna magából!

– Én viszont kinézem magából, hogy kétnaponta újabb és újabb elmélettel áll elő, míg el nem pusztulunk ebbe a nyomorúságos hajóba zárva!

Jamie felkacagott.

– Ne haragudjon rám, Peter! A tudósok tényleg ilyenek, és mindig ilyenek is lesznek. Másképp hogyan haladna előre a világ megismerése? Persze megértem én, hogy ami az emberiség egészét tekintve győzedelmes folyamat, az néhány napba sűrítve mulatságos vagy akár bosszantó is lehet. Nincs több elmélet, Peter, megígérem magának. Pár óra múlva megállunk, és akkor a saját szemével győződhet meg, hogy az elméletem, a mostani, a legutolsó tényleg megállja a helyét.

– Mitől ennyire bizonyos benne? – gyanakodott a matróz.

Jamie egész lényéből magabiztosság áradt.

---

[4] Lásd J. L. Borges: A homokkönyv c. elbeszélését

– Végre mindent átláttam, mindent megértettem. Az igazság csodálatos, Peter, nekem elhiheti. Én már tudom, és hamarosan maga is meg fogja ismerni!

*

Dr. Madison beindította az időmotorokat, és mielőtt alámerült volna, megszokott mozdulattal felkapcsolta az időradart. A környező időben nem látott mozgást. Ennyi elegendő is lett volna az utazás biztonságos megkezdéséhez, de szokásától eltérően, engedve a hajnali sugallatnak, megnövelte a radar érzékenységét. A hatótávolság ezzel évszázadokra, a térbeli pedig kilométerekre növekedett. Így már feltűnt néhány mérőhajó a képernyőn, és a felismerő rendszer nyomban meg is jelölte őket, kiírva azonosító jelüket és egyéb adataikat (irány, sebesség, tömeg). Könnyűszerrel kapcsolatba léphetett volna velük, bármely pontján tartózkodjanak is a téridőnek. Egy újabb könnyű mozdulattal, amire agya utasítást sem adott, ám keze önkéntelenül elvégezte, a *Halott Hercegnő* legmodernebb konstrukciójú radarjának hatósugarát a maximumra növelte. A radar immáron évezredeket fogott át, s térben is sokkal messzebbre ellátott. Ha egy mérőhajó éppen az első mezopotámiai városok alapjainak lerakása körül ólálkodik, Madison azt is észrevette volna, és egyenes adásban tudósítást is kaphatott volna tőle. Ilyen távolságra azonban a mai, megnövelt hatékonyságú mérőhajók is csak ritkán merészkedtek. A közeli múlt rendszerint sokkal jobban érdekelte az embereket.

Már éppen azon volt, hogy visszavegye a radar érzékenységét a szokásosra, amikor az ernyő legszélén észrevett valamit. Apró fénypont volt, mintha csak egy gombostű hegye szúrt volna át vásznat, s azon át szivárogna valamicske fény, sokkal kisebb, mint a rendes jelzések. Dr. Madison közelebb hajolt az ernyőhöz, s öreg, könnyező szemét erőltetve próbálta kivenni, mi lehet az. Műszerhibára gyanakodott, ám ekkor a pont alatt megjelentek a számok. Helykoordinátái egész közeliek, időtávolsága azonban óriási. Az ismeretlen hajó – a felismerőrendszer ekként aposztrofálta – a tizenötezres körön plusz irányban jóval túl tartózkodott, és javában, ám egyre lassulva nyomult a mélybe. Madison elgondolkodott. Valaki a jövőből igyekszik errefelé. Nem ritka eset volt, s minthogy a mérőhajók regiszterét az egész idő mentén összehangolták és nyilvánossá tették, a *Halott Hercegnő*nek fel kellett volna ismernie a közeledőt, ha csak százezer év múlva építik is majd meg. A tudós kapcsolatba lépett a regiszterközponttal, és adatbázisának frissítését kérte. A művelet hamar megtörtént, ám a másik hajó jelzése továbbra is ismeretlen maradt. Ez példa nélkül álló eset volt, s Madison most már le nem vette volna a szemét semmi pénzért az apró pöttyről, mely közelebb hatolt az ernyő középpontjához, miközben fényesebb is lett.

Kalózhajó a jövőből? Nevetséges. A múlt kirablására irányuló utolsó, államilag finanszírozott próbálkozás óta, melynek az Időkutatási Minisztérium volt a fedőszerve – a közbeszédben épp ezért sokan csak Gyarmatügyi Minisztériumnak nevezték –, senki sem próbálkozott ilyesmivel, s nem is tehette, hiszen az időben nem lehetett nyom nélkül eltűnni a zsákmánnyal.

Ekkor újabb adat jelent meg a képernyőn a közeledő hajóról, és dr. Madison elsápadt. Tömege: kétezer tonna. Valóságos monstrum.

Ez nem lehet hajó.

Eszébe villant, hogy már a *Reménysugár* sem volt több tizenkét tonnánál, a *Halott Hercegnő* pedig komor, tekintélyt sugárzó külseje ellenére még kevesebbet nyomott. Egyetlen hajót ismert csupán a mérőhajózás történetében, amelyet ily óriásira építettek, ám ez a gigászi mérőhajó kísérleti merülőútja során az időóceán Titanicjaként odaveszett, elhamvadt az ősrobbanás poklában.

Dr. Madison töprengve bámulta a radarernyőt. A világon mindenre van logikus magyarázat. A rejtelmekre előbb-utóbb fény derül. Intuíciója azt súgta, meg fogja érteni, hogy mi történik itt.

A kétezer tonnás tömeg egyre közeledett, sebessége fogyott, és már a forgalmi központ figyelmeztetése is keresztülfutott az idősíkokon: ismeretlen rendeltetésű, nagy tömegű tárgy merül alá az időben! A mérőhajók biztonsági okból térjenek ki előle!

Épp ellenkezőleg cselekedett. A *Halott Hercegnő*t egyenesen az érkező tömeg útjába vezette.

*

Újra megtalálni, akit réges-rég elveszettnek hittünk. Boldog melegség önti el a szívet, könnyes a szem, és nagyon nehéz bármit mondani. Csak álltak némán átölelve egymást.

– Még most sem hiszem el, hogy semmi bajod nem esett – szólt hálával telt hangon Frank Madison, akinek a házába, annak is a verőfényes nappalijába tértek be, míg Peter künn a kertben bóklászott a sövények árnyékában, magányosan. Jamie döbbenten látta, hogy a professzor mennyire megöregedett. Három évtized nem múlt el felette nyomtalanul.

– A hajam szála se görbült – büszkélkedett Jamie. – Először halálra rémültem, amikor láttam, hogy zuhanunk, egyenesen bele a Nagy Bumm kellős közepébe, és csak arra tudtam gondolni, milyen kár, hogy az a rengeteg mérési anyag örökre odavész.

– Az extraidő-generátorral nem próbálkoztál? Ugye, emlékszel, hogy egy kísérleti példány felkerült a mérőhajóra? Ennyit még akkoriban, befolyásom mélypontján is el tudtam érni.

– Indulás után kipróbáltam, de semmi sem történt, később pedig nem is gondoltam rá abban a zűrzavarban. Azután az átjáró kötötte le minden figyelmemet.

– Érdekes az átjáró-elméleted...

– Hálás vagyok az Elsőknek, amiért megépítették azt a biztonságos átjárót, ennek köszönhetem az életemet. Csak egy dologban tévedtem, de az vesse rám az első követ, aki nem esett volna ugyanebbe a hibába. Az az átjáró... átjáró az időben...ott volt, hiszen áthaladtunk rajta. Mintha egy lyukas strandlabdából estünk volna ki alul! Csak hát a téridő egésze mégsem strandlabda, hanem egy különleges topológiai jellemzőkkel bíró entitás. Önmagában való, a létező világ egészét magába foglaló Mindenség, amelynek nincs időbeli kezdete és vége, mert az időt is önmagába foglalja. És ahol számunkra úgy látszik, hogy az idő véget ér, ott valójában újra elkezdődik, vagyis ez egy olyan strandlabda, aminek a legalsó és legfelső pontja összeér, ugyanott van a kezdet és a vég. Így amikor a kezdeti szinguláris ponton áthaladva elhagyni véltük a mi világegyetemünket, valójában ugyanebbe a Mindenségbe tértünk vissza, belépve a felső póluson, a legtávolabbi jövőben, az idő tetején. Eszembe jutott Triszmegisztosz tanítása: „Ami fent van, az van lent, és ami lent van, az van fent." És velünk együtt fordult át a parittya is, amely ettől kezdve újra hatott ránk, csakhogy ellenkező irányba, a múlt felé nyomott bennünket, változatlanul arra törekedve, hogy a kiindulási idősíkunkba juttasson vissza, amelynek ekkor már a túlsó oldalán tartózkodtunk.

– S ha a forgalmi központ meg nem állít plusz harmincnál, azaz a startnál három évtizeddel később, akkor már vissza is értél volna a kikötőcsarnokba. Nagy szerencse, hogy nem így történt. A csarnok felrobbant, és teljesen megsemmisült. Éppen a robbanás epicentrumába érkeztetek volna, s ti is ott pusztultok!

– Ó, hát ezért nem indult utánunk másik hajó, hogy kihúzzon bennünket a bajból!

– Amíg tartott a vizsgálat, leállították a mérőhajózást, azután pedig már életbe lépett a beavatkozási tilalom. A mentés legegyszerűbb módja egyébként az lett volna, ha elindulni sem engedik a mérőhajót, azaz ha előre figyelmezteti valaki a bázisparancsnokot, akinek jogában áll lefújni a startot. Történt is rá kísérlet a tiltás ellenére.

– Vagy a minisztériumban közbenjárni, hogy az illetékesek...

– Ugyan! Annak a sötét, gátlástalan bandának teljesen elvette az eszét az irdatlan mennyiségű, könnyen bezsebelhető arany!

Madison indulatosan elhallgatott, Jamie-nek pedig nem esett nehezére kitalálnia, kiről szól a történet, ki az a meg nem nevezett személy, aki vállalta érte a kockázatot. Közelebb húzódott a megöregedett tudóshoz.

– Hogyan telt az életed? – kérdezte, s az elmúlt harminc esztendőre gondolt, ami neki csak hetekig tartott.

– A kutatásaimba temetkeztem, sikerült is elérnem egy sor eredményt. Az emlékedből merítettem erőt a nehéz évek alatt. Professzorként mentem nyugdíjba, de egy pillanatra sem hagytam fel a vizsgálódással.

– Ezentúl a segítségedre leszek – ajánlkozott Jamie. – Persze, ha elfogadsz asszisztensedül.

– Boldogan – felelte Madison, s arcán széles mosoly ömlött szét.

Mindkét karjával átölelte az asszonyt.

– És vele mi lesz? – kérdezte Jamie, és a kertben ődöngő időmatróz felé intett fejével. – Nincs kihez szólnia, nem találja a helyét ebben az ismeretlen világban. Lelkileg teljesen be fog fuccsolni a fiú.

Madison megértően bólogatott.

– A pártfogásunkba vesszük. Otthont és családot biztosítunk neki. Megtesszük érte, amit csak lehet!

*

Madison professzor és Jamie Berger éppen villásreggelizett, amikor a kert felőli lépcsőkön Peter besétált a házba, s megállt az asztaluk előtt.

– Maga felültetett engem – mutatott az elképedt asszonyra.

– Örülök, hogy megjött a hangja uraságodnak – szólt a professzor –, de nem várná meg, amíg befejezzük az étkezést?

– Ugyan, hagyd! – intette le Jamie. – Mi történt, Peter? Hallgatom.

– Emlékszik még az Elsőkről szóló meséjére?

– Persze, hogy emlékszem. Mi baja vele?

– Ó, csak az, hogy elmaradt a találkozó!

Jamie Berger letette az evőeszközt, és hátradőlt.

– Nézze, Peter! Áthajóztunk az átjárón, és végigutaztuk az időtengely mentén az egész világmindenséget. A műszerek mindent rögzítettek, így azt is pontosan megmondhatom magának, mert maga búskomorságba zuhanva akkor már semmivel sem törődött, hogy mióta beléptünk az idő tetőpontján, több mint kétszáznyolcvanötmilliárd évet merültünk alá. Ez azt jelenti, hogy hozzáadva az alattunk elterülő tizenhárom-tizennégymilliárd évet, megállapíthatjuk, hogy az univerzum kora mérés szerint hozzávetőleg háromszázmilliárd év. Ez az első, nem becslésen, hanem mérésen alapuló eredmény ebben a témában.

– Igen, de az Elsők...

– Számos egyéb adat – folytatta Jamie zavartalanul –, amit a mérőhajó műszereiben tárolva hazahoztunk, felbecsülhetetlen kincset jelent a jövőbeli kutatások számára.

– Igen, de...

– Az átjáró ott volt, Peter, maga is tudja. Valakiknek meg kellett építeniük. Az Elsők voltak-e vagy a sokadikak, ki tudná megmondani? Talán csak egy viszonylag keskeny, néhány évezredes időrétegben léteznek a múlt vagy akár a jövő messzeségében, mert hamar kipusztultak, aminek számtalan oka lehet.

– De nem a kivándorlás, ahogy maga mondta!

– Persze, hogy nem. Hiszen nincsenek más univerzumok, csak ebben az egyben kergetőzhetünk akkor is, ha átbújunk az alsó vagy a felső szinguláris ponton, ami különös módon egy és ugyanaz.

– Ha csak néhány évezredig léteztek is – makacskodott Peter –, kereszteznünk kellett az időzónájukat. Miért nem tapasztaltuk semmi jelét a létezésüknek? Vagy amikor áthaladtunk a kiépített átjárón! Lehetetlen, hogy ne észlelték volna egy ekkora idegen tömeg átvonulását, s ne cselekedtek volna!

– Ne várjon el tőlem túl sokat, Peter – mondta nyugodtan Jamie. – Hogyan találhatnám ki egy ismeretlen faj különleges helyzetre adott reakcióját? Talán örültek, hogy megállás nélkül továbbmentünk, hogy nem robbant fel a hajó, amit akár bombának is nézhettek. Tényleg azt várja tőlem, hogy pontos választ adjak?

Madison professzor, aki a szópárbaj kezdete óta zavartalanul, komótosan étkezett, most felpillantott, és mosolyogva megjegyezte:

– Majd én megadom a választ.

Mindketten meglepve fordultak felé. A professzor nyugodtan megtörölgette ajkát a szalvétával, kortyolt egyet csészéjéből, majd a ráirányuló figyelem közepette, elégedettségének teljében hátradőlt, és így szólt:

– Maga téved, Peter!

Az időmatróz elképedt arccal meredt rá. Kinyitotta, majd hang nélkül becsukta a száját. Jamie is értetlenül bámult az öregemberre. Madison nem zavartatta magát. Egy darabig megnyerően mosolygott társaira, végül határozottan kijelentette:

– Peter, maga igenis találkozott az Elsőkkel! Csak nem vette észre.

*

Az időmatróz nagy sokára jutott csak szóhoz.

– Maga ugrat engem!

– Szó sincs róla. Figyeljen rám, elmagyarázom! Foglaljon helyet, eszegessen közben egy kis sajtot. Dán kék, isteni finom. Na, szóval...

69

Peter leült közéjük az asztalhoz, vett a penészessé érlelt sajtból, apró falatkákat vágott le, s dugott a szájába, közben pedig hegyezte a fülét.

– Szabad legyen kicsit korábbra visszamennem, egészen addig, amikor a Jamie elvesztése feletti elkeseredésem arra ösztökélt, hogy a beavatkozási tilalom ellenére alámerüljek a *Reménysugár*ral, és ellátogassak a kikötőcsarnokba a mérőhajó indulása előtt. Beszéltem a bázis parancsnokával, hosszasan érveltem, s úgy hittem, meggyőztem őt. Tudnia kellett, hogy közeli halál vár reá, ha változás nem történik az elkövetkező órák eseményeiben, ha a mérőhajó mégis útnak indul, ám Willis parancsnok a kisujját sem mozdította, hogy megakadályozza. Peter, maga elképzelni sem tudja, mennyit töprengtem rajta, mit rontottam el, miért nem hajlott Willis a szavamra, míg csak egy véletlen utamba nem sodorta a megoldást. A mérőhajó útját előkészítő bizottság egyik tagjával beszélgettem, aki megjegyezte, hogy sosem tartotta szerencsésnek az indulási időpontot. Megkérdeztem, miért vélekedik így. A biológiai ritmus miatt, hangzott a válasza. Az ember délutánra elfárad, szellemi teljesítménye alábbhagy, szívét, vérkeringését leköti az ebéd emésztése. A délután négy óra sokkal kevésbé alkalmas fontos ügyek intézésére, mint mondjuk a reggel kilenc. Azt hittem, nem jól hallok. Utam előkészítésekor a legmegbízhatóbb forrásra kívántam támaszkodni, ezért közvetlenül a bázis pusztulása előtt, melynek időpontját percre pontosan ismertem, bejelentkeztem egy intertime vonalon a bázis központi számítógépére, és letöltöttem a napló adatait. Eszerint a mérőhajó elstartolása este hétkor történt meg. Addig vitatkoztam ezen, míg az illető előkerítette a bázisnapló tükörmásolatát, mely az Időkutatási Minisztérium archívumában porosodott. És a másolaton valóban négy óra szerepelt.

Tudom, Peter, magát az Elsők izgatják. Hamarosan arra is rátérek.

Rájöttem tehát, hogy Willis parancsnok nem gondolta meg magát a mérőhajó startjának elhalasztását illetően, hanem amikor beszéltem vele, már nem volt lehetősége változtatni rajta, mert a mérőhajó valójában már régen úton volt. Nyilván elgondolkodott azonban a késésemen, és kitalálta, hogy azt csakis téves információ okozhatta. Ebből könnyen kikövetkeztette, mit kell tennie: utólag meghamisította a bázisnapló vonatkozó bejegyzését, nehogy makacs kísértetként még a hajó indulása előtt újra visszatérjek, és döntése megváltoztatására bírjam. Szerencsére a tükörmásolatra nem íródott át az illegális javítgatás, különben sosem jövök rá, mi is történt valójában. Ma már mind bizonyosabbak vagyunk afelől, hogy a múltat nem lehet megváltoztatni. Nem létezik az a végtelenbe tartó logikai spirál, aminek egyre újabb meneteit a rendre ismétlődő visszatérések generálják ugyanazokra a téridő-koordinátákra. Ami egyszer megtörtént, az úgy vésődött bele a Mindenség emlékezetébe, ahogyan lejátszódott, időutasok beavatkozásával vagy anélkül.

Tudom, mit nem ért, Peter. Ne mocorogjon! Üljön kényelmesen, vegyen még sajtot! Én beszélek tovább.

Willis meghamisította a start időpontját, hogy én elkéssek, erre viszont nem más indította, mint az én késői megjelenésem. Melyik az ok és melyik az okozat? Nem lehet megmondani. Mintha kölcsönösen lennének egyszerre egymás okai és okozatai is egyben.

De térjünk rá az átjáró és az Elsők dolgára. Időkutatásaim az extraidő, az idő megzabolázhatósága terén korántsem mai keletűek. Régóta töprengek rajta, az agyam mélyén mindig is ott bujkált a gondolat, hogyan menthetném meg mégis a mérőhajót, ha már a start leállítását nem tudtam elérni. Nos, meggyőződésem, hogy a megoldás, az átjáró műszaki kulcsa nem más, mint az extraidő! Sokat kell még dolgoznom rajta, mire gyakorlati megvalósítására sor kerülhet, de ha egyszer készen lesz, akkor a legvadabb viszonyok között is biztonság teremthető vele. Jamie mérési eredményei nélkül, amelyeket az átjárón történő áthaladás közben gyűjtött, erre aligha lennék képes, ha viszont nem leszek képes megalkotni az átjárót, nem érnek el hozzám az adatok sem, mert ott pusztulnak a mérőhajóval együtt a szingularitásban. Ugyanaz az ok-okozati kettős keresztkötés, mint Willis esetében. Úgy tűnik, az idő kedveli az ilyen paradox megoldásokat. Még az is lehet, hogy maga a létezés – a semmiből előbukkanó világegyetemé éppúgy, mint a világban látszólag cél nélkül lézengő emberi lényeké – csupa hasonló paradoxonon alapul, csak az esetek nagy részében nem ismerjük fel.

Látom, máris rájött az Elsők kilétére. Megértem, hogy csodálkozik. Csukja be a száját, fiam! Nem szeretném, ha legközelebb azzal vádolna, hogy én csalogattam ki belőle furfangosan a sajtot, mint a mesebeli róka. Igen, Peter, alighanem mi magunk vagyunk az Elsők. Mi fogjuk megépíteni azt az átjárót, igaz-e, Jamie?

Míg az asszony szelíden bólogatott, szájához emelte, és kihörpintette csészéjét, mert a sok beszédtől kiszáradt a torka.

*

Az összeomlás gyorsan és feltartóztathatatlanul következett be. Többé nem segített sem Madison professzor próbálkozása, sem Jamie tapintata.

Az időmatróz vigasztalhatatlan volt. Esténként rendszeresen leitta magát, ordítozva énekelt, majd hangosakat csuklott, míg álomba nem sírdogálta magát. A helyzet fokozatosan elviselhetetlenné vált, mindannyian szenvedtek tőle. Jamie próbált szót érteni vele, mikor a férfi magánál volt, de mindannyiszor kudarcot vallott. Néha azt ordibálta:

– Micsoda hajó ez, hogy még rendes neve sincs? Hó, hó, hó, elátkozott hajó, majd én megkeresztellek téged! Legyen a te neved ezentúl Halott Matróz! Vigyél haza a hátadon, élve vagy holtan, mit bánom én, ha szép időhazámat újra meglá-á-át-ha-to-o-om!

– Aggódom Peter miatt – mondta egy napon Jamie a professzornak. – Gyógyíthatatlan honvágya van.

Néhány nappal később történt, hogy a mérőhajónak nyoma veszett, s vele együtt Peter is eltűnt. A professzor nyomban a Halott Hercegnő fedélzetére sietett, és felkapcsolta az időradart. Növelni sem kellett az érzékenységét, a mérőhajó azonosító jel nélküli, hatalmas tömege máris megmutatkozott. Egy darabig sajátos világvonala mentén süllyedt lefelé a múltba, majd egy ponton a vonal véget ért, megszakadt. Mintha a föld nyelte volna el a mérőhajót. Kétezer tonna egyetlen pillanat alatt vált köddé. Ilyet még a professzor nem látott.

Később kiderültek a következők.

Davidson matróz követelte, hogy engedjék fel a mérőhajó fedélzetére. Minthogy ismert ember volt, az idő Magellánja, aki elsőként utazta körbe mérőhajójával az idők összességét, múltat és eljövendőt, odaengedték. Ez volt az első hiba.

– Miért nincs bekapcsolva a motor?! – ordítozott az őrszemélyzettel a matróz. – Ez a hajó nem ebből a korból származik – magyarázta félrészegen. – Ha nem járatják folyamatosan az időmotort, egyszer csak fogja magát, és huss, elszáll, kiröpíti innét a parittya. Tudták, hogy ért hozzá, elvégre időmatróz, hagyták, hogy beindítsa. Ez volt a második hiba.

– Rossz oldalon vannak az akadályok! – ordított megint a matróz.

– Azonnal át kell rakni a megfelelő időoldalra!

És megtette. Ez volt a harmadik, a végzetes hiba.

A mérőhajó helyzete egyedülálló volt abban az értelemben, hogy az egyetlen hajó volt, amely a jövőből érkezett, a parittya mégis a múlt felé vonszolta. Utasainak kiszállása után ezért csak úgy lehetett stabilizálni, hogy nem a jövő, hanem a múlt felőli oldalán támasztották meg akadályokkal, a múlt irányába ható időmotort pedig természetesen lekapcsolták, hiszen e kivételes helyzetben nem a parittya ellen, hanem azzal együtt dolgozott volna. Mindezek rendkívüli és egyedi intézkedések voltak a mérőhajó különleges helyzetének megfelelően, és mindezekkel józan fejjel Peter Davidson időmatróz is tisztában volt.

Kérdéses, hogy tetteiben mekkora szerepe volt ittasságának, és vajon józan fejjel nem cselekedett volna-e ugyanígy annak érdekében, hogy a figyelmeztetés ellenére hazajusson a saját idősíkjába.

A nagy teljesítményű időmotorok beindítása legyűrhette volna az akadályok ellenállását, amelyeket nem ekkora tömeg megtartására méreteztek, de valami csoda folytán ez mégsem következett be. A parittya és az időmotorok együttes erejétől pattanásig feszülő akadályok nagy nehezen még éppen megtartották a hajót. Mikor azonban Davidson matróz kiiktatta a múlt felőli oldalon elhelyezett akadályok erőterét, a hajó azonnal meglódult, mintha gátját vesztett áradat mosta volna el.

A kétezer tonnás hajó váratlan és előkészítetlen alámerülése kisebb földindulást okozott. A közelben tartózkodók a talpuk alatt megmozduló talaj és a fellépő légörvények hatására a földre zuhantak, többek füléből vér szivárgott a keletkezett vákuum nyomán. Feltehető, hogy Davidson matróz észrevette a bajt, és ösztönösen lekapcsolta az időmotorokat, ha ugyanis ez nem történik meg, a mérőhajó világvonala nem végződik a kiszámítható késési dilatációnak megfelelően egykori startja után néhány órányira, hanem folytatja útját azon is túl, lefelé a múltba. Lehetséges az is, hogy az időmatróz felbukott a mérőhajó belsejében, eszméletét vesztette vagy ittasan egyszerűen elaludt. Bizonyosan csak annyit állíthatunk, hogy elindulása után a mérőhajó már csakis a parittya erejére hagyatkozva süllyedt vissza saját jelenébe, és éppen a kikötőcsarnok robbanásának pillanataiban érkezett meg, így ez a tudományos ereklye nyilvánvalóan megsemmisült. S bármily különös, ezáltal nyert magyarázatot egy régi, több évtizedes rejtély!

*

Jó lenne harapni is valamit. Mardosó éhséget érzett. Tegnap délben, órákkal a mérőhajó startja előtt evett utoljára, rég kiürült a gyomra. Már közel lehet a hajnal. Odakint jön fel a nap, csak itt bent, ebben a betonkatedrálisban uralkodik az örökös félhomály, nem látszik a kinti fényből semmi. Egy szelet sült sonka tükörtojással, egy jó erős kávé...

Reggelizhessen előbb, aztán majd csak lesz valahogy!

– Parancsnok úr!

Volt valami szokatlan a hangban, ami arra késztette, hogy nyomban felkapja a fejét. Körülötte az emberi arcok megannyi sápadt foltként, egyöntetűen fordultak a magasba, mint középkori festményeken, a mennybemenetelnél. Felszegett fejjel, dermedt némaságba merevedve bámult mindenki egyetlen pont felé.

Elképesztő látvány volt!

A csarnok magasságának pontosan a közepén egy gigantikus, csillogó fémtest jelent meg: minden idők leghatalmasabb mérőhajója, amekkorát az emberiség sem azelőtt, sem ezután építeni nem fog. Mintegy tizenkét órával a start után a mérőhajó váratlanul visszaérkezett!

Széllökés taszította mellbe Willist. A hatalmas test zuhanásának pillanatai úgy tűntek számára, mint lassított felvétel. Csillapítás nélkül, hangos suhogással hullott egyre gyorsabban lefelé, mint egy otromba báltermi csillár, amelynek elszabadult a tartókötele. Az emberek megigézve bámulták a feléjük suhanó halált.

74

Peter Davidson matróz évmilliárdokkal korábban kimondott átka beteljesedett. A becsapódást követő iszonyatos, ropogó hangot még mindannyian hallották, ahogy a mérőhajó palástja, kúpfeneke eltorzulva gyűrődött össze, majd sikoltva széjjelhasadt. Megszaladó fúziós reaktora a következő pillanatban a hajót nukleáris bombává változtatta, és egekbe szökő gombatölcsér szívta magasba a csarnoképítmény, valamint a benne és a körülötte tartózkodó emberek, tárgyak, járművek megolvadt anyagának izzón párolgó cseppjeit.

*

Kerti sétáik egyikén Jamie Berger megjegyezte:
– Amint rendezgetem az emlékirataidat, minduntalan a szemembe ötlik egy epizód. Arra gondolok, amikor felhívtad Willis parancsnok figyelmét a finomhangolást fenyegető veszedelemre.
– Emlékszem – mormolta a professzor.
– Mi értelme volt ennek, miután Willis már megígérte, hogy visszatartja a mérőhajó indulását? Ráadásul téves is volt a feltevés, hogy hajónk megbolygatná a kezdeti állapotokat, hiszen ott jártunk, a világ mégsem fordult ki a sarkából! Azt javaslom, egyszerűen hagyjuk ki ezt a részt a végleges anyagból!
– Hogy képzeled?! – háborodott fel Madison. – A történeti hűség...
– Willis már nem reklamál, felőle biztos lehetsz!
– Akkor is ragaszkodnom kell makacsul a tényekhez. Mint tudós, nem engedhetek meg magamnak más attitűdöt. – A professzor megállt, zihálva lélegzett párat, majd továbbindulva így folytatta: – De igazad van, az események magyarázatra szorulnak. Willis túl gyorsan, túl váratlanul adta be a derekát. Akkor még elhittem neki, hogy komolyan gondolja az ígéretét, de amint hazaértem, s látnom kellett, hogy a múlt a legcsekélyebb mértékben sem változott meg, úgy döntöttem, megpróbálok kissé ráijeszteni a parancsnokra. Willis álnoksága miatt nem tudhattam, hogy az a bizonyos kocka valójában rég el volt vetve.
Ismét megállt, leszegett fejjel az ösvényt figyelte, cipője orrával kavicsokat piszkálgatott.

– A múlt megváltoztathatósága – sóhajtotta. – Akkoriban még mindenki komolyan hitt benne. Azt hittük, megtehetünk bármit, úgy formálhatjuk a történelmet, mint az istenek. Csakhogy az idő ravaszabbnak bizonyult. Elfelejtettük a saját jelmondatunkat: „Meglásd, nincs különösb az időnél semmi e földön!" Ma már sejtjük, hogy a múltbéli változtatások azért nem működnek, mert a végkifejletbe, hogy úgy mondjam, eleve be vannak kalkulálva. A világ történéseit nem lehet ide-oda rángatni kényünk-kedvünk szerint. Vagyis visszautazhatunk a múltba, kiszállhatunk hajóinkból, és megtehetünk bármit, építhetünk vagy pusztíthatunk, a jelen világa már olyan, hogy eme cselekedeteink eredményét is magába foglalja. Ezért nem tapasztalunk semmi változást. Jamie, neked kimaradt az utóbbi harminc év. Nem tudod, milyen nehéz volt az időnek ezt az új arculatát elfogadtatni még a tudományos közvéleménnyel is. Tudod, mi volt az első ellenvetés, amivel rögtön előhozakodtak?

– Jaj, ne! – tiltakozott Jamie. – Csak nem a saját ős megölésének paradoxona?

– De bizony, jól sejted! Ezt az ostobaságot szajkózták egyre, miközben természetesen soha senkinek nem jutott eszébe, hogy lemerüljön két emberöltő mélységbe, és megkísérelje eltenni láb alól a kedves nagypapát, mielőtt az apja megfoganhatott volna tőle. Tegyék meg, uraim, biztattam őket egyre, mire kikiáltottak lelketlen bűnözőnek, a tudomány szégyenének. Persze én se szó szerint értettem. Nem feltétlenül kell meggyilkolni a nagypapát, elegendő az aktust vagy annak eredményességét meghiúsítani. Ha az illető nagyhangú úriemberek manapság itt lehetnek, akkor a fogantatásuk megtörtént, és ezen semmi sem változtathat, punktum. Ha megpróbálkoznak vele, állítottam egyre, akadályokba fognak ütközni minduntalan, meglátják.

– Hátborzongató kísérlet lenne!

– Szolidabb változataival végül is történtek próbálkozások, és a kísérletek meghozták a bizonyosságot. A részleteket megtalálod a naplómban. A mérőhajó bejutása az ősrobbanás magjába tehát azért nem változtatta meg a finomhangolás paramétereit, mert a hajó gravitációs tömege, mágneses momentuma és egyéb fizikai jellemzői már eleve részt vettek e paraméterek értékének kialakításában. Büszke lehetsz magadra, Jamie! Részese vagy a Teremtés művének! Tested minden grammjára kulcsfontosságú szerep hárult. Nélküled ma nem létezne értelmes élet a Földön! Nélküled, és persze ama mérőhajók összessége nélkül, akik áthaladnak az átjárón bármely korból vagy bármely intelligens fajtól, akik csak eljutnak az időmotor megkonstruálásáig. Hiszen ezek együttesen módosítják a kezdeti világmindenség tömegét és egyéb jellemzőit olyanná, amit ma finomhangolásként emlegetünk!

– Megint a kettős keresztkötés! – jegyezte meg asszisztense. – Az egymásra ható ok és okozat. Finomhangolás nélkül nincs intelligens élet, anélkül viszont nem létezne a finomhangolás.

Köhögés rázta meg Madison professzor lesoványodott testét. Jamie felajánlotta, hogy vizet hoz, de a férfi egy kézmozdulattal elhárította.

– Köszönöm, már jobb! Lám, az idő velem is kibabrált. Miközben sorra fejtettem meg a titkait, szembe kell néznem a ténnyel, hogy magam sem élhetek örökké. Míg fiatal voltam, könnyedén ringatóztam a jelen felszínén. Energiát merítettem belőle, korlátlannak tűntek a lehetőségeim, pazaroltam is bőkezűen. Hej, ha csak a töredékével bírnék most a könnyelműen elherdált kincseknek! De ma már úgy érzem magam, mintha mérőhajó nélkül is mind gyakrabban süppednék a múltba. Mind több erőfeszítésembe telik visszatalálni a dolgok jelen folyásához, és attól félek, egyszer végleg elszakadok tőle. Lehet, hogy a maga módján az is boldog állapot, én mégis azt remélem, előbb halok meg, mintsem bekövetkezne.

– Bárhogy is történjen – szólt Jamie, és biztatóan megragadta kezét –, ne aggódj, én mindig melletted maradok!

Madison professzor kilencvennyolc évet élt, s végül tiszta elmével hunyt el. Az idő bőkezűen és jóindulatúan bánt vele.

*

Jamie Berger pedig, miután elrendezte a professzor emlékiratait, számot vetett a hátralevő idővel, a sajátjával és a világmindenségével egyaránt. Úgy becsülte, hogy életének minden további esztendejére a Mindenségnek nagyjából-egészéből tíz évmilliárdja esik. Különös, gondolta, hogy míg ama felfoghatatlanul hosszú korszaknak, a felső időtartománynak kettőszáznyolcvanötmilliárd esztendejét képes voltam töredék másodpercnyi pontossággal kimérni a mérőhajó műszereivel, addig saját villanásnyi létemet illetően továbbra is teljes homályban tapogatózom. Személyes sorsom, akárcsak a történelem egésze, megváltoztathatatlanul bele van égetve az elkövetkező évtizedek történéseibe, csakhogy e bizonyosságot a szabad döntés illúziója rejti szem elől. Én azonban soha többé nem feledkezhetem meg láthatatlan zsarnokomról, a jövőmről, sorsomról, végzetemről, nevezzük bármiképp.

A legszigorúbb kényúr azonban, fűzte tovább gondolatait Jamie Berger, mégiscsak a saját természetem. Elég híres és gazdag vagyok, hogy hátralevő életemben egy fűszálat se kelljen többé keresztbe raknom, még sincs kétségem afelől, hogy szakadatlanul kutatni fogok. Mindennap, minden erőmmel egyengetem majd az utat az átjáró megépítése felé, amely nélkül életem, akárcsak a mérőhajó útja, hamarabb ért volna szomorú és céltalan véget.

S hogy Jamie Berger ekként megnyugtatta lelkét, többé nem nyomasztotta az előtte álló évtizedek terhe, a Mindenség milliárdjaira pedig azontúl színtisztán elvont matematikai absztrakcióként gondolt, kivéve, ha olykor meglepték az ébren álmodás surranva lopózó percei. Ilyenkor lelki szemei előtt emlékek ködén át újra felbukkant a gigantikus építésű, aránytalanul otromba mérőhajó, amelynél nagyobbat sem azelőtt, sem azóta nem épített az emberiség, ahogyan a kikötőcsarnokban először meglátta, s amelynek fedélzetén néhány hét tartamára oly elképesztő utazás résztvevője lehetett.

Epilógus

Élete utolsó délelőttjén Jamie Berger a dohányzóasztalka fölött átnyúlva, reszkető kézzel tartotta a porcelánkannát.

– Tölthetek még egy kis teát, kedvesem?

– Kösz, nem.

Csalódottan rakta vissza az edényt a tálcára. Elnézte a vele szemben ülő fiatal riporternőt, amint a tenyerénél alig nagyobb rögzítőn fürge ujjakkal babrál. Ügyesen végezte munkáját, tekintetéből hűvös szakértelem sugárzott. Jamie Berger arra gondolt, ha neki gyereke lett volna, bizonyára éppen ilyen lenne, talán csak kevésbé rideg és közömbös. Csakhogy nem lett, a körülmények másképp alakultak. Mindig kutatással töltötte idejét, s mire észbe kapott, elszálltak az évek. Felsóhajtott, nagyot, a lelke legmélyéből. A riporternő felnézett:

– Folytathatjuk?

– Persze, kedveském, amikor csak óhajtja.

Látta, hogy a lány picit elhúzza a száját, és ez megint rosszul esett neki. Ennyire elviselhetetlen egy csepp kedvesség, egy meleg emberi szó, egy kis közvetlenség?

– Mikrofonpróba, egy-kettő-három. Interjú Jamie Bergerrel a Nagy események tanúi cikksorozathoz. Egyes források szerint ön elkísérte David Petersont azon a kezdetleges mérőhajóval végrehajtott merülése során, amikor is...

– Bocsánat, Peter Davidsonnak hívták.

– Nem azt mondtam? – pillantott a nő a jegyzeteibe.

– Nem. Könnyű eltéveszteni, mert...

– Ó, hogy az a... Most kezdhetem elölről!

Borús tekintet, újabb állítgatás, mikrofonpróba.

– ... elkísérte Peter Davidsont azon a kezdetleges mérőhajóval végrehajtott merülése során, amellyel először kerülte meg, ahogy mondani szokták, az idő kerekét, azaz minden korok összességét, amiért is kiérdemelte az idő Magellánja jelzőt, így emlegetik szerte a világon. Elmondaná, ön hogyan került Davidson hajójára?

A váratlanul orra alá tolt készülék kicsit megzavarta. Torkát köszörülgette, hogy időt nyerjen, majd így válaszolt:

– Nos, voltaképpen ez a merülés egy kutatási célú projekt volt, amit azért finanszírozott az Időkutatási Minisztérium, hogy minél jobban feltérképezzük az idő mélyrétegeiben uralkodó állapotokat, úgymint hőmérsékleti profil, sugárzási spektrumok, térgörbületi feszültségtenzorok, az idő szubrezonanciája és hasonlók. Minderre azért volt szükség, hogy megalapozzuk és biztonságosabbá tegyük a mérőhajók további merüléseit. Minket, kutató tudósokat nem foglalkoztatott, nem is igen tudtunk róla, milyen célokat szolgálnak valójában ezek a merülések, hogy például aranyat rabolnak a múltból. Erről legfeljebb kósza hírfoszlányokból értesültünk utólag, mi csak a munkánkkal törődtünk. Szándékunkban állt több milliárd év mélységbe lemerülni, ahová előttünk még senki sem merészkedett. De az idő kezdetén áthatolni... nem, ez szóba sem került, erre gondolni sem merészelt senki.

– Értem. – A nő homlokát ráncolva gondolkodott. – Ez esetben meg tudná mondani nekünk, mi késztette Davidson sorhajókapitányt...

– Sorhajókapitány? – Jamie nem állhatta meg, hogy meglepetésének hangot ne adjon.

– Posztumusz előléptették, nem tudta? Közzétették minden csatornán.

– Nem hallottam róla. Annyira megrendített minket a halála, hogy akkoriban nem is figyeltük a médiát. Mintha a saját fiunkat veszítettük volna el!

– Tehát mi késztette Davidson sorhajókapitányt, hogy megtegye ezt a bátor, úttörő jelentőségű lépést?

Jamie eltöprengett, hogy is fogalmazzon.

– Azt hiszem, nem volt más választása – felelte csöndesen.

A riporternőről világosan lerítt, hogy elégedetlen a válasszal.

– Más források szerint az időmatrózok körében elterjedt volt az a tudományos alapot sem nélkülöző hiedelem, miszerint az idő igenis körbejárható, csak kellően robusztus és jól felszerelt mérőhajó kell hozzá. Davidson sorhajókapitány, felismerve az alkalmat, élete kockáztatásával vágott neki az idő mélyének, hogy hetek múltán diadalmasan bukkanjon fel az idő csúcsán.

– Fogalmazhatunk így is – szólt Jamie, s megadóan lesütötte a szemét.

– Érdekelne, van-e róla információja, miként érte el Peter Davidson sorhajókapitány, hogy útra kelhessen a világ legnagyobb mérőhajójával, különös tekintettel a nagytekintélyű Frank Madison professzor ezzel szemben kifejtett, a mérőhajózást minden lehetséges módon akadályozni igyekvő tevékenységére?

Jamie a fejét rázta.

– Frank akkoriban még nem volt professzor, és befolyása a minisztériumban, tudományos hírneve ellenére, minimálisnak volt mondható, így igazán nem állítható, hogy lehetősége lett volna akadályozni a mérőhajó elindulását. Igaz, a merülések veszélyeire felhívta a figyelmet, amikor csak tehette, és nem alaptalanul.

– Értem – zárta le gyorsan a témát a riporter. Nyilvánvalóan nem akart tovább haladni ebben az irányban. – Ismeretes az a nézet, amit Madison professzor, a mérőhajózás nagy ellenzője, akinek ön évtizedekig asszisztense volt, haláláig képviselt, miszerint az időbeli események megváltoztathatatlanok. Mire alapozta ezt a professzor úr, amikor ma már mindenki számára nyilvánvaló, hogy beülve saját mérőhajónkba, és lemerülve egy másik korba, olyan változtatásokat vihetünk végbe, amilyet a kedvünk diktál, természetesen a Merülési Szabályzat előírásainak figyelembevételével?

– Hadd magyarázzam el! – vett Jamie mély lélegzetet. – A Madison professzor nevével fémjelzett irányzat soha nem állította, hogy lehetetlen volna a múltban bármely tetszőleges változtatás elvégzése, hacsak nem ütközik természeti törvénybe. Ő éppen azt próbálta megértetni, hogy ezek a változások mint szükséges építőkövek illeszkednek bele harmonikusan az idő építményének falába, hogy felépülhessen belőlük a jelen jól ismert, szilárd valósága.

– Ha már a valóságot említette – szólt közbe ismét a riporter –, a professzor úr előtt nyilván ismert volt az a filozófiai nézet, amely szerint a valóság koránt sincs kőbe vésve, hanem minden egyes beavatkozáskor változásokat szenved el.

– Természetesen jól ismerte. Az volt róla a véleménye, hogy ez a szemlélet csupán filozófiai síkon tér el az általa hangoztatottaktól, fizikai mérőeszközökkel lehetetlen a különbség kimutatása.

81

Amennyiben ezek a változások valóban léteznek, az egész világegyetemet érintik, benne a megfigyelőket és műszereiket egyaránt. Csak egy mindeneken kívül- és felülálló lény tapasztalhatná meg a változást. Mi erre éppúgy képtelenek vagyunk, ahogyan az egyenes vonalú, egyenletes mozgást végző megfigyelő sem képes érzékelni mozgása során térbeli helyének megváltozását, legfeljebb más koordinátarendszerekhez viszonyítva. Akár azt is hiheti, hogy egyáltalában nem mozdul el. Ezért mondhatjuk épp annyi joggal, hogy időbeli változás nincs, mint azt, hogy van. A nézőponton múlik.

– Térjünk vissza riportunk eredeti témájához, a mérőhajó útjához!

Most megfogtalak, gondolta Jamie Berger, és csöndesen elmosolyodott. Eddig terjednek az innen-onnan összeszedett ismereteid, e ponton túl nem vagy vitaképes.

– Miután Davidson sorhajókapitány áthaladt mérőhajójával a szinguláris ponton, mikor és hogyan ismerte fel, hogy valójában nem az ősrobbanásnál is korábbi időben tartózkodik, hanem a távoli jövőn keresztül hazafelé tart?

Míg Jamie az újabb választ fontolgatta, megcsörrent a riporternő mobiltelefonja, mire feledve minden mást, utána kapott. Fülére szorította a készüléket, kínlódó arccal próbálta megérteni a hívó fél beszédét, többször elismételtette a szavakat. Kapkodva lefirkantott egy címet, majd „Jó, rögtön indulok, itt úgysem jutok sokra!" felkiáltással fejezte be a beszélgetést.

– Mennem kell, sürgős munka vár máshol – mentette ki magát épp csak a rend kedvéért. Összekapkodta holmiját, és már ott sem volt. Jamie csak bólogatott szelíden, mi mást is tehetett volna. Kibámult utána a kertbe, a kapu felé, melyen át oly sietve távozott imént az ifjú riporterhölgy, ügyet sem vetve többé rá, más, frissebb, fontosabb szenzációk nyomába eredve. Űrt érzett legbelül, mintha saját lánya hagyta volna el. Bámult kifelé a kertbe, ahol egykor Peter, a halálában megdicsőült Davidson sorhajókapitány ődöngött magánytól és depressziótól gyötörten, a kertbe, melynek ösvényein annyiszor sétált az ő szeretett Frankjével, a nagy Madison professzorral, aki megálmodta az átjárót, hogy megmentse őt, s akivel egész életén át együtt fáradozott a megvalósításán. Rég nincs itt egyikük se.

A kert már-már hívogató ürességgel tátongott.

Jamie lassan elindult, egyet lépett, talpa alatt megcsikordultak az ösvény kavicsai.

Most erősebben érezte a hívást, mintha valaki lágyan belékarolt volna, s ez újabb lépésekre késztette. Kinn állt a szabad ég alatt hajadonfőtt, feje fölött lombok, felhők, napsütés, minden oly derűs, mint egy gyerekrajzon. Ekkor, mintha karon ragadták volna, erős rántást érzett. Már nem szelíd hívás volt, hanem durván otromba lökés. Istenem, mi ez?

Hirtelen villant belé a döbbenet, a felismerés.

Régen ott motoszkált bennük, a drága Frank ezerszer óvta. Tartottak tőle, hogy egyszer bekövetkezik, nem is értették, hol késik oly soká. Aztán lassanként megfeledkeztek róla.

A hosszútávú kiegyenlítődés.

Természeti törvény.

A parittya olykor vár, kis tömegek esetén, mint egy emberi test, az időhatározatlansági relációból fakadóan akár hosszú ideig is várhat, de nem felejt semmiképp. Hiszen ő nem ebbe az idősíkba való. Harminc esztendővel korábbról indult, s most vissza kell térnie.

Peter a mérőhajó fedélzetén – önszántából vagy sem – már megjárta ezt az utat.

Most ő következik. Tudta jól, hogy semmit sem tehet ellene. Nincs a világon senki, aki *ettől* megóvhatná. Mi értelme hát az ellenkezésnek?

Jamie Berger az égre tekintett, és arcán szelíd mosollyal engedett a kényszerítő erejű unszolásnak. Hagyta, hogy teste a parittya ölelésében elinduljon visszafelé, vissza az idő mélyébe ugyanazon a nyomvonalon, amelyen a mérőhajó utolsó útja vezetett.

És ha bárki megkérdi, egyetlen szó ellenvetést sem hallott volna tőle.

„A" függelék

Tudománytörténeti adalékok

A mérőhajózást Frank Madison 2057-ben kizárólag elméleti úton levezetett számítása alapozta meg, amelyben kimutatta, hogy a 148-as rendszámú elem (Uqo) 395-ös izotópjának felezési ideje negatív értéknek adódik, a bomlási folyamat során pedig tachion-sugárzás lép fel, miközben α-részecskék kibocsátása mellett 391-es Uqh keletkezik. Az eredmény értelmezése évekig elhúzódó tudományos vitasorozat fókuszába került, ami meghozta Madison számára az – egyelőre kétes – hírnevet. Az ügy végére a ChienFu-i részecskegyorsítóban (Új-Kína) folytatott kísérletek tettek pontot hat évvel később. Ezek során mélyhűtött Uqh-berillium ötvözetet tettek ki (a berilliumot könnyűsége és szilárdsága miatt alkalmazták) egyidejűleg tachion- és α-sugárzásnak. Ekkor, 2063. szeptemberében figyelték meg először, hogy az Uqo-atomok nemcsak lebomlottak elemi Uqh-vá, hanem néhány nanoszekundumnyit vissza is csúsztak az időben, amely eltolódás csak azután szűnt meg, hogy a tachion-sugárzást kikapcsolták. Ez volt a parittyahatás első tapasztalati észlelése, amivel megnyílt az elvi lehetőség az időutazás megvalósítása felé, ám egyelőre csupán laboratóriumi körülmények között, mivel az Uqo előállítása ipari méretekben ekkor még nem volt kivitelezhető.

A megoldásra újabb nyolc évet kellett várni. 2071 májusában sikerült a néhány évtizednyi pangás után ismét rohamléptekkel fejlődő nukleáris technológia segítségével megvalósítani azt a fúziót, amelynek során elemi állapotú vasból kobalt-, titán- és nikkeladalék felhasználásával Uqh atomok keletkeztek. Négy év múlva, mialatt az eljárás költségei rohamosan csökkentek, az elért eredmények gyakorlati felhasználásaként 2075. május 9-én kerülhetett sor az első időjármű kísérleti merülésére, amelynek során Roy Coburn, a jármű egyetlen utasa, akit az első időmatróznak tekinthetünk, egyhuzamban tizenhét órányit haladt visszafelé az időben, majd néhány percnyi lebegés után a parittya erejének segítségével sikeresen visszaérkezett.

Távolléte a jelenben mérve 0,15 másodpercig tartott. Mivel hajóját, mely leginkább egy jókora strucctojásra emlékeztetett, zsúfolásig megrakták a legkülönfélébb mérőműszerekkel, ez a körülmény nagyban közrejátszhatott a mérőhajó elnevezés későbbi kialakulásában, bár a szó etimológiája máig sem teljesen tisztázott. (Csak zárójelben: számos kutató a név eredetét a merülőhajó elnevezésre vezeti vissza. Az eset iróniája, hogy eltérően sok más, a történelemtudomány által feljegyzett rejtélytől, ez a kérdés megfigyelő mérőhajók expedíciójával nem oldható meg a fellépő módszertani problémák miatt.)

A hadsereg még ugyanabban az évben a fejlesztések élére állt, s ez nagy lépést jelentett az időmotorok második – térgenerátoros – generációjának megépítése felé. Szerencsére a kutatások nemzetközi jellege ekkor már nem tette lehetővé az elszigetelt, titokban végrehajtott fejlesztéseket, így 2076 őszén megalapították az Időkutatási Minisztériumot, amely a további kutatásokat volt hivatva koordinálni.

Közismert az a néhány évig tartó, szégyenletes közjáték, amelynek során a minisztérium vezető munkatársai, összejátszva egyes mérőhajók hajózó állományával és azok parancsnokaival, saját anyagi hasznukra ill. aktuálpolitikai célok támogatására használták ki a múlt feltárása által kínálkozó lehetőségeket. [...] A Madison-féle parittya könyörtelen visszarendező ereje folytán ezek a próbálkozások csak időlegesen vezethettek eredményre, a múltból felhozott aranytárgyak később rendre újra elmerültek a múltban, visszakerülve eredeti gazdáik birtokába, kudarcra ítélve eme tisztességtelen próbálkozásokat.

Ebben az időszakban került sor a valaha épített leghatalmasabb térgenerátoros mérőhajó egyetlen, végső soron tragikus kimenetelű merülésére, amellyel Peter Davidson sorhajókapitány – elsőként hatolva át a világmindenség időbeli kezdetét ill. végét jelentő szinguláris pontokon (valójában egyetlen ponton) – körbeutazta a végesnek bizonyuló, teljes időskálát, ami által az emberi tudást jelentősen gyarapította. Neki köszönhetjük, hogy az emberiség otthonának határai óriási mértékben kitágultak, s immár a téridő egésze – elméletben legalábbis – lehetőségeink játékterévé változott.

[...]
Madison professzorról szólva számos elméleti eredménye mellett nem hallgathatjuk el legjelentősebb tévedését sem, amely az átjáró megépítéséhez fűződik. Ma már nyilvánvaló, hogy bizakodása ezen a téren erősen eltúlzott volt; e mű megalkotása csakis a piramisok építéséhez fogható, ha egyáltalán véghezvihető. Mind többen adnak hangot ezzel kapcsolatos kételyüknek. Az emberiség jelenlegi tudását és technológiai kvalitásait a terv oly mértékben múlja felül, hogy e sorok írásakor sejteni sem lehet, megvalósítható lesz-e valaha. A jövő azonban tartogathat, sőt bizonyosan tartogat is meglepetéseket számunkra. Az idő egész története erre tanít bennünket.

[...]

Megjegyzés: a kémiai elemek megnevezésénél az IUPAC[5] által még a XX. században kidolgozott ideiglenes vegyjel rövidítéseket alkalmaztuk, mivel az illetékes bizottság az Uqo esetében a kézirat lezártáig nem véglegesítette a madisonium elnevezést.

---

[5]International Union of Pure and Applied Chemistry (Tiszta és Alkalmazott Kémia Nemzetközi Egyesülete, amely többek között a kémiai elnevezések egységesítésével is foglalkozik.)

„B" függelék

Irodalmi vonatkozások

„Meglásd, nincs különösb az időnél semmi e földön..."

Az ógörög nyelven íródott szabályos hexameter, talán egy disztichon kezdősora, talán hosszabb költemény indítása, mindössze néhány éve került elő az attikai ásatások során. Fordítása szoftveres úton történt, melynek kapcsán felmerült a stílusjegyek beállításának problematikája. Egyesek Anakreón öregkori művének töredékét látják benne, mások Arkhilokhosz vagy Mimnermosz keze munkáját vélik fölfedezni e szavak mögött. Megint mások Alkaiosz, esetleg Szimónidész mellett teszik le voksukat, de Szophoklész neve is fölmerült a szembeötlő hasonlatosság[6] és elveszett műveinek magas száma miatt. Minthogy szerzője ismeretlen, de legalábbis azonosítatlan mind a mai napig, így kérdésesnek látszott, melyik szerző rendelkezésre álló életművéből algoritmikus úton leszűrt stílusjegyek eredményezik a megfelelő fordítást[7]. A kérdés eldönthetetlen volta miatt először próbaképpen kiválasztották a három legesélyesebbnek tűnő szerzőt, Anakreónt és két másikat. Ekkor érte a kutatókat a meglepetés. A fordítóprogram háromszori futtatása eltérő bemeneti stílusparaméterekkel szó szerint egyező fordítást eredményezett. Az elképedt kutatók ezután sorra állították be a többi szerző irodalmi jellemzőit, akiknek a neve egyáltalán szóba jöhetett, és eredményül minden esetben ugyanaz a szöveg adódott, de akkor sem változott szemernyit sem, ha modernebb, sőt más nemzetiségű költőkkel próbálkoztak Eminescutól Rilkén át Andy Warholig. Vagyis bármely szerzőnek tulajdonították is az idézetet, a lefordított szövegek betű szerint megegyeztek.

---

[6] „Sok van, mi csodálatos, de az embernél nincs semmi csodálatosabb."
Szophoklész: Antigoné (Trencsényi-Waldapfel Imre ford.)

[7] A tanulmány szerzője itt, de alább, más helyeken is következetesen nem említi, hogy a fordítás mely nyelv*re* történt, amiből arra kell következtetnünk, hogy ez a probléma kifejtése szempontjából indifferens.

Miután alaposan átvizsgálták a szoftvert, és kizárták mind a tévedés, mind a csalás lehetőségét, eredményeiket publikálták a Theoretical Literary World című nemzetközi irodalomelméleti lapban, melyet hamarosan átvett a Lityeraturnaja Gazeta és más szakfolyóiratok. A bejelentés kisebb vihart kavart, a szövegtöredék azonban éppúgy rendelkezésére állt bárkinek, akárcsak a fordítószoftverek, így az eredmény megkérdőjelezhetetlen maradt. A vélemények két pólus köré sűrűsödtek. Az első szerint, amely mögé a szakemberek többsége felsorakozott, minél rövidebb egy szöveg, annál drasztikusabban csökken a nyelvtani szabályoknak megfelelő, helyes szórendű, igényes fordítások száma. Pierre Troatier francia nyelvész-matematikus kimutatta, hogy az elméleti alsó küszöb, ahol már csak egyetlen elfogadható fordítás létezik, nyelvtől és mondatszerkezettől függően egy és négy szó közé esik. A vizsgált textus ennél jelentősen hosszabb, azonban e többletet Troatier és mások könnyedén megmagyarázták, mondván, hogy az időmérték által támasztott megkötés minden más fordítói szövegvariánst kizárhat.

Néhány hónap múltán az orosz A. M. Verinszkij meglepő, új teóriával állt elő. Dolgozatában az algoritmikus sűríthetőség fogalmát alkalmazta a nyelvészetre, amely az irodalmi kutatók számára teljesen új, ismeretlen jövevényként érkezett a programozás-elmélet világa felől. Verinszkij azt fejtegette, hogy amennyiben egy szöveget a végsőkig lecsupaszítunk, lényegi mondanivalójára korlátozunk, mentesítve minden sallangtól, akkor az ilyen szöveg más nyelvekre is csak egyféleképpen fordítható, amennyiben a fordításban is meg kívánjuk őrizni eme jellegzetességét. Szerinte ilyen szöveget ember szinte nem is képes előállítani, legfeljebb tudatos, ám nagyon fáradságos munkával, ha pedig egyéb feltételeknek is meg kell felelnie, mint a daktilus és spondeus verslábak követelménye, akkor ilyen teljesítményre már csakis számítógépes program képes.

Ha expressis verbis nem is vádolta meg az attikai ásatás résztvevőit csalással, eme következtetés egyértelműen kiviláglott fejtegetései nyomán. Hiába állt készen a sugárfizikai labor jelentése, ahol a leletanyag karbonos kormeghatározását végezték (az eredmény Krisztus előtt 300-800 közé esett), és tették közzé ország-világ előtt,

Verinszkij válaszcikkében félresöpörte ezt az érvet. Nem kevesebbet állított, mint hogy a mérőhajózás elterjedésének korában senkinek sem okozhat problémát lemerülni mínusz háromezer környékére, és beszerezni a szükséges írótekercset, tintát vagy agyagot, amiből saját kezűleg égethet cserepet a megfelelő szöveg bevésése után. Tegyük hozzá, ezt később, a jövő beláthatatlan távolaiban is kényelmesen megteheti bárki egyetlen megrendeléssel egy intertime csomagküldő üzlethálózaton át, hogy tréfát űzzön elődeiből. Verinszkij teóriáját a körülötte lengő botrányszag miatt felkapta a közérdeklődés. Áltudományos körökben ma már annyira népszerű, és oly kiirthatatlanul tartja magát, hogy sokaknak eszébe se jut feltenni a kérdést, miért ne rakhatott volna egymás mellé logikus sorrendben néhány egyszerű szót egy ókori költő.

A kérdés minden bizonnyal eldöntetlen marad, míg elő nem kerül(nek) az ominózus vers (további) elveszett sora(i). Mindössze annyit szögezhetünk le tehát, hogy a kikötőcsarnok bejárata fölé, ha egyszer újraépítik, minden bizonnyal valamely tisztázott eredetű idézet kerül. Ha szabad tovább játszanunk a gondolattal, és ehelyütt javaslattal is élnünk, a harmadik évezred hajnaláról választanánk az alábbi, szenvedélyesen panteisztikus sort:

„A Mindenség mély sóhaj az Idő tükrén...”[8]

---

[8]Baksai-Róka Béla: Űrvándorok társasága c. utópisztikus, kiadatlan írásából, a szerző engedélyével.

Az idő árnyéka

(sci-fi kisregény)

I. rész

Kathlyn Brandon az interkontinentális óriásgép felső szintjének hetedik sorában, közvetlenül az ablak mellett foglalt helyet. Ölében csukott könyv hevert; egyhuzamban olvasta ki, mióta felszálltak a Kennedyről. Az óceán fölött hamar beleunt a habcsomóként lebegő felhők és a magasból szelíd redőnek tűnő hullámok bámulásába, a videókínálat sem keltette föl az érdeklődését, inkább a reptéren vásárolt regény olvasásába mélyedt. *Az átjáró hősei*, virított dombornyomású aranybetűkkel a színes borítón, melyen délceg fiatalember és sudár leány igyekezett kézen fogva a félelmetes sötétből egy misztikus világosságot árasztó hasadék felé. Főhőse nem más volt, mint Peter Davidson időkapitány, aki e történetben derekasan harcba szállt az átjáróban leselkedő, a világmindenséget elnyeléssel fenyegető kvantumszörnyetegek ellen, s miután a hajtóműből rögtönzött tachion-ágyúval kemény harcban ízzé-porrá zúzta őket, majd megfeszített küzdelem árán végveszélybe sodródott mérőhajóját is sikeresen kimentette egy rettenetes időörvény fogságából, a történet végére elnyerte a fedélzeten utazó szőke, karcsú Jamie Berger kutatónő szerelmét.

Kathlyn szomorkásan elmosolyodott. Kevesen ismerték nála jobban a mérőhajó és néhai utasai valódi történetét. Annyiszor elolvasta Jamie Berger naplóját, hogy néha már úgy érezte, maga is részese volt a nagy utazásnak a mérőhajó fedélzetén. Minden apró részlet mélyen az emlékezetébe vésődött. Elnéző mosolya a puhafedelű kötet csacskaságainak szólt, amelyhez hasonlók tömegesen árasztották el a könyvpiacot. Szűnni nem akaró érdeklődés mutatkozott a téma iránt. Ám arca elkomorult, amint az átjáró felfedezésének valódi utóéletére gondolt.

Jamie Berger, az utolsó élő tanú nyomtalan eltűnését követően kétkedő hangok szólaltak meg, s váltak az idő múlásával mind erősebbé. Tudományos fórumokon hamar elfogadottá vált, hogy mint egyszeri és bizonyítatlan kísérlet produktumára, többé ne lehessen a mérőhajó többhetes útja során gyűjtött mérési adatokra hivatkozni.

Aki tudós létére nem tartotta magát eme íratlan normához, hamar kívül találta magát a felkentek körén. Sokan, főleg a hozzá nem értők széltében-hosszában gátlástalanul terjesztették, hogy a mérőhajó háromszázmilliárd éves utazása az idők összességén keresztül valójában meg sem történt. A mérőhajó útja mellett a ponyvaregény írókon kívül már jószerivel csak a legfanatikusabb fantaszták, a minden alapot nélkülöző őrültségekben is hinni hajlandók törtek lándzsát.

Hogyan fajulhatott idáig a helyzet?

A probléma abban rejlett, hogy a névtelen mérőhajó nevezetes útját követően soha, senkinek nem sikerült megismételnie az Idő körbeutazását.

Elsőként Gambler kapitány és négyfős csapata – egytől-egyig régi, kipróbált időhajósok, állami szolgálatban szerzett nem csekély tapasztalattal a múlt kincseskamráinak kifosztása terén – vágott neki az útnak. Mérőhajójuk, a *Vulcanus* teljesítmény és védelmi paraméterek terén bátran felvehette a versenyt Jamie Bergerék elhíresült, névtelen hajójával, mégsem jártak sikerrel. Világvonaluk időradarral jól követhetően vezetett a kritikus zónáig. Gambler kapitány és legénysége e végső határon nagy elszánással bukott alá a mélybe, visszatérésük ezután már csakis a többheti körutazás árán valósulhatott meg – amiként Jamie Bergerékkel is történt –, feltéve, hogy hajójuk képes elviselni a korai világmindenség viszonyai között uralkodó állapotokat.

A *Vulcanus*, noha mindeme követelményeknek tökéletesen megfelelt, többé nem tért vissza a kritikus határ túloldaláról. A maximális késési dilatációt még Madison professzor számította ki a Mindenség idősugarának, tágulási együtthatójának, a fénysebesség időbeli változásának és π-nek az értékéből komplex transzformációval, s az hozzávetőleg tizenkét órának adódott, ami jó közelítéssel egyezett a rendelkezésre álló egyetlen mérési eredménnyel[9], Jamie Berger hajójának visszaérkezésével a

---

[9] E kérdésben sokáig megoszlottak a vélemények, mivel a megengedhető mérési pontatlanság meghatározása elvi nehézségekbe ütközött. Az idő körbeutazásának hívei szerint a mérőhajó késése elfogadható pontossággal egyezett a maximális késési dilatációval, ellenzői szerint viszont az 1%-ot

kikötőcsarnokba. S minthogy a teljes világegyetem időbeni körbejárásánál hosszabb út nem létezik, Gambler kapitány hajójának a maximális késési dilatáció elteltével a jövőből érkezve fel kellett volna bukkannia indulási jelenében. Csakhogy a *Vulcanus*, mint említettük, soha többé nem került elő.

Ennek nyomán az Időkutatási Minisztérium a tőle elvárható óvatossággal betiltotta a kritikus időhatár alá történő további merüléseket mindaddig, amíg fény nem derül a baleset okára. A tiltás azonban nemhogy visszatartotta volna a magánúton szervezett próbálkozásokat, épp ellenkezőleg, olaj volt a tűzre. Felelőtlen kíváncsiskodók éppúgy útra keltek, mint szerencsevadász kalandorok, akiknek a jövő kincseire fájt a foguk, s ezeket a múlton át kívánták becserkészni. S noha ezek a hajók felkészültségüket tekintve semmiben sem maradtak el a *Vulcanus* vagy Berger és Davidson névtelen hajója mögött, egytől egyig pórul jártak. Amint a kritikus időhatárt átlépve lesüllyedtek az abszolút idő mindinkább csak halálzónaként emlegetett legalsó, félmilliárd éves tartományába, mindörökre nyomuk veszett.

Csoda-e, ha olyan híresztelések keltek szárnyra, miszerint a nevezetes átjáró pusztán a képzelet szüleménye? Hogy nem is létezett soha, csupán a mérőhajó utasai találták ki? Hogy az említettek fényében megkérdőjelezendő az általuk szolgáltatott mérési adatok hitelessége?

Kathlyn komoran meredt maga elé, s csak akkor zökkent vissza nyomasztó gondolataiból, amikor elhangzott a felszólítás a biztonsági övek becsatolására. Az olcsó ponyvaregényt az üléstámla hálójába hullajtva ernyedten hátradőlt. Leszálláshoz készülődtek Párizs Orly repülőterén.

*

Henry Arlington kozmológus professzor, a Sorbonne vendégelőadója tudományos rangjához képest meglepően fiatal ember

---

megközelítő eltérés semmiképp sem akceptálható. Vitájuk végére csakis a mérőhajó útja problémakörének teljes tisztázása után kerülhetett pont.

volt. Elért eredményeit hatalmas tárgyi tudásán és szárnyaló szellemén túl kitartó makacsságának köszönhette, amellyel elszántan vetette magát a legreménytelenebb problémák nyomába. Mivel nemcsak kutatásaira, hanem azok közérthető interpretálására is nagy súlyt fektetett, közismertségnek, sőt népszerűségnek örvendett a legszélesebb néprétegekben. Ennek köszönhetően egy májusi délután zsúfolásig telt előadóteremben fejtegethette vegyes hallgatóság előtt legfrissebb elméletét, amely – miként a profi szervezők nem mulasztották el óriásbetűs plakátokkal előtérbe taszigálni – gyökeresen új megvilágításba helyezi a Berger-Davidson átjáró hipotézisét. A padsorokban a sajtó képviselői mellett híres művészek és a politikai élet ismert személyiségei foglaltak helyet, de feltűntek a társasági élet más jellegzetes figurái is: reflektorfényben sütkérezni vágyó szépasszonyok, épp divatos filmszínészek és modellek, felkapott celebek, ismert pénzeszsákok. Hangos, nyüzsgő közönség volt ez, amely világosan értésre adta, hogy itt elsősorban az ő ítélete számít, mellette minden más tényező – beleértve a józan logikát és a tudományos érvelést is – csekély jelentőséggel bír.

Arlington professzor elméletét az egyre kétesebb hírű átjáró témájával foglalkozni meg nem szűnő bulvársajtó később a „rozoga fahíd"-elmélet néven emlegette. Ő maga sohasem nevezte így.

A professzor jó érzékkel ügyelt rá, hogy előadása a hallgatóság kevésbé iskolázott rétegeihez is szóljon. Miközben egyre-másra töltötte meg kozmológiai levezetésekkel a kivetítő hatalmas fali képernyőjét, sohasem mulasztotta el, hogy tartalmukat, mintegy mellékesen, köznapi megfogalmazásban is kifejtse. Lendületes és megnyerő előadásmódja magával ragadta a matematikához mit sem konyító, ám zajos szimpátianyilvánításra annál könnyebben kapható közönségét, amely felhevültségét elragadtatott bekiabálással, hangos füttyszóval, olykor közbetapsolással, máskor szenvedélyes „Bravo! Bravo!" felkiáltásokkal juttatta kifejezésre, akár egy zenekari koncert publikuma.

Mintegy félórányi előkészítő magyarázat után jutott el a professzor addig a pontig, hogy vadonatúj hipotézisének kifejtésébe fogjon, amelynek – tisztában volt vele – a tömeges érdeklődést köszönhette.

Rövid, jelentőségteljes szünetet tartott, miközben elgondolkozva járkált fel-alá, megvárva, míg a zsibongás elül, a legcsekélyebb nesz sem hallatszik, s minden fül feszült figyelemmel áll készen beinni a szavait.

– Ha megállunk az emberi tudás ama csúcspontján – fogott mondandójába –, ahová eddigi matematikai fejtegetéseink vezettek, s amely kutatócsoportom utóbbi négyévi munkájának eredménye, miért ne vetnénk tekintetünket még távolabbra, miért ne játszanánk el a gondolattal, hogy mi vonható le a szemünk előtt kibontakozó új tudományos képből a Berger-Davidson átjáró problematikája néven ismeretes kérdéskörre vonatkozóan.

Élvezte a csendet, amely most megülte a termet. Légy se zümmögött. Úgy játszott hallgatósága idegeinek húrjain, mint egy hárfaművész. Még pár másodperc szünet, majd lassan oldva a feszítően felgyülemlő kíváncsiságot, mintegy nyitányként felhangzottak az első akkordok:

– Ma még a leghalványabb fogalmunk sincs, miként foghatnánk olyan átjáró építésébe, amelyről Jamie Berger úti beszámolója említést tesz. Ezt annak ellenére le kell szögeznünk, hogy a megoldás kulcsát sokan az extraidő körül vélik megtalálni, amellyel már Madison életében sikeres kísérletek történtek. Csakhogy egy dolog laboratóriumi körülmények között, kicsiben megvalósítani egy jelenséget, és egészen más megépíteni ugyanezt nagyban, különösen a világmindenség egészéhez fogható léptékben! Bárhogy is legyen, egy dolgot bizonyosan leszögezhetünk: az átjáró nem lehet stabil képződmény.

Egy tudományos konferencián nem tehetett volna ilyen kijelentést anélkül, hogy rögvest tucatnyi kérdés ne záporozzon reá. Az itteni hallgatóság azonban türelemmel várta a folytatást, mit sem fogva fel az iménti szavak horderejéből. A professzor aprót sóhajtott, majd nekifogott részletesen kifejteni:

– Hihetetlenül nehéz feladat élő szervezetek számára elviselhető körülmények létrehozása és fenntartása az ősrobbanás-közeli percek hajmeresztően szélsőséges körülményei között. Ahogy közelítünk az ősrobbanás pillanatához, úgy válik a feladat exponenciális függvény szerint mind nehezebbé, míg végül az idő legkritikusabb pontján, magának az ősrobbanásnak a pillanatában elvileg végtelen mennyiségű energiát kellene összpontosítanunk. Ez nyilvánvalóan lehetetlen.

Némán lépdelt párat, hagyva, hadd ülepedjenek le az elhangzottak hallgatósága tudatában, majd így folytatta:

– Egyetlen kibúvó kínálkozik számunkra: a felfedezőiről Melchior-Chen névre keresztelt effektus. Ez a szűk tudományos körökön kívül ma még jószerivel ismeretlen jelenség teljesen egzakt módon leírható, iménti levezetéseim során magam is több ízben támaszkodtam rá. Az effektus felfedezői nem kevesebbet állítanak – és most nézzék el nekem, ha tudóshoz méltatlan pongyolasággal fogalmazok, feláldozva a precizitást a közérthetőség oltárán (a hallgatóság helyeslően felmorajlott) –, mint hogy a kvantumjelenségek körében, ahová a Mindenség kezdetének első pillanatai is tartoznak, végtelen mennyiség valójában nem létezik. Ehelyett tetszőleges mértékű *véges* értékek skálájaként jelenik meg a kvantum-bizonytalanságoknak köszönhetően. Minél alacsonyabb értéket választunk e skáláról, vagy más megfogalmazásban: minél távolabb óhajtunk maradni a látszólag végtelen nagy értékektől, annál rövidebb ideig élvezhetjük az effektus áldásos hatását. Ráadásul a jelenség meglehetősen instabil, a legcsekélyebb zavaró körülmény tönkreteheti.

Kíváncsi lett volna, hányan sejtik már a padsorokban ülők közül, mit is jelentenek eddigi fejtegetései az átjáróra nézve. Gyanította, nem sokan, holott a következtetés kézenfekvően adódott:

– Egyszerű számítással meghatározható tehát, hogy az általunk megengedett legmagasabb hőmérsékleti és nyomásviszonyok mellett mekkora minimális sebességgel kell áthaladnia adott tömegű objektumnak az ősrobbanás „végtelen" energiájú – valójában véges értékek sorából felépülő – kezdeti pillanatán, hogy épségben átjusson. A számítások pedig azt mutatják, hogy a mérőhajónak, még ha sok évtizeddel ezelőtt épült, kezdetleges modellről van is szó, erre a lehetősége megvolt!

A zajos ünneplés perceit, melyre a közönség nyilvánvalóan jó előre felkészült, erre utaltak az előkerülő konfettik, papírtrombiták és a hirtelen magasba emelkedő transzparensek, a bulvársajtó jelenlévő képviselői arra használták, hogy mobil eszközeik segítségével máris világgá röpítsék az első szenzációs híreket. Összeadták az egyet meg a kettőt, s mintha tudományos folyóirat szerzői lennének, azon frissiben levonták a konklúziót: az elsőként áthaladó mérőhajó, Jamie Berger és Peter Davidson hajója mint korántsem elhanyagolható zavaró tényező, örökre megváltoztatta az átjáró instabil viszonyait, és ma már csak az ég a megmondhatója, milyen feltételek várják az átjutással kísérletezőket. A *Vulcanus* és a többi odaveszett mérőhajó esete nem sok jóval kecsegtetett. A szakadék fölött átívelő egyetlen, rozoga fahíd az első átjutó mögött recsegve leszakadt, következésképpen a mögötte haladók egytől-egyig a szakadékba zuhantak. Íme, Arlington professzor legmodernebb eredményeken alapuló „rozoga fahíd"-elmélete! Íme, az összes ismert tényt megmagyarázó logikus, tudományos elmélet!

Az ünnepelni vágyó tömeg már alig türtőztette magát. A fiatal professzor hiába integetett kétségbeesetten, hogy még nem fejezte be, senki sem törődött vele. A hangulat tetőfokára hágott. Petárdák durrantak, füst gomolygott, a hallgatóság törni-zúzni kezdett, a rend végérvényesen felborult. Az előadást, minthogy képtelenség volt folytatni, félbe kellett szakítani.

Arlington elmélete futótűzként terjedt az interneten. Felkapták a hírügynökségek, hírével világszerte megteltek a lapok, újabb és újabb előadások sokasága várt rá. Párizsi szállodájának címére akadémiák hivatalos küllemű és királyi házak címeres meghívóit kézbesítette a postás.

Csakhogy nem volt, aki átvegye.

Ünnepelt előadása után az ifjú professzornak nyoma veszett, és senki sem tudta, hol keresse őt.

*

Meg kell említenünk, hogy a nevezetes előadás félbeszakadásakor történt egy fontos esemény. A csatatérré vált előadótermet elhagyni készülő Henry Arlington professzorhoz egy bájos fiatal hölgy csatlakozott.

– Igazán nagyszerű fejtegetés volt, professzor úr! Szívből gratulálok! Eszerint ön úgy tekint Jamie Berger mérőhajójának időbeli körutazására, mint valóságosan megtörtént eseményre?

– Ha megengedi, kisasszony, a sajtó kérdéseire később válaszolok – felelt a kérdezett kissé elgyötörten az elmúlt percek körülötte dúló eseményeitől.

– Nem tartozom a sajtóhoz – hangzott a meglepő válasz, mire a férfi alaposabban is szemügyre vette az érdeklődőt. Csillogó szemű, szép nő mosolygott rá, akinek intelligenciát sugárzó, ugyanakkor megejtően nőies stílusa egyszeriben tudatosította a negyedik ikszet taposó professzorban, hogy az intenzív kutatásra áldozott idő alatt mily sokat nélkülözött a magánélet terén. Önként tette, nem kényszerűségből. Jóképű, charme-os férfi volt, akiből áradt a határozottságnak és gyöngédségnek az a keveréke, amelynek a nők nem tudnak, de nem is akarnak ellenállni.

Visszamosolygott.

– Személyes kíváncsiság vezérli talán? – kérdezte barátságosan, miközben félrehúzta a lányt egy feléjük repülő petárda elől, és maga is ruganyosan elhajolt.

– Nagyon is személyes. Jamie Berger egyetlen húgának vagyok a leszármazottja.

A gomolygó füstfelhőn át Arlington egyre fokozódó érdeklődéssel pillantott rá. A mérőhajó nevezetes útját illetően maga sem tudta, mit gondoljon, minden elméleti tudása kevés volt a bizonyossághoz. És most itt ez a vonzó, ifjú hölgy, aki birtokában lehet számos új, nem publikus információnak!

A nő, mintha csak olvasott volna gondolataiban, a legkevésbé sem zavartatva magát a körülötte tomboló, széklábakkal viaskodó vandáloktól, így folytatta:

– A családi szájhagyomány sok értékes részletet megőrzött. Szerencsésnek mondhatom magam, hisz gyerekkori emlékeim valóságos kincsesbányaként szolgálnak tudománytörténeti kutatómunkámhoz, melynek témája természetesen Jamie Berger nagy utazása az idő körül. Azt reméltem, az ön előadása a természettudomány oldaláról derít fényt a talányokra, és kettőnk együttes tudása segíthetne megoldani az átjáró körüli rejtélyt...

Kathlyn Brandon – hiszen ő szólította meg a professzort – elhallgatott, és várakozó tekintettel nézett rá, míg Arlington végre észbe kapott, és gálánsan meghajolva felajánlotta:

– Mit szólna, ha fehér abrosz mellett beszélnénk meg a továbbiakat? – Majd közelebb húzódva aggodalmasan súgta a lány fülébe: – Tűnjünk el innét gyorsan, amíg ép bőrrel tehetjük!

A történet a reklám után folytatódik. Kérjük, olvassa tovább!

R E K L Á M

Ön megadja jövőbeli úti céljának téridő-koordinátáit[10], s irodánk megszervezi, hogy a jövőből, egy magasabban fekvő bázisról mérőhajó merüljön le Önért a jelenbe, s visszaemelkedése során Önt pontosan a megjelölt koordinátákon kitegye. Retúrjegy váltása esetén kedvezmény![11] Csoportoknak jelentős kedvezmény!

Ha nem kíván személyesen jelen lenni az Önt érdeklő eseménynél, speciálisan képzett szakembereink vállalják a történések megfigyelését, felvételek készítését a múlt – és immár a jövő – bármely nyilvános[12] eseményéről.

ÚT A JÖVŐBE!

IDŐKERÉK
Intertime Utazási Iroda

A reklám után folytatódik a történet:

A férfi este hétkor várt Kathlynre a Rue de Charonne és a Rue Faidherbe sarkán. Langyos tavaszi estéhez illő, könnyű öltözéke láttán senki sem gondolhatta, hogy egyetemi professzor sétál előtte, ám a járókelők mégis nyomban felismerték. Egyetlen perc alatt jókora csoportosulás támadt körülötte. Arlington professzor sietve kiosztott

---

[10] A koordináták meghatározása a Hartmann-Wesselsky: Téridő-atlasz negyedik, javított kiadása (Good Time, N.Y., 2123.) – vagy ennek 7.04 verziójú programváltozata – szerint lehetséges.
[11] Amennyiben visszautaztatást nem kíván igénybe venni, visszatérése természetes módon történik a parittya-effektus segítségével (ld. részletesen az Utazásaink természettudományos alapjai c. fejezetben). Itt hívjuk fel szíves figyelmét, hogy a jövőben tartózkodásának ideje az időhatározatlansági relációból fakadóan (ld. említett fejezet) rövidebb is lehet az Ön által tervezettnél, emiatt irodánkat felelősség nem terheli, kártérítésre nem kötelezhető.
[12] A megrendelés nem sérthet személyiségi jogokat, és nem ütközhet a Merülési Szabályzat rendelkezéseibe.

néhány autogramot, majd reménykedve felnézett, és megpillantotta a közeledő lányt. Elakadt a lélegzete.

– És még a francia nőkre mondják, hogy csinosak! Mit szólnának, ha magát látnák?

– Ha Párizsban jársz, öltözz úgy, mint a párizsiak! – aktualizálta Kathlyn mosolyogva az ismert bölcsességet. A férfi elismerő tekintete kellemesen bizsergette a bőrét. Jólesett neki a bók, a figyelmesség, ami a friss, fiatalos ötleteknek szólt, melyeket helyben lesett el jól öltözött párizsi nőktől – hajába kötött kendő, lazán csípőre eresztett öv, aszimmetrikus aljú ruha –, akik érdekes módon inkább a nyúlánk alkatú néger és félvér nők közül kerültek ki. A fehér lányok, asszonyok jobbára megelégedtek az egyenfarmer, egyenpóló viselésével.

Rengeteg volt a színesbőrű, s ez meglepte az óceán túlpartjáról érkező Kathlynt, akinek képzeletében Párizs a főként fehérek lakta Európa szimbólumaként élt. A valósággal már az első percekben szembesült. A repülőtérről néger sofőr vezette busz hozta be a városba. A buszablakból látta, hogy az utcákat sötétbőrűek takarítják. Belőlük állt a szállodai személyzet és a taxisofőrök zöme, az áruházi eladók és pénztárosok, az éttermi felszolgálók és konyhai dolgozók jelentős része.

A professzor az elegánsabb éttermek közül ajánlott, de Kathlyn egy hagyományos kisvendéglőhöz ragaszkodott, amely gyertyafényes asztalaival, hosszúkötényes pincéreivel, családias hangulattal várta a betérőket. A hely elnyerte Henry tetszését is. Vacsora közben aztán hamar összemelegedtek, s úgy beszélgettek, mintha régi ismerősök lennének.

Arlington őszintén beszélt ifjú éveiről, pályafutása kezdetéről és nagy álmáról, hogy eljusson a jövőbe.

– Mióta kisgyerekként először hallottam az időutazásról, ég bennem a vágy, hogy egyszer egy jövőbe induló mérőhajó fedélzetére lépjek, amely éppoly szabadon kószálja be az eljövendő idők magasságait, ahogy jelenlegi mérőhajóink a múlt mélységeivel teszik. Hiába mondták ki már réges-régen az idősíkok egyenértékűségének tételét, nehéz a szubjektív érzéstől szabadulni, hogy csakis a saját idősíkom valóságos, az összes többi csupán álomvilág. Csakhogy míg a múlt tetszőlegesen megismerhető, emlékekben és nyomokban gazdag, addig a jövő a maga megfoghatatlan ködösségében, látszólagos képlékenységében, álomszerűségében teljesen más. – Arca kipirult, szeme csillogott. – Oda eljutni... Egész életemet, minden energiámat ennek az álomnak szenteltem, de ma sem mondhatom, hogy közelebb lennék a megvalósításához. Gyakran érzem úgy, hogy már-már kezem között a megoldás, csak meg kéne ragadnom határozottan, mégis mindig kisiklik a kezem közül.

Bosszankodva, elégedetlen arccal rázta meg a fejét.

A lány következett. Gyermekkori emlékeiről mesélt, amelyek révén korán beleivódott tudatába a családi hagyomány, a nagy időutazó, Jamie Berger legendáriuma.

– Bár személyesen nem ismerhettem, meggyőződésem, hogy tisztalelkű, becsületes ember volt, akiről elképzelhetetlennek tartom, hogy hazugsággal etesse a világot. Bármi más magyarázatot előbb vagyok hajlandó elfogadni, mint ezt. A te elméleted például egész elfogadhatónak látszik, mármint az én szempontomból, hiszen alátámasztja, hogy az időkörüli utazás tényleg megtörténhetett. De azért akadnak vele gondok.

– Valóban? – lepődött meg a fiatal professzor.

A lány felemelte borospoharát, és kortyolt egyet.

– Nem vagyok kozmológus, de úgy hallottam, hogy a mérőhajó útja alapján leírt, önmagába visszahulló univerzum képe régen kiment a tudományos divatból. Ma már mindenki a sötét energia taszító hatása miatt gyorsulva széttartó modellre esküszik. Ami viszont szöges ellentétben áll a mérőhajó utasai által tapasztaltakkal.

– Ó, ez nem az én elméletem problémája – legyintett Arlington –, sőt igazából nem is probléma. Ma ezt gondoljuk a világegyetemről, holnap azt. Senki sem állítja, hogy birtokában vagyunk a végső igazságnak. Pár száz éve még azt hittük, hogy a Nap kering a lapos Föld körül... De ha igaz is lenne a mai közfelfogás, nem feltételezhető-e, hogy az elkövetkező évmilliárdokban megváltozik... maga a Mindenség? Képzeld el, hogy egyszer majd, a nagyon távoli jövőben ma még ismeretlen természeti folyamatok eredményeként, de az sem kizárt, hogy értelmes lények kezének munkája nyomán beindul egy láncreakció, ami változást okoz a sötét energia kvantumos szerkezetében, és a taszítást vonzássá alakítja át!

– Lehet, hogy igazad van – engedett a lány –, csakhogy vannak további problémák is.

– Hallgatlak – felelte Arlington, és tenyerét természetes mozdulattal simította a lány kézfejére az asztalon. Kathlyn zavartalanul folytatta.

– Jamie Berger naplójából és a rögzített mérési adatokból egyaránt világosan kiderül, hogy miközben áthaladtak az átjárón, a mérőhajó egészen lelassult, egy pillanatra meg is állt, majd anélkül, hogy bármihez nyúltak volna, ismét gyorsulni kezdett. Abban a tartományban történt mindez, ahol a parittya emelő hatása már rég nem érvényesült, a holttartományban, más néven halálzónában, amelynek létezéséről nekik még fogalmuk se lehetett. Azt is tudjuk, hogy az időmotorokat rég leállították. Mi fékezte le, majd indította meg újra a hajót?

A professzor nem először hallotta ezt az érvelést, mások is megfogalmazták már a kérdést. Megköszörülte a torkát.

– Nos, ez valóban rejtélyes. Ha őszinte akarok lenni, magam sem mondhatok mást, mint hogy csak feltételezéseknek van helye. Úgy emlékszem, már Jamie Berger is úgy vélte, vagy inkább remélte, hogy az ősrobbanás közelében az idő újra összesűrűsödik, növekszik a közegellenállása, és ez majd lelassítja hajójuk zuhanását, amíg...

– Csakhogy ez homlokegyenest ellentmond Madison elméleti számításainak, amelyek szerint a parittya visszatérítő ereje megszűnik a halálzóna küszöbén, és lejjebb már csak szívóhatásként érvényesül!

Arlington hátradőlt székében, rendezni próbálta gondolatait, de a lány még nem fejezte be:

– Ha pedig lelassultak – tegyük fel, hogy így történt –, hogyan fér ez össze a mai előadásodban kifejtettekkel? Azt állítottad, csakis úgy juthattak át a Mindenség kezdeti szinguláris pontján, ha rendelkeztek a kellő sebességgel. Ám ha lelassultak és megálltak... – A lány kifulladva hagyta abba.

A professzor számára világos volt az ellentmondás, és Arlington hallgatott. Nem akart azzal érvelni, hogy ő csupán felvázolt egy elméleti lehetőséget, ám sosem állította, hogy a dolgok a valóságban is így történtek. Nem akarta kimondani, hogy mindez sajnos erősen amellett szól, hogy a mérőhajó története körül valami nincs rendben.

Nem mondta ki, hogy valami szükségszerűen nem úgy játszódott le, ahogyan a mérőhajó utasai állították. Nem mondta ki, mert megbántotta volna ezt a szép és kedves leányt, akinek szívügye volt Jamie Berger becsülete, hát inkább hallgatott.

– Köszönöm – mondta Kathlyn halkan, és a professzor meglepetten kapta fel a fejét. – Most, hogy hangosan kimondtam mindezt, már magam is le tudom vonni a logikus következtetést. Köszönöm, hogy nem vágtad a fejemhez!

– Sajnálom. Nem könnyű feldolgozni, igaz?

– Majd csak megbirkózom vele – sóhajtotta haját hátravetve a lány, és igyekezett vidám arcot vágni. – Beszéljünk inkább az előadásodról! Igazán csinos elmélettel álltál elő. Méltán ünnepelnek érte városszerte.

– Örülök, hogy a nagyközönség így találja. Az a pár tucat elméleti kozmológus, aki részleteiben is érti, amiről ma délután beszéltem, általában hevesen vitatja. De sebaj, majd csak elbírok velük. Mégiscsak a legjobb szakember volnék a témában – nézett derűs arccal a lányra.

– Vannak bizonyítékaid az elméleted alátámasztására?

– Akadnak, ám főként közvetett bizonyítékok. Következtetések. Nem rosszak, de semmi átütő erejű. Semmi olyan, ami alapján kijelenthetném, hogy a dolgoknak így, és csakis így kell állnia. Ráadásul őszintén ki kell mondanom, mert az embereket elsősorban ez érdekli, hogy fogalmam sincs, valójában miként esett az a dolog a mérőhajóval és az átjáróval. Csakhogy... elárulok egy titkot.

Kathlyn ösztönösen közelebb húzódott, mivel a férfi lehalkította a hangját.

– Ma este... ma este talán lehetőségem nyílik bizonyíték szerzésére. Elhatároztam, hogy magam járok utána ennek a históriának.

A lány csodálkozva nézett rá.

– Hogyan képzeled?

– Elutazom a jövőbe. Olyan magas idősíkba, ahol már tisztázták a mérőhajó esetét.

A lány eltűnődött.

– Láttam az időutazási irodák hirdetményeit. Arra gondolsz, hogy...

– Utánanéztem én is, de azt találtam, hogy meglehetősen korlátozott az időbeli mozgásterük, mindössze néhány évtized. Feltételezem, hogy a Merülési Szabályzat valamely, nem feltétlenül nyilvános záradéka lehet az oka.

– Miért kifogásolná a szabályzat a távoli jövőbe tett utazást? – kérdezte Kathlyn. – A múltba akár több millió évre is merülhetünk, csakis a mérőhajónk teljesítménye szab határt.

– Nem tudom. Talán nem akarják, hogy ember, anyag és információ túlságosan keveredjen az időben. Nem látok a fejébe a szabályzat alkotóinak és mindenkori megújítóinak, hogy miféle filozófiai elvekre alapozva munkálkodnak.

– Húsz vagy harminc év se kevés, ha a jövőről van szó.

– Még sok is, ha valaki a lottóra vagy a tőzsdére kíváncsi!

Nevettek, majd a férfi elkomolyodva így folytatta:

– Én sokkal messzebbre készülök. Oda, ahol már nemcsak a mérőhajó rejtélyét tisztázták, hanem megfejtették az átjáró építésének a titkát is. Nem tudom, mikor fog ez bekövetkezni, de minden vágyam, hogy abba a korba utazzak. És akár hiszed, akár nem, ma este megpróbálkozom vele!

Kathlyn a férfit tanulmányozta a gyertyafényben, nem ugratja-e, ám napnál világosabb volt, hogy amaz komolyan beszél. Az elszántság megnemesítette arcvonásait.

– Hogy akarsz a jövőbe emelkedni, ha nem az utazási irodák révén?

– Már készülődöm egy ideje. Az elv ugyanaz, mint az utazási irodák esetében: Üzentem a jövőbe, hogy ereszkedjen alá a jelenembe egy mérőhajó, és vigyen magával, amint visszaemelkedik. Csak az én felhívásom távolabbra szól.

– Teljesen őrült vagy! Hogy csináltad?

Arlington nevetett.

– Az elvet egy Asimov nevű amerikai író dolgozta ki még a science-fiction hőskorában. Egy múltban rekedt időutazó próbál üzenni az övéinek. Hirdetést ad fel a helyi lapban ügyesen megfogalmazott tartalommal, ami nem szúr szemet az adott korban, de az őt keresők a jövőben mégis megértik, és megtudják belőle, hol tartózkodik az illető az időben. Nekem könnyebb volt a dolgom. Ismert időkutató lévén nem kellett törődnöm a tartalom álcázásával. 3000-ig

105

feladtam a világ legismertebb újságjaiban havonta ugyanazt a hirdetést.

– Több száz évre előre?! – hitetlenkedett a lány.

– Úgy van. Ha akkor ezek a lapok még létezni fognak, a tervem beválhat.

– Egy vagyonba kerülhetett!

– Valóban, de ne félts! Maradt mit aprítanom a tejbe.

– Hogy szól a hirdetés?

– „A világhírű tudós, Henry Arlington professzor…"

– Nem szerénykedtél túlságosan.

– Csakis a cél érdekében. Tehát említett csekélységem „…az alábbi téridő-koordinátákról a távoli jövőbe utazna. Jelige: Minél magasabbra!" És persze a koordináták a Hartmann-Wesselsky szerint.

– Mindössze ennyi?

– Nem cifráztam. Az ember ne akkor legyen szószátyár, ha minden szavát drágán fizettetik meg! Akinek kell, annak föl fogja kelteni a figyelmét.

– Képzelem, milyen arcot vágtak a hirdetőirodában!

– Nem személyesen adtam fel, hanem az interneten. Lehet, hogy furcsákat gondoltak, de a lényeg, hogy visszaigazolták, tehát a hirdetésem annak rendje és módja szerint meg fog jelenni a Daily News, a L' Figaro, a Stern és még néhány lap hasábjain először kétszáz év múlva, majd ezt követően minden hónapban, egészen 3000. december 31-ig, vagyis több mint hatszáz éven át!

A lány ámulva nézte ezt az embert, aki ily egyszerű fortéllyal akart belopózni a távoli jövő bevehetetlennek hitt várába.

– Komolyan arra számítasz, hogy egyszer csak hipp-hopp megjelennek a távoli jövő emberkéi, és hiperfejlett mérőhajójukon dalolva magukkal visznek a tejjel-mézzel folyó időotthonukba?

– A lényeget illetően pontosan fogalmaztál – bólintott Arlington.

A lány pillantása ide-oda röppent ekkora képtelenség, ennyi naivitás hallatán.

– Na, de… mégis… meddig akarsz várni rájuk?

– Életem alkonyán, őszbecsavarodott fürtökkel alighanem kénytelen leszek beismerni, hogy tévedtem. Most azonban… – Henry Arlington az órájára pillantott –, mint említettem, a hirdetésemben

106

pontos hely- és időkoordinátákat adtam meg. Húsz percem maradt, hogy le ne késsem a találkozót. Ha velem tartasz, ideje indulnunk!

*

A hatalmas Concorde-tér a történelem sok viharát megélte már, hordott zajos és vérszomjas, forradalomtól megittasult, óriási tömegeket a hátán. Hozzájuk képest a mostani, alig pár tucat emberből álló, szelíd csoportosulás említésre sem volt méltó, Arlington mégis sokallta őket. Amint megpillantották az ifjú professzort, egy emberként tódultak felé nagy lelkesedéssel a tágas térség kockakövein, s özönlötték körbe.

– Hogy az a... – dohogott halkan a férfi. – Erre nem számítottam!

– Mire? – nevetett fel Kathlyn. – Hogy a különc hirdetésed híre kiszivárog? Látszik, hogy elméleti tudós vagy, nem ismered az embereket. Valaki a hirdetőből nyilván megszellőztette a koordinátákat, és rengetegen jöttek el, hogy szemtanúi legyenek, amint egy mérőhajó a nagyon távoli jövőből magával ragadja „a világhírű tudóst, Henry Arlington professzort". Pontosan idéztelek? A világért sem szeretném kisebbíteni a hírnevedet!

– Csak gúnyolódj, megérdemlem! Hogy lehettem ekkora szamár!

– Az utazásnak lőttek – derült a lány. – A mérőhajód a jövőbeli fickókkal aligha horgonyoz le ekkora csődület láttán.

A férfi elfintorodott.

– Na, ja! A Merülési Szabályzat észrevétlenségi passzusa. Feltéve, hogy örökérvényű elv, a jövőből érkezők sem tiporhatják lábbal. Ördög vigye, másik alkalmat kell keresnem, és olyan helyet, ahol magam lehetek. Módosítom a hirdetést. Remélem, a jövő nem áll ellen oly makacsul a változtatásnak, mint a múlt!

A lány belé karolva távolabb vonta a tömegtől, és elkomolyodva így szólt:

– Bocsásd meg, hogy kinevettelek az imént!

– Megérdemlem. Rendesen pofára ejtettem magamat, nem igaz?

– Őszintén sajnálom, hidd el! Nagyon csalódott vagy a kudarc miatt?

– A saját ostobaságomnak köszönhetem – morogta Arlington, és felsóhajtott. – Majd csak túlélem valahogy!

Tettek pár lépést, a lány a férfihoz simulva kérdezte:

– Mik a terveid az est hátralevő részére?

– Attól tartok, be kell érned rögtönzéssel.

– Szívesen, ha továbbra is kettesben maradunk.

– Rendben. Gyere gyorsan!

Arlington felrántotta egy szabad taxi ajtaját, amely épp mellettük haladt el lépésben. Igazi oldtimer volt. Ormótlan, fekete karosszéria, középen kétfelé felnyíló motorháztető, hátul púpos csomagtartó, huszadik század eleji stílus. Betuszkolta a lányt a hátsó ülésre, majd futólépésben megkerülve a kocsit maga is behuppant mellé.

– Minél messzebb innét! – szólt fennhangon a sofőr tarkójának.

– Ahogy óhajtja, Monsieur! – válaszolt amaz hátra sem fordulva, és a gázba taposott.

A közös kaland izgalma éledt fel bennük; a professzor dugába dőlt terve után egy másféle kalandé. Sofőrjük egy gombnyomással előzékenyen elsötétítette az ablaküvegeket, kizárva az utcai lámpák és a villogó reklámok utastérbe tolakodó fényét. Kettesben voltak, fiatalok voltak. Egy férfi és egy nő Párizsban, a szerelem fővárosában, kellemes félhomályban összezárva egy romantikusan ódon taxi hátsó ülésén, s nem akadt más teendőjük, mint gondtalanul élvezni egymás társaságát. Szép kilátásokkal indult az este.

Ám ekkor rendkívüli dolog történt. A sofőr, akinek mélyen homlokba húzott sapkája és napszemüvege miatt alig látszott az arca, váratlanul hátrafordult feléjük. De nem a fejével, hanem az egész testével. Pontosan szólva az történt, hogy a vezetőülés forgott el száznyolcvan fokot a függőleges tengelye körül, aminek következtében a sapkás, napszemüveges férfi szemközt került velük. Egyidejűleg a szélvédő is besötétedett, végképp lehetetlenné téve a kilátást bármely irányba. A taxi sebessége mit sem változott, így csak arra gondolhattak rémülten, hogy emberi irányítás nélkül, vakon cirkálnak az esti főváros forgalmas utcáin. A sofőr sietett megnyugtatni őket:

– Felesleges aggódniuk! A kocsim pontosan tudja, milyen útvonalon haladjon.

Meglepett utasai szeme láttára ölébe helyezte sapkáját, majd napszemüvegét is levetve maga mellé dobta a fölöslegessé vált darabokat. Megmasszírozta arcát, ujjaival fésűként túrt bozontos üstökébe. Harmincas évei közepén járó, világos bőrű, zömök, körszakállas férfi volt. Kathlyn rokonszenvét első látásra elnyerte, a gyanakvóbb természetű professzor viszont túlzottan nyájasnak találta.

– Henry Arlington professzor, ugyebár? – kérdezte szívélyesen. – Ön kívánt a jövőbe utazni a mai estén? Óhaja teljesült, máris emelkedünk. Tudják, a jó öreg parittya... Útitársról nem volt szó a hirdetésben, de annyi baj legyen, különösen, ha ilyen szemrevaló! – bókolt ültében meghajolva a lány felé. – Kit tisztelhetek a hölgyben?

– Kathlyn Brandon – jött ki nagy nehezen hang a lány torkán.

A professzor sem jutott még szóhoz a meglepetéstől, így a sofőr zavartalanul beszélt tovább:

– Engedelmükkel bemutatkozom: Jules Mercier kapitány. Üdvözlöm önöket a *Buborék* fedélzetén! – mutatott körbe mosolyogva a taxi belsején. – Ez a mérőhajónk, bár a mai alkalomra úgy átépítettük, hogy a saját szülőanyja se ismerne rá. Egy réges-régi Woody Allen-film adta az ötletet: Éjfélkor Párizsban.

Arlington professzort, aki már beletörődött a kudarcba – magában mindig is táplált kételyeket elgondolásának megvalósíthatósága iránt –, túl az első meglepetésen, hogy terve mégiscsak sikerrel járt, egy gyakorlati kérdés foglalkoztatta:

– Honnan merült alá, kapitány úr?

– Két évszázadnyi távolságból.

A professzor felemás érzelmekkel fogadta a választ. A *Buborék*kal tehát nem juthat ennél magasabbra. Kétszáz esztendő azonban lehet, hogy nem elegendő. Ki tudja, mikor fejtik meg az őt érdeklő tudományos problémákat?

– Magasabbról sajnos nem merülhetett alá mérőhajó, professzor úr – mentegetőzött Mercier kapitány, aki világosan leolvasta utasa arcáról az érzelmeit.

– Miért nem?

– Egyszerű – felelte a kapitány. – Korunkra megszűnt a mérőhajózás.

II. rész

Rövid, szótlan utazás volt, ki-ki gondolataiba mélyedt. Semmi különöset sem éreztek, mikor a kapitány újra megszólalt:

– Meg is érkeztünk. Emelkedésünk végeztével a *Buborék* ismét indulási jelenének a felszínén ringatózik. A Régi Pályaudvaron veszteglünk. Isten hozta önöket két évszázaddal a saját idősíkjuk fölött!

Egymás után szálltak ki a taxiból. Elsőnek Arlington lépett ki, és rögtön bokáig süllyedt a talajt borító homokba. Hangosan bosszankodott, veregette nadrágszárát, majd kisegítette útitársnőjét, utolsóként Mercier kapitány kecmergett elő a jármű belsejéből.

Egy pályaudvari csarnok lepusztult vastraverze vette körül őket. Tetőzete – hasonlóan az építmény egészéhez – alaposan megrongálódott, a tátongó nyílásokon szabadon befolyhatott az esővíz, s a hajdan volt függőleges csatornák helyén lecsurogva sötét csíkokat hagyott maga után a falon. A homlokzat egykor ragyogó, színes üvegablakaiból mára csak a foglalatba szorult törmelék maradt. A főbejárat fölött magányos férfialak márványszobra állt jellegzetes szoborpózban, bal karját színpadiasan magasba emelve, tekintetét előre szegezve. A sima tükörpadlózatot, ahová egykor a légiesen kecses mérőhajók hangtalanul lebegve ereszkedtek alá, mostanra vaskos homokréteg borította. Az óvatlanul kilépő professzor és az oldtimer taxinak álcázott *Buborék* négy gumiabroncsa ebbe a sivatagi felszínbe süppedt bele, amely kint, a falmaradványokon túl is folytatódott mindenfelé, egészen a kietlen látóhatárig.

Mercier kapitány körbemutatott:

– Saját szemükkel láthatják, hogy a mérőhajózás végképp a múlté. Az összes bázist lerombolták vagy átépítették. Ez itt köztes megoldás. Magára hagyták, a többit elvégezte az idő. A mérőhajókat egytől-egyig szétszerelték, az időmotorokat hatástalanították. Szigorú törvény tiltja újak gyártását vagy a régiek reaktiválását.

– De miért? – tört ki a kérdés Kathlynből.

A kapitány vállat vont.

– A jogvédők vizsgálódásait használták ürügyül, akik úgy találták, hogy az időutazás sérti a más korokban élők jogát az élet méltóságához. Kifogásaik alapján törvénytervezet készült az időutazás tilalmáról, ami kapóra jött a hatalom birtokosainak. Az ő kezükben a jog mindenkor csak játékszer – biggyesztette le ajkát. – A lelkük mélyén nyilván attól féltek, hogy a mérőhajózás átvilágíthatóvá teszi uralmukat a jövőből, fellebbenti a fátylat piszkos hatalmi cselszövéseikről, nem engedi homályba veszni mindazt, amit legszívesebben örökre eltitkolnának. A múltból történő aranylopás lelepleződése jó lecke volt a számukra. Az emberi jogokat védő, jó szándékú törvénnyel takarózva tették tönkre az emberi elme legfényesebb produktumát, az időutazást. Íme, az eredmény...

Arlington döbbenten nézte a maga korában fényes karriert befutó mérőhajózás eme gyászos mementóját. Mintha egy sivatagban elpusztult gigászi őslény csontvázának belsejében, a lerágott bordák között járkált volna, úgy bámulta a pályaudvar csupaszon álló, rozsdaette vasszerkezetét. A kapitány szavaira felkapta a fejét.

– A Merülési Szabályzat mindig is rendkívül körültekintően kezelte a múltban élők jogait – kezdett érvelni, mintha tábla előtt adott volna elő, mintha érvekkel bármit is meg lehetett volna változtatni visszamenőleg. – A minimális beavatkozás elve és az észrevétlenségi passzus, hogy csak a szabályzat két legismertebb pontját említsem, mindenkor kellően körülbástyázta a lehetséges...

– A Merülési Szabályzat – vágott a szavába Mercier – jó száz éve egyetlen mondattá zsugorodott, s ez a mondat így szól: Tilos a mérőhajózás minden formája!

Hallgattak. A szél felkavarta a sivatag homokját, és a falon tátongó hatalmas nyílásokon át baljós süvítéssel szórta arcukba. Védekezésül Arlington felhajtotta inge gallérját.

– Miért hozott bennünket Afrikába? – kérdezte komoran.

– Afrikába? – nevetett fel Mercier. – Ez igazán remek!

– Mit talál olyan mulatságosnak? – érdeklődött Kathlyn.

– Tudja, hol vagyunk, Mademoiselle? Pontosan ugyanott, ahonnét elindultunk! A térkoordinátákon semmit sem változtattam, csupán az időmotort kapcsoltam ki, hogy a parittya fölemelhessen bennünket. Jelenleg is Párizs kellős közepén tartózkodunk, a Concorde téren. Itt épült fel a kikötőbázis, mindössze pár évvel az önök jövőbe emelkedése után. És... nézzék csak! – mutatott a főbejárat fölött szomorkodó, magányos márványalak felé. – Tudják, kinek a szobra az ott?

Kathlyn erőltette a szemét, a professzor is hunyorgott. Ismerős volt az alak, nagyon ismerős, mintha már látta, sőt sokszor látta volna. Mégis a lány ismerte fel előbb.

– Úristen! – suttogta.

Arlington még mindig hunyorgott, Mercier fennhangon nevetett.

– Nem hisz a szemének, igaz, professzor? Pedig az a szobor... nézze csak azt az enyhén görnyedt tartást, azt a nem kimondottan atlétikus termetet, a jövőbe is rövidlátón meredő tekintetet, ahogy most is néz... igen, professzor! Itt állt a Henry Arlington Időcsarnok. Magáról nevezték el. Egykor gyönyörű építmény volt, fénykorában Párizs ékkövének számított. Büszke lehet rá! Csak száz évvel később, lepusztult állapotában kezdték a Régi Pályaudvar néven emlegetni.

Arlington professzor dermedten nézte saját emlékműve romos maradványait. Kathlyn hozzásimult.

– Lehetetlen! – suttogta elhűlve a lány. – Ez nem lehet Párizs!

– Kétszáz év nagy idő, különösen az éghajlati változások korában!

– De hát... hol a város? Hol az épületek sokasága?

– A talpunk alatt – mutatott Mercier lefelé. – Néhány évtized elég volt, hogy mindent befedjen a homok, amit a város körüli, elsivatagosodó területekről hordtak be tonnaszám a gyakori szélviharok.

– Párizs úgy pusztult el, mint Pompei vagy Herculaneum?

– Párizs sohasem pusztul el! – jelentette ki büszkén Mercier. – Élete jelentős hányadát már korábban is a föld alatt vagy mesterséges környezetben élte. A metró, a mélygarázsok, a bevásárlóközpontok... Csak annyi változott, hogy ezután *minden* a föld alá került. Utcák helyett alagutakon közlekedünk. A szobák befalazott ablakai helyén videó-megjelenítő áraszt világosságot a napszaknak megfelelően. Parkjaink derengő fényben úszó, föld alatti csarnokok. A gyerekek mesterséges napfényen nőnek fel, a növények is ezt használják a fotoszintézisükhöz. A tenyészállatok jó része már korábban sem látott napsütést életében.

– Hol a Szajna?

A kapitány a távolba mutatott.

– Látja azt a messzeségbe vesző, kanyargó, sekély mélyedést a dűnék között?

Kathlyn a tenyerébe temette arcát, szeméből könnyek folytak. Siratta a várost, melyet alig ismert, mégis a legfontosabb álmait testesítette meg, elsőként a szerelmet.

– Az Eiffel-toronynak látszania kellene – próbálkozott most Arlington. – Háromszáz méter magas!

Mercier vállat vont.

– Én emlékszem rá, mert láttam régi filmeken, képeken a tornyot. Sokan a nevét se ismerik. Régóta nem Párizs jelképe már! Még a nagyapáim idején történt, hogy egy viharos szélroham kicsavarta, és feldöntötte a vaskolosszust. Nagyobb tragédia volt, mint a Titanic elsüllyedése. Rengetegen meghaltak. Korábban, amint erősödni kezdtek a szelek, a torony az extrém sportok megszállottainak törzshelyévé vált. Éjjel-nappal fürtökben lógtak rajta a szabadugrás, siklórepülés, kötélpálya-korcsolya, légisí és hasonlók hívei. Egyszerre akár tízezer ember is! Képzelhetik, amikor felborult! Visszaállításával az ismétlődő, hurrikán erejű széllökések miatt nem is kísérleteztek, a többit elvégezték a fémgyűjtők. Bármelyik ócskapiacon kaphatnak garantáltan eredeti darabot belőle.

– Haza akarunk menni! – jelentette ki határozottan a professzor. – Kapitány úr, volna szíves...

Mercier sajnálkozva ingatta a fejét.

– Fájdalom, de időre van szükség, amíg feltöltjük energiával a *Buborék* akkumulátorait, hogy képes legyen újra megtenni az utat. Nem is a feltöltés okozza a késedelmet, hanem az, hogy a mai világban az energia ritka kincs, így nehéz hozzájutni, és természetesen drága is. De megtesszük, ami tőlünk telik!

– Mikorra készülnek el?

– Beletelik pár hét.

– Ne aggódj! – szólt a lány vigasztalóan Arlingtonhoz. – A mi utunk biztosított hazafelé. A parittya! Visszahúzza a múltból érkezőket. Emlékezz az intertime irodák hirdetéseire! Ez történik velünk is.

– Tudom – mormolta a professzor. – Alapvető természeti törvény. Az anyagmegmaradás érvényesülése az idősíkokon át.

A kapitány arca elkomorodott.

– Én a helyükben nem számítanék a parittyára. Eléggé szeszélyes jószág. Évtizedek múlhatnak el, mire működésbe lép!

A professzor Kathlynre nézett, aki némán bólintott. Jamie Berger hosszú, magányos öregkorára gondolt, amelynek csak a legvégén...

– Továbbá az sem garantálható, hogy egyszerre viszi vissza önöket! Az eltérés több évtized is lehet!

A két utas összenézett.

– Meg aztán... – szólt Mercier, majd tétovázva elhallgatott.

– Mi van még?! – sürgette Arlington.

– Nem akarom feleslegesen nyugtalanítani magukat.

– Bökje ki, kapitány! – nógatta a professzor, akit baljós előérzettel töltött el Mercier vonakodása.

– Hát csak... vannak hajmeresztő történetek, még a mérőhajózás hőskorából. Talán csak a régi időmatrózok babonái, ki tudja? Emberi végtagokról szólnak, amik a legelképesztőbb helyeken és korokban bukkantak föl váratlanul. Vérző végtagok magukban, mintha erőnek erejével tépték volna le viselője törzséről. Karok, lábak, emberi fejek, törzsek... olykor brutálisan szétmarcangolt állapotban... néha állatoké is.

Kathlyn megborzongott.

– Kétséges persze, hogy mindez a parittya számlájára írható-e – igyekezett tompítani rémisztő szavai hatását Mercier kapitány. – Sohasem bizonyosodott be. Csak hát a parittya éppoly vak és szilaj természeti erő, mint egy tornádó. Elsöpri, ami az útjába kerül.

– Sose hallottam ilyesféle *dokumentált* esetről – szögezte le Arlington, jól megnyomva a jelzőt.

Mercier mentegetőzött.

– Elnézésüket kérem! Mondtam, semmi sem biztos! Lehetnek ezek a mendemondák egy intertime utazási iroda koholmányai is, hogy a jövőbe készülő időturisták váltsák meg a visszafelé szóló jegyet. Manapság a legtöbben így vélekednek. A rémhírterjesztés hatásos eszköz, és az irodáknak mindig is zsebébe vágott a kérdés. Másoknak más a véleményük. Míg voltak mérőhajók, tán ki lehetett volna deríteni az igazat, de ma már lehetetlen.

– Kapitány úr – szólt a lány összeszedve magát –, kérem, magyarázzon meg két dolgot! Az egyik: ha oly drága kincs az energia, mint mondja, miért pazarolták arra, hogy lemerüljenek Arlington professzorért? Biztosan akad jobb dolguk is, mint a régmúltban élők kívánságait teljesíteni. És ha már itt tartunk, a másik kérdés: miképpen üzemelhet a *Buborék*, ha ebben a korban nem léteznek mérőhajók? A *Buborék* talán nem az?

– Mindez valóban magyarázatra szorul – csatlakozott Arlington is.

Mercier kapitány megértően bólogatott.

– A válasz hosszabb időt igényel. Kérem, fáradjanak velem védett helyre! Máris túl soká ácsorogtunk a tűző napon.

– Tíz perce, hogy megérkeztünk – vetette ellen Kathlyn –, és tető van a fejünk felett... ha romos is – fűzte hozzá.

Jules Mercier bánatosan sóhajtott.

– A visszaverődő sugárzás... Tudják, a légkör már régóta fikarcnyit sem véd a nap sugaraitól. Hatására, de még a sivatagi homokról visszaverődő hányadának hatására is az emberi bőr minden percben órákat öregszik. Csúnya, fájdalmas folyamat. Vannak az öngyilkosságnak kellemesebb módjai, mint pőre testtel hosszú időre a napon felejtkezni. Azt kell mondanom, Párizs szerencsés, jobb neki a föld alatt... Kérem, kövessenek!

Nem kellett kétszer mondania.

*

A tágas, földalatti helyiség, ahová a felszíni csarnok egyik szegletéből liften ereszkedtek alá, egyszerre volt hangár, múzeum, könyvtár és tábor. Valamikor mérőhajók építésére és javítására szolgált mint afféle szárazdokk, majd a mérőhajózás betiltása után műszaki múzeummá alakítva gyűltek itt a hajdani nagy idők technikai emlékei gondosan feliratozva, vitrinekbe csoportosítva. Ide hordták össze a fellelhető dokumentációt, tudományos anyagokat is. Hosszú könyvespolcokat töltöttek meg az elméleti időfizikai kötetek, mérőhajók építési tervei és hajónaplói. Fényképek a mérőhajók legénységeiről, a világ számos helyén telepített indítóbázisok kikötőcsarnokában start előtt vagy érkezés után. A mérőhajók legénysége által készített fényképek és videofelvételek mint kordokumentumok a történelemből, régi időkből, tovatűnt évszázadokból, ahová a mérőhajók eljutottak. Titkosítás alól feloldott úti jelentések éppúgy akadtak itt a múltban végzett akciókról, aranyrablásokról (amit finoman nemesfém-importként említett a jelentések szövege), mint ponyvaregény sorozatok, az egyik polc végében pedig szerényen húzódott meg Jamie Berger naplója a mérőhajó többhetes útjáról, a később annyit vitatott mérési jegyzőkönyvekkel egyetemben.

A múzeumot szándékosan elsorvasztották, nehogy bárkinek kedve támadjon újjáéleszteni a múltat, végül bezárták és felszámolták az intézményt. Tabuvá vált a téma, a puszta említéséért is büntetés járt. A mérőhajózás rajongóinak nem kevés titokban tett erőfeszítésébe került, hogy a gyűjteményt megóvják a pusztulástól. A mérőhajózás romjain próbáltak ismét életet lehelni egy mérőhajóba, hogy ismét lemerülhessenek a múltba. A nap mint nap ezen fáradozók közül néhányan beköltöztek a hajdani múzeumba, s a szerteszét heverő matracokon eltöltött éjszakák után most kora hajnaltól késő estig a fennmaradt járműroncsok körül szorgoskodnak.

Mercier mindezt egy szuszra mondta el nekik, majd kifulladva elhallgatott. A múltból érkezett utasok türelmesen várakoztak, hiszen a számukra legfontosabb kérdésről mindeddig nem esett szó.

– Mialatt a *Buborék* többévi, megfeszített munka árán üzemképessé vált, késhegyig menő vitákat folytattunk első útjának a céljáról. Büszkén jelenthetem, hogy az én álláspontom győzedelmeskedett, miszerint a világhírű tudóst, Henry Arlington professzort kell idehoznunk, akinek hirdetését felfedeztük a lapokban. Egyetlen alkalommal jelenhetett meg, a továbbiakat törölte a cenzúra.

A professzor diadalittasan tekintett Kathlynre. Lám, a világhír! Kathlyn visszamosolygott, örült Henry sikerének.

– Célul tűztük ki ugyanis, hogy minden lehetséges eszközzel megvalósítsuk a jövőbe utazást – folytatta Mercier kapitány. – Terveink szerint előre küldenénk valakit az időben, hogy a jövőből segítse munkánkat a mérőhajózás újjáélesztése, de mondhatom, egész elfajult világunk érdekében. Madison óta tudjuk, hogy a múltbéli változtatások nincsenek, nem lehetnek befolyással a jelenre. A megoldás kulcsa a jövőben rejlik! A jövőbe utazás legnagyobb formátumú kutatója pedig nem más, mint éppen ön, professzor. Remélem, nem tagadja meg tőlem a segítséget! Sőt, nem is én kérem ezt, hanem – elnézést a nagy szavakért – rajtam keresztül az egész emberiség. Rendelkezésére bocsátjuk – mutatott körbe a könyvtár polcain – az elmúlt két évszázad új tudományos eredményeit az időkutatás terén. Ha valaki, ön tud mit kezdeni vele! Végezetül pedig még egy erős érv szólt ön mellett.

Elhallgatott, és Arlington előérzete azt súgta, hogy ennek korántsem örül majd annyira, mint imént a jövő évszázadaiba kisugárzó hírnevének.

– Az életrajzában az áll, professzor úr, hogy sikerei csúcsán, a „rozoga fahíd"-elmélet nyilvános előadás keretében történt publikálása után eltűnt Párizsból, és soha többé nem bukkantak a nyomára. Még a holtteste sem került elő! Sokan valamelyik titkosszolgálat kezét gyanítják az ügy hátterében. Bárhogy is, világszenzáció lett belőle. Kétszáz év múltán is előkerül olykor a téma, népszerűségben vetekszik a Kennedy-gyilkossággal, a LochNess-i szörnnyel vagy Jamie Berger mérőhajójának útjával. A nyomozati anyagok hosszú polcokat töltenek meg, de többet, mint hogy előadása estéjén egy ismeretlen hölgy társaságában taxiba szállt a Concorde téren, sohasem sikerült megállapítani.

– Hogyhogy nem vezette őket nyomra a hirdetésed? – fordult Kathlyn a professzorhoz.

– A nyomok csupán a Concorde térig vezetnek, ahol is megszakadnak – felelt a professzor helyett Mercier kapitány. – Máig sem derült ki, hová tűnt onnét, professzor úr, amint az sem – nézett Kathlynre –, hogy ki lehetett a titokzatos hölgy, a taxiról nem is beszélve.

Arlington sápadtan hallgatott. Hát ez vár rá? Itt reked a jövőnek ezen a kietlen szegletén? Soha többé nem tér haza? Még a holttestét sem szállítja vissza a parittya? Segélykérőn nézett Kathlynre, aki éppoly döbbenten tekintett vissza rá. Pontosan kitalálta, mi jár a férfi fejében.

– Mercier kapitány! – szólt erőtlen hangon a lány, és maga sem tudta, mit akar kérdezni, csak azt, hogy nem lehet ennyiben hagyni ezt a témát. De a kapitány leintette.

– Kérem, barátkozzanak meg a helyzetükkel! Szállást, élelmet, biztonságot tudunk nyújtani, a munkalehetőségek pedig egészen kiválóak egy kutatni vágyó elméleti szakember számára. Professzor úr, rendelkezésére áll a könyvtárunk, a számítógépeink, az internet, és ha bármire szüksége van, a föld alól is előteremtjük. No, jókat mondok, hisz magunk is a föld alá temetkeztünk. Ne feledjék, a végcél: út a jövőbe!

*

Kathlyn csak másnap látta viszont Mercier kapitányt, addig lefoglalta a kijelölt lakrész, egy korábban múzeumi raktárhelyiség berendezése, otthonossá tétele. Az első éjszakát nyugtalanul, rémálmoktól gyötörten töltötte Arlington karjaiban, ahová a vágy és az idegenbe szakadtság érzése hajtotta. Hajnalban, amikor a felkelő nap derengésétől oszladozó homályban távoli kakaskukorékolás hallatszott – a napszakokat élethűen imitálták a gondosan tervezett látvány- és zajeffektusok –, s a férfi még az igazak álmát aludta, egyenletes szuszogása betöltötte a kis szobát, felfedező sétára indult a földalatti folyosók labirintusában. Hamar rájött, hogy eltévedéstől nem kell tartania. Minden út a múzeum központi, hatalmas csarnokába vezetett.

A korai óra ellenére már többen is dolgoztak a középső, javítóműhelyként szolgáló térségen. Talán le sem feküdtek, dolgoztak éjszaka is. Kathlyn a szorgoskodó alakok közt felismerte a *Buborék* kapitányát. Intéssel üdvözölte, mire a férfi felkelt vizsgálóműszerének monitora elől, és hozzá sietett.

– Úgy dolgoznak, mint akit szorít a határidő – jegyezte meg a lány. Mercier bólintott.

– Jól látja, Mademoiselle. Bizonyos értelemben máris elkéstünk, de talán még nincs késő helyrehozni az elődeink által elkövetett hibákat! Szavaiból szemrehányás áradt.

– Magam is az említett elődök sorába tartozom, kapitány úr – felelte Kathlyn nyomatékkal, mert bántotta a férfi vádaskodása –, sőt Arlington professzor is, akinek a segítségét kérik.

– Neki lesz alkalma vezekelnie – mondta borús tekintettel Mercier, s közben valahová a magasba intett, amerre a jövőt ösztönösen sejteni vélte, majd karja aláhanyatlott, és iménti szavaihoz immár engedékenyebb hangnemben fűzte hozzá: – Maga azonban hazatérhet, és kedvére történészkedhet élete végéig.

Kathlyn szúrós tekintetet vetett a kapitányra.

– Egy szóval sem említettem a foglalkozásomat!

Mercier bocsánatkérően elmosolyodott.

– Engedelmével utánanéztem az életrajzának. Be kell látnia, nem közömbös számunkra, kit vetett utunkba a véletlen.

Kathlyn elgondolkozva nézte a mostani világ egyetlen mérőhajójának kapitányát. Belátta, hogy nincs oka neheztelni rá, konspirációs szempontból teljesen érthető volt a lépése. Más foglalkoztatta.

– Azt is tudja talán – kérdezte habozva –, hogy meddig fogok élni?

– Hogyne – bólintott Mercier, mintha ez volna a világ legtermészetesebb dolga. – Kíváncsi rá?

– Nem! – szaladt ki Kathlyn száján ösztönösen, mert a jövő megismerése homályos mitológiai átkokat idézett fel a lelkében. Úgy érezte, mintha ez az ember kezében tartaná a sorsát, és ezt nehezére esett elfogadni. Majd meggondolta magát, és fegyelmezett hangon így folytatta: – De igen. Bármi vár is rám, szeretném tudni, mivel kell szembenéznem. Van akadálya, hogy elárulja?

– Semmi – tárta szét a kezét Mercier. – Ne számítson drámai információra, Mademoiselle! Publikálni fog élete folyamán néhány nagy érdeklődést kiváltó kötetet a mérőhajózás történetéről. Mindig is ez foglalkoztatta, nemde? Magas állami kitüntetést kap értük, az elnök adja át személyesen. Magánélete konfliktusoktól mentes. Boldog házasság a férje oldalán, két gyerek. Hosszú, békés öregkor szerető családja körében. Kiegyensúlyozott anyagiak. Kertes ház, unokák, kocsi a garázsban, kutya a kertben, minden eléggé szokványos. Legvégül pedig hosszú, az utolsó percig alkotómunkával eltöltött élete végén egy hétköznapi betegség, amelynek legyöngült szervezete már nem képes ellenállni...

– A férjemet – kezdte kiszáradt torokkal Kathlyn – Arlingtonnak hívják?

– Nem – felelte Mercier komolyan. – A férje neve Roger Halt.

– Roger Halt... – ismételte mormolva a lány. Idegenül hangzott számára a név, semmilyen emlék nem kötődött hozzá. Bizonyára később fogja megismerni és megszeretni. Egyszer talán éppúgy érez majd iránta, éppoly hevesen fellobbanó érzelmekkel, mint most Henry iránt. Egyszer majd a múltban... De most még lelkének minden szála Henry Arlingtonhoz kötötte.

– És a professzor?

– Ő, mint tegnap már mondottam, soha többé nem tér vissza abba a korba. Semmi nyoma nincs a további létezésének.

– Csak én térek vissza... egyedül?

Mercier szemét rászegezve, némán bólintott.

*

Arlington professzor a kutatásaiba mélyedt. Órákig lapozgatta a könyveket, melyek jóval az ő élete után íródtak, jegyzetelt, néha odaült a számítógép elé. Hetek múltak el így. Alig evett, Kathlynhez is mind kevesebbet szólt.

Mercier pár napig nem háborgatta őket, ám egy este újra felbukkant a lakrészük gyanánt funkcionáló szobácskában. Henry korán lepihent, kifárasztotta az intenzív munka. Kathlyn épp egy könyvet lapozgatott.

– Megkínálhatom valamivel? – kérdezte háziasan a betoppanó férfitól.

– Egy konyak jólesne! – derült a kapitány.

– Attól tartok, a készletünkben nem fordul elő szeszes ital – mentegetőzött a lány.

– Csak tréfáltam – válaszolta Mercier. – A múzeumban nem járja az italos pohár. Ahogy a dohányzás sem. Olyan józanul élünk itt, hogy azt már alig lehet kibírni! Mint egy kolostorban.

Volt valami a hangjában, ami szánalmat ébresztett Kathlynben.

– Ha ezalatt azt érti...

– Pontosan azt. A munkatempónk nem tűr meg más irányú kicsapongást.

– Észrevettem – szólt Kathlyn eltűnődve –, hogy az összes férfi, akivel a múzeumban találkozom, kitér az utamból, még a fejét is elfordítja, mintha valami rút vénség volnék. Úgy kerülnek, mintha meg lennék bélyegezve! Eltérek talán valamiben az itteni normáktól? A viselkedésem? A megjelenésem? Segítsen, kapitány! Magamtól képtelen vagyok rájönni, mi a probléma velem.

– Ne feledje el – válaszolta a kapitány komoly arccal –, hogy ezek az emberek olyan világban nőttek föl, amely igyekezett örökre elfeledtetni velük a mérőhajózást. A ma élők nem ismernek más idősíkot a saját jelenükön kívül. Sohasem láttak a múltból vagy a jövőből érkező utazót, más korszakok csak elméletben léteznek számukra. Beszűkült gondolkodásukban a jelen – mint a szemükben létező egyetlen valóság – aránytalanul fontos szerephez jut. Nekik maga… megbocsásson, de… maga nem egyéb, mint egy halott.

– Micsoda?!

– Ne csodálkozzon! Maga több mint száz éve elhunyt! Ismerjük a halála pontos dátumát és okát. Akarja felkeresni a saját sírját a temetőben?

A lány alig jutott szóhoz.

– És… magát nem taszítja, hogy egy halottal beszélget?

– Engem más zavar, mint a többieket – felelte elgondolkodva Mercier. – Hiába tudom, hogy megöregedett és meghalt, hiába látom, hogy a professzorért epekedik, és hiába tudom, hogy végül egy bizonyos Roger Halt asszonya lesz, nem törődnék vele. Mindezek ellenére is szívesen ringbe szállnék a kegyeiért, ha szabad ilyen régimódian kifejezni magam. Engem más tart vissza. Amit nem tudnék elviselni, az a parittya gondolata. Hogy bármely percben közénk állhatna. Hogy egyik percről a másikra elszakíthatna bennünket egymástól, hiszen különböző idősíkból származunk. És ha már itt tartunk…

Mercier elhallgatott, és szomorú, kiüresedett tekintettel bámult maga elé.

– Mit akart mondani?

A férfi lassan, gyötrődve ejtette ki a szavakat:

121

– Ha a mi kapcsolatunknak gyümölcse érne... egy gyerek... egy intertime kapcsolat szülötte... az a gyerek egyszerre két idősíkhoz tartozna! Mi történne azzal a testtel, amely két idősík anyagának információit hordozza magában, amikor a parittya megragadja? – Mit sem törődve Kathlyn borzongásával, elkeseredve folytatta: – Emlékszik a széttépett testekre, amikről meséltem? Nem egy közülük csecsemőhöz, kisgyerekhez tartozott! Ezt a sorsot semmiképpen sem kívánom az utódomnak. Annál is kevésbé, mert...

Kathlyn fogvacogva hallgatta, nem mert közbeszólni. A kapitány pillanatnyi habozás után végre kiöntötte a lelkét:

– ...mert magam is intertime sarjadék vagyok! Az apám afféle Pinkerton volt, valahol a jövőben teljesített katonai szolgálatot. Kimenői alkalmával, ha csak tehette, lemerült, és hajtotta a múltbéli nőket, akiknek nyilván imponált a jövőből érkező, délceg tiszt a sosem látott, csodálatos ajándékaival és a magas idősíkokból származó, elképesztő történeteivel. Csapta a szelet anyámnak is, majd amikor terhes lett velem, egyszerűen bebújt a mérőhajójába, és visszaemelkedett a szolgálati idősíkjába. Anyám sose látta többé. Akkoriban még senki sem sejtette, micsoda veszélyt rejt a kettős származás. Csak később, néhány borzalmas eset nyomán fogalmazódott meg a sejtés, miféle sors vár a hozzám hasonlókra. Minden napom rettegés. Nem tudhatom, melyik percben ragad el, hasít ketté, tép darabokra a parittya a legbarbárabb módon. Nem is lenne szabad mérőhajóra szállnom, mert a merülési távolsággal nő a parittya ereje, nő a kockázat.

– Ha így van – szólt közbe együttérzőn a lány –, miért nem másvalakit küldött, hogy merüljön le értünk?

– Mert az volt a *Buborék* első igazi útja. Az első merülése az időben, ami a sok műszaki felújítás miatt beláthatatlan veszélyeket rejtett. Nem engedhettem, hogy más kockáztassa az életét.

Kathlyn tisztelettel tekintett rá, Mercier pedig folytatta:

– Olyan ez, mint egy gyógyíthatatlan, halálos betegség. Ugye megérti, micsoda ösztönző erőt jelent számomra a kutatásban, hogy elérjük a jövőt, ahol talán erre a problémára is találtak már megoldást?

*

122

Egyik este Arlington szokatlanul felélénkült, és nyomban vacsora után ünnepélyesen az asztalra helyezett egy kopottas könyvet a tányérok közé.

– Nézd, kedvesem, igazi kincsre bukkantam!

Kathlyn érdeklődő pillantást vetett a kékesszürke borítójú, kisalakú, dísztelen kötetre. Mint történész kutató meg tudta becsülni a múlt minden maradványát küllemtől függetlenül, ezen a könyvön pedig látszott, hogy nem mai darab. A professzor felütötte a címlapnál.

– Több mint másfél évszázada adták ki. Érdekes elméleti alapmű az extraidőről.

– Igazán? – tanúsított Kathlyn udvarias érdeklődést. A könyökén jött ki a téma, annyit olvasott róla Jamie Berger naplójában, aki a híres Frank Madison professzor asszisztenseként élete nem csekély hányadát töltötte az extraidő kutatásával és alkalmazásával.

– Tudod, mi benne az igazán csodálatos? – lelkesedett Arlington.

– Micsoda?

– Szerzője, bizonyos... ööö... – ki-becsukta a könyv fedelét – bizonyos Roger Halt...

– Kicsoda?! – kiáltott fel Kathlyn, és a meglepetéstől gyorsabban kezdett verni a szíve.

A professzor újra megnézte.

– Igen, jól mondtam: Roger Halt.

Kathlyn közelebb húzódott.

– Tehát ez a Roger Halt teljesen új matematikai módszert alkalmazott mindazon kísérleti eredmények leírására, amelyek az ő korára összegyűltek az extraidőről. Ez a kor – merengett el a professzor – sajnálatosan egybeesett a mérőhajózás elsorvasztásának és az időkutatások beszüntetésének kezdetével, így munkája elméleti érdekesség maradt, nem válhatott további kutatások alapjává.

– Tartalmazza a könyv a szerző életrajzát is? – kíváncsiskodott a lány.

Arlington ide-oda lapozgatott.

– Csupán egy rövid előszó erejéig emlékezik meg róla, teljesen érthetően. Figyelj csak, azt írja: „E nagyszerű tudósról rejtőzködő életmódja miatt a nevén kívül semmit sem tudunk. Szó szerint semmit.

Egyetlen életrajzi adat vagy fénykép sem maradt ránk." Később annyit írnak még, hogy már régen elhunyt, mikor e könyvecske először megjelent. Tehát posztumusz kiadást tartok a kezemben.

– Kíváncsi vagyok – szólt csalódottan Kathlyn –, mi újat tudott mondani ez a Halt az extraidő témájáról, amit Madison, majd utána mások is oly kimerítően elemeztek. Már Jamie Berger életében lerágott csontnak számított. Még ha, teszem azt, a tachionok kvantumfizikája felől közelítette volna meg...

– A szemlélete új, kedvesem. A vektoralgebra módszereit alkalmazta az időfizikai folyamatok leírására. Előtte senki sem próbálkozott hasonlóval. Meglepő, új megvilágításba került általa az összes ismert eredmény. Csodálatos munka!

Kathlyn nem értette, mi olyan rendkívüli ebben, de nem vitatkozott. Hagyta, hadd beszéljen Henry kedvére, míg az ő lelkét ismét átjárta a szomorúság. Egyre csak Mercier szavaira gondolt. Eljön a pillanat, amikor végleg el kell válniuk. Hogy mikor, azt Mercier sem tudta megmondani, ezért minden percre, minden napra úgy gondolt, mint lehetséges utolsóra. És bár tudatában volt, hogy a parittya megkíméli a testét, hisz épségben hazaér – és életének e hazatéréssel kezdődő, új szakaszára immár visszavonhatatlanul rávetült az ismeretlen Roger Halt árnya –, mégis aggodalommal gondolt az előtte álló rendkívüli utazásra. Utána pedig soha többé nem láthatja Arlingtont, az ő kedves Henryjét... Pokolba azzal a Roger Halttal, neki Henry kell!

– Hol járnak a gondolataid, kedvesem? – riadt fel eszmefuttatásából Henry szelíd szavára. – Harmadszor kérem, hogy vedd elő a bibliádat, Jamie Berger naplóját.

– Bocsáss meg, máshol járt az eszem! Máris hozom.

Együtt lapozgatták a könyvet. Henry arra volt kíváncsi, említi-e Jamie Berger naplójában az extraidőt. De akárhányszor forgatták is át, Kathlyn számítógépén pedig a digitális változatot is tucatnyi keresésnek vetették alá, mégsem találtak semmit.

– Nem értem – mormolta Arlington. – A mérőhajó építési naplója világosan utal rá, hogy a hajóba beszereltek egy extraidő-generátort. Kezdetleges, kísérleti darab volt, de a próbák során megbízhatóan működött. Lehetséges lenne, hogy nem használták?

124

Végül a fekete doboz segített eldönteni a kérdést. A múzeum leletei közt szerencsére rendelkezésre állt egy – nemcsak külsejét, hanem adattartalmát tekintve is pontos – másolata (a doboz eredeti példánya a mérőhajóval együtt szállt vissza a legutolsó úton). Monitorra kötve Jamie Berger és Peter Davidson egykori hajójának minden manővere, minden technikai eseménye kiolvasható volt belőle.

– Látod itt ezt a felfutó görbét? – mutatott Arlington professzor a képernyőre. – Leolvasom az időt: a start után egy órával történt. Valaki próbaképpen vagy véletlenül bekapcsolta az extraidő-generátort. Pár másodperc múltán a görbe visszaesik, ekkor kapcsolták ki. Ez tudatos cselekvésre utal. Próba lehetett, de nem történt látványosan semmi, hát kikapcsolták, és később, a megállíthatatlan merülés izgalmai közepette nem fordítottak rá több figyelmet. Jamie Berger a naplójában meg sem említi.

– Miután valóban nincs benne semmi érdekes – jegyezte meg Kathlyn, és nekiállt leszedni az asztalt. Arlington szótlanul várakozott. Mikor végzett, és visszaült a helyére, Henry e szavakkal lepte meg:

– Tévedsz, kedvesem. Számomra összeállt a kép. Az átjáróprobléma megoldása ebben a gombnyomásban rejlik!

*

Kathlyn csak nézte, sokáig hitetlenkedve nézte, míg végre szóhoz jutott:

– Komolyan beszélsz?

– A legkomolyabban.

– Akkor azt is tudod már, hogy Jamie Berger valóban körbeutazta-e az időt?

Arlington a fejét csóválta.

– Úgy fogalmaznék inkább, hisz téged az érdekel, hogy Jamie Berger naplójának minden szava igaz. Nem jegyzett be valótlanságot, és később sem állított soha ilyet. Ezt egyértelműen kijelenthetem.

Kathlyn elmosolyodott.

– Köszönöm, drágám!

Odalépett, hogy megcsókolja a férfi okos homlokát.

125

Megszédült vagy a föld mozdult meg alatta? Lépés közben majdnem elesett, de sikerült talpon maradnia. A következő lökés már erősebb volt, és e pillanatban – mint egykor Jamie Berger – ő is ráébredt a megdöbbentő valóságra. A parittya! Eljött érte! És tudta jól, hogy egyedül csak őérte!

– Henry! – sikoltotta, és az elhalványodó szoba felé nyújtotta karját. Egy pillanatig még látta az asztalnál ülő, riadtan föltekintő szerelme, az ifjú Henry Arlington professzor kifehéredő árnyképét, ahogy minden más is kifehéredett körülötte, és egy dermesztő pillanatig Kathlyn Brandon átélte az időn-kívüliség isteni élményét. De mire valóban felfogta volna, mi is történik körülötte, már ismét alaktalan színek lopóztak köré, amelyek sietve homályos foltokká rendeződtek, és e színes, mind tisztábban kiélesedő foltokból hamar összeállt egy másik valóság.

A Rue Saint-Florentin magas, régi házfalai közt találta magát, közel a ponthoz, ahol az utca a Concorde térbe torkollik. Zihálva lélegzett az ijedségtől. Riadtan futni kezdett a tér felé, és az utca végéről megpillantotta a távoli „öreg hölgy", az Eiffel-torony föl-alá futkosó, villódzó fényeit. Az estében épp kigyúltak a lámpák. Párizs lakói újabb nyüzsgő, holdfényes éjszakának néztek elébe a csillagos égbolt kupolája alatt.

Arra gondolt, hogy a késési dilatáció kétszáz éves utazás esetén legfeljebb másodpercekre rúghat. A taxinak álcázott mérőhajó, volánjánál Mercier kapitánnyal e percben hagyhatta el a Concorde térről kihajtva a Rue Saint-Florentin úttestjét... és a jelent.

Kathlyn a *Buborék*ra gondolt, amely most, éppen *most* emelkedik hátsó ülésén kettőjükkel az idő felfoghatatlan vizében a jövő mind magasabb régióiba, egy borzalmasan lepusztult világ felé, ahonnan úgy vágyott haza, s ahová most legszívesebben mégis azonnal visszatért volna.

*

– Tehát megtörtént – foglalta össze Mercier a hallottakat. – Nagyon megrázó élmény volt? Bocsásson meg a kíváncsiskodásomért, de rég nem él már senki, aki személyesen látta volna működés közben a parittyát. A beszámolók szerint olyan, mint a mennybemenetel! Mercier nem sokat háborgatta a professzort, mióta megérkeztek. Hagyta, hadd dolgozzon, kutasson, keresse a megoldást, amin az emberiség jövője múlik. Sosem éreztette vele, mily égetően sürgős számára is a probléma megoldása, nemcsak az emberiség sorsa miatt. Mikor aztán egyszerre jutott el hozzá Arlington felfedezésének és – a parittya aktiválódása révén – Kathlyn furcsa távozásának a híre, sietve felkereste a fiatal professzort.

Amaz letörten ült a székén, ugyanott, ahol a végzetes percben, mozdulatlanul, mintha nem is hallotta volna a kapitány kíváncsiskodását. Csak nagy sokára emelte fel a fejét.

– Alig láttam valamit – suttogta. – Az egyik pillanatban még itt állt előttem, beszélt hozzám, a másikban fehér, gomolygó felhő vette körül, a levegő remegett, szikrák villantak. Egy pillanatra mintha megdermedt volna a drágám, majd elhalványult az alakja, és a felhővel együtt nyomtalanul felszívódott. – Halk hangon tudakolta: – Mikor lesz indulásra kész a *Buborék*? Szeretnék végre hazamenni! Tudom, hogy nem fog sikerülni, valami nyilván megakadályoz benne, de akkor is meg akarom próbálni. Ez az egyetlen esélyem, hogy újra lássam Kathlynt!

Mercier kapitány megragadott egy széket, és szemközt foglalt helyet.

– Megszereztük a szükséges energiamennyiséget, már töltjük az akkumulátorokat. Hamarosan indulhat haza – válaszolta.

– Rendben – szedte össze magát a professzor. – Elkészültem a munkámmal, amiért idehoztak. Elmondom, hogyan juthatnak el a jövőbe. És elmondom az átjáró-probléma megoldását is. A kettő szorosan összefügg egymással, s mindkettő az extraidővel!

Mercier izgatottan húzta közelebb székét, minden idegszálát megfeszítve figyelt.

– Az átjáró titka – kezdte Arlington megtört hangon –, a több évszázados rejtély megfejtése voltaképpen pofonegyszerű. Bizonyos értelemben a kétkedőknek volt igazuk.

– Hogy érti ezt?

– A titok nyitja, amit oly sokan, oly régóta kutattak, mindössze abban áll, hogy az ősrobbanás közepén az a híres, biztonságos átjáró *nem létezik!*

– Nem? – lepődött meg a kapitány. – De hiszen...

– Az átjáró megépítése – folytatta immár nyugodtabban, megszokott előadói stílusára találva a professzor –, amihez képest a piramisok felhúzása csupán gyerekjáték, sohasem fog megtörténni. Nincs semmiféle biztonságos átjáró az idő legmélyén, és nem is lesz soha! Elég jó magyarázat ez a *Vulcanus* és a többi elpusztult mérőhajó esetére, nem igaz? Egy füst alatt kiküszöböli az átjáró építésének nehézségeiről szóló elmélkedéseket. Aki – átlépve a halálzóna határát – nyílegyenesen lefelé merül, menthetetlenül a pokol legmélyebb bugyrának fenekén köt ki sokmillió fokos hőmérséklet és elképzelhetetlen nyomásviszonyok között. Annyi esélye sincs, mint a máglyatűzbe hulló lepkének.

– De hiszen éppen ön bizonyította be a „rozoga-fahíd"-elmélettel, hogy kellő sebességgel épségben át lehet jutni az Idők Kezdetén!

Arlington fáradtan legyintett.

– Nagy port kavart előadásomban csupán elméleti lehetőségről beszéltem, gyakorlati próbák nélkül. Ám ennél lényegesebb, hogy az előadásomat félbeszakították, nem jutottam a mondandóm végére.

– Lemaradt valami lényeges?

– A Melchior-Chen effektusról beszéltem, és arról, hogyan lehet átjutni az Idők Kezdetének látszólag végtelen hőmérsékletű és nyomású *pontján.* Pontról beszéltem, érti? Egy elemi időtartam hosszúságú szakaszról. Csakhogy az ősrobbanás nem egyetlen, önmagában álló, extrém hőmérsékletű pillanat! Az első pillanatot sok-sok további követi, amelyeket még mindig a rendkívüli hőmérséklet jellemez. Számításaim szerint a mérőhajók szokásos sebességével egyetlen pillanaton át lehet jutni az effektus segítségével – ezt említettem az előadásomban –, de több perces időtartomány átszeléséhez már oly elképesztő sebességgel kellene haladni, hogy nincs az idő kerekén az a mérőhajó, ami erre valaha is képes lesz!

– Vagyis reménytelen ügy átjutni az ősrobbanás kellős közepén?

– Túl finoman fogalmaz, Mercier. Szavakra inkább úgy fordítanám a számításokat, hogy teljes képtelenség! Hajmeresztő őrültség! A legeszementebb ötlet a világon!

Mercier alaposan fontolóra vette a hallottakat, s végül a következő magvas megjegyzést tette.

– A mondottak fényében Jamie Berger mérőhajójának útja alapos átértékelésre szorul.

Arlingtonból immár visszatarthatatlanul ömlött a szó.

– Jamie Bergerék esete egészen más tőről fakad. Magamtól talán soha nem jövök rá a megoldásra, azonban Halt könyve – emelte magasba az ütött-kopott könyvecskét – az idő vektoros leírásával felnyitotta a szememet.

– Halt? – érdeklődött Mercier. – Talán Roger Halt?

– Hallott már róla? Régen élt, nem mostanában. Az utolsó komoly matematikus volt, aki az időfizika matematikai leírásán fáradozott.

– Számomra más összefüggésben ismerős a neve... – Mercier habozott egy pillanatig –, de félek, hogy megbántom az érzéseit.

– Mióta van tekintettel rájuk? Gyerünk, mondja már! – sürgette Arlington.

– Rendben, ha annyira akarja – egyezett bele Mercier. – Kathlyn a saját korába visszajutva Roger Halthoz megy feleségül.

Arlington elnémulva, hosszan bámult rá.

– Igazat beszél? – bukott ki belőle végül. – A színtiszta igazat mondja? Megesküdne rá a törvényszék előtt?

– Akár az életemre is!

Arlington elhallgatott, maga elé meredt, s a kapitány nem akarta megzavarni. Hosszú idő múltán, mint aki álomból ébredt, zavaros tekintettel nézett körül, s fogta fel, hogy Mercier még mindig Jamie Berger esetének magyarázatát várja tőle. Gépiesen nekilátott a feladatnak.

Sorra vette a monitor képernyőjén az egykori mérőhajó fekete dobozának grafikonjait, s megmutatta rajtuk az extraidő-generátor kapcsolgatásának két ágát, a felfutó és lecsengő görbéket, amiket nemrég Kathlynnel együtt nézett.

– Jól nézze meg a görbe bekapcsolás előtti és kikapcsolás utáni szintjét! Mit lát?

A kapitány közel hajolva sokáig vizsgálta a grafikont.

– Minimális eltérés van a kettő között – állapította meg végül. – Szabad szemmel alig vehető észre, de mégis eltér egy hajszálnyit.

– Igaza van, eltér egy hajszálnyit – ismételte Arlington helybenhagyólag, majd hozzáfűzte: – Ezen a hajszálon múlott Jamie Bergerék élete.

*

Állt a Rue Saint-Florentin és a Concorde tér sarkán a leszálló estében, és szemét elfutotta a könny. Sehogy sem tudott beletörődni, hogy a veszteség, Henry Arlington elvesztése végleges. Minden porcikája lázadt a gondolat ellen, hogy tudomásul vegye a megváltoztathatatlan tényt, hogy egyszerűen belenyugodjon. S e kritikus percben, amikor egyre azon őrlődött, miként kaphatná vissza a szeretett férfit, egyszer csak eszébe jutott valami.

A jövőbe érkezésük után Mercier a jelen megváltoztathatóságáról beszélt. Szavai megütötték a fülét, el is határozta, hogy rákérdez, aztán valahogy mindig elmaradt. „Madison óta tudjuk, hogy a múltbéli változtatások nincsenek, nem lehetnek befolyással a jelenre. A megoldás kulcsa a jövőben rejlik!"

Nem értette a kapitány szavainak logikáját. Bár tisztelte és nagyra becsülte Madison professzort úgy is mint tudóst, úgy is mint dédnagyanyja nővérének élettársát, a jelen megváltoztathatatlanságára vonatkozó nézeteitől, ha szóba kerültek, mindig émelygés fogta el. Úgy érezte, kiveszi az emberek kezéből a hibák orvoslásának eszközét. Lelke mélyén ösztönösen hitte, hogy a világ megváltoztatható, sőt megjavítható. Ha a múlt nem állandó, akkor a jelennek még képlékenyebbnek kell lennie, az épp csak formálódó jövőről nem is beszélve. De még ha igaza is lenne Madisonnak, a múlt változásainak jelenre gyakorolt hatástalanságából miként következik, hogy egy jövőből indított változtatásnak más lesz az eredménye? És egyáltalán, miként hathat vissza a jövő a jelenre? Ha az okság értelmezhető egyáltalán az egyidejűleg létező idősíkok világában, akkor csakis a múltból a jövő felé. A részecskefizikusok mást mondanak ugyan, de az ő világuk oly távoli, oly elképzelhetetlen, oly idegen…

Azonban nem a kérdés elméleti oldala érdekelte, csupán az, hogyan kaphatná vissza az ő Henryjét. Ha jól értelmezi Mercier szavait, akkor a jövőben, vagyis ezután kell majd tennie olyasvalamit, amitől visszafelé másképpen alakul ez a mostani, elfogadhatatlan állapot. Nincs más lehetősége, ezt kell tennie.

De mit?

*

– Kifejtené világosabban? – kérte Mercier kapitány.

– Figyeljen jól! – válaszolta Arlington, és rutinosan magyarázni kezdett. – Mint mondottam, mindennek a kulcsa az extraidő. Az extraidő, amit oly régóta ismerni vélünk, pedig épp a lényegét nem értette eddig senki, én magam sem, míg Roger Halt könyve rá nem világított. Az időt mindeddig, ha nem is tekintettük skaláris mennyiségnek, csak két iránnyal ruháztuk fel: előre, a jövő felé, és hátra, a múltba. Maga Madison is úgy gondolta, hogy az extraidőben való elmozdulás szintén ebben az egyetlen dimenzióban történik az elemi időegységnél kisebb mértékben. És senki nem gondolt bele, hogy az elemi időegység azért elemi, mert ami annál kisebb, az már nem idő semmilyen értelemben. Az extraidőben való elmozdulás azonban nagyon is valóságosan létezik, ezt jól tudjuk. Egyetlen impulzus, és egy egész mérőhajó bújhat el láthatatlanná válva ebben az extradimenzióban.

– Eddig értem – mondta nem túl meggyőzően Mercier. – De mi köze ennek Jamie Bergerék mérőhajójához?

Arlington megköszörülte a torkát.

– Nos, mindössze annyi, hogy a gombnyomás visszamaradó hatása miatt, ami remanens eltérésként jelentkezik a görbén, és az oka egyszerű műszaki probléma lehetett, mint egy beragadt fékpofa, tehát emiatt a mérőhajó nem csupán a normál időben süllyedt lefelé az időmotorok hatására, hanem a gomb megnyomásának pillanatától az extraidő generátor is hatott rá, bár utóbbi meglehetősen kis mértékben. A két hatás eredőjeként a mérőhajó nem csupán a hagyományos idődimenzió mentén közlekedett lefelé, hanem kezdett lassan ki is fordulni ebből az irányból. El tudja ezt képzelni?

Mercier tanácstalan arcát látva úgy döntött, hasonlathoz folyamodik.

– Képzelje el, hogy expedíció indul az Egyenlítőről a Déli-sark felé. Az Egyenlítőre merőlegesen indulnak el, és mindvégig az egyik hosszúsági kör mentén haladnak. Ha semmi nem jön közbe, pontosan a Déli-sarkpontra fognak érkezni. Eddig világos? Tegyük fel mármost, hogy az utazás mindvégig tengeren, hajóval történik, és ennek a hajónak a kormánylapátja egy kicsit félrehúz, amiről a kormányos nem tud, ezért nem is korrigálja. Mi fog történni?

– Nyilvánvaló. Az expedíció elvéti a Déli-sarkot – felelte a kapitány örömmel, hogy ismét szilárd talajt érzett a lába alatt.

– Mégpedig az eltérés arányos lesz a kormánylapát félrehúzásával. Megeshet, hogy még a déli sarkkörig sem jutnak el, mert a mind jobban eltérülő hajó tengelye már előbb párhuzamossá válik az Egyenlítővel, és ettől a pillanattól a hajó semmivel sem juthat közelebb úti céljához, sőt ezután távolodni kezd tőle.

– Azt akarja mondani – kezdte Mercier nehézkesen összerakni a hallottakat, miközben Arlington várakozóan tekintett rá –, hogy a mérőhajó, Jamie Berger mérőhajója soha nem jutott el...

– A közelében sem jártak – bólintott Arlington. – Az eltérülés mértékéből pontosan ki fogom számítani, hogy valójában milyen mélyre jutottak az időben. Annyi máris bizonyos, hogy az ősrobbanást nem közelítették meg jobban a biztonságos hőmérsékleti és nyomáshatárnál, mert akkor menthetetlenül ott pusztulnak, amint az is biztos, hogy nem lépték át a halálzóna félmilliárdos küszöbét sem, különben sose tértek volna vissza.

– Várjon egy percet! – kiáltott fel Mercier, úgy vélve, hogy hibát fedezett fel a professzor szavaiban. – Lehetetlen, hogy ne lépték volna át a kritikus küszöböt, ahol megszűnik a parittya! Hiszen zuhanni kezdtek, megállíthatatlanul zuhantak a múltba, és az abszolút idő kijelzője is mutatta, mint haladnak lefelé. Ez közismert tény, világosan benne áll Jamie Berger naplójában, és a mérőhajó adatai ugyanezt mutatják.

Arlington komolyan nézett rá.

– Ami a műszereket illeti, egy mozgásban levő rendszer által mért adatok... különösen, ha az a rendszer nem egyenes vonalú pályán mozog... akarja, hogy az általános relativitás elméletének egyenletei alapján matematikailag is levezessem a mondandómat?

A másik ijedt tekintete láttán inkább ismét a népszerűsítő stílusához folyamodott:

– Sokáig hitte mindenki, hogy a parittyahatásként jelentkező eredő erő – amely egyébként számos komponensből tevődik össze – az egyetlen, ami a múltba merülő mérőhajókra hat. Ellenkező tapasztalat híján Madison óta ez a tudományos közfelfogás. Találtam azonban a múzeumi anyagok közt néhány késői munkát, amelyek a nagy mélységbe merülő mérőhajók adatait elemezve arra a következtetésre jutottak, hogy az idő, még az általunk ismert, hagyományos idő sem, de az extraidő tengelyével kifeszített kétdimenziós időfelület különösen se nem homogén, se nem izotróp. Rendkívül izgalmas tulajdonságai vannak, akár egy folyadék felszínének: hullámzik, áramlik, örvénylik. Hogy rövidre fogjam, a mérőhajót az ősrobbanástól eltérülő időpályáján minden bizonnyal egy áramlás kapta el, amelynek ereje sokszorosa lehetett a parittyáénak, és ez rántotta mind lejjebb az idő mélységeibe akkor is, amikor az időmotorokat már rég leállították. Szerencsére előbb kivetette magából, mintsem a kritikus határt elérték volna. Az eltérülés mértékéből és a hajónapló adataiból meghatározható ennek az anomáliának a pontos helye, és végre rekonstruálhatóvá válik a mérőhajó valódi útja a téridőben!

Mercier hallgatott, gondolkodott. Próbálta összerakni fejében a hallottakat. Vajon mindent megmagyaráz Arlington most kifejtett elmélete? Úgy találta, maradt még egy tisztázatlan pont.

– De hogyan érkezhetett vissza Jamie Berger és Peter Davidson a jövő felől, ha nem létezik az átjáró, amin áthaladhattak volna? Mert az bizonyos, hogy onnan érkeztek!

Arlington bosszúsan csapott az asztalra.

– Maga nyert, Mercier! Erre a kérdésre magam se tudom a választ!

*

Állt a Rue Saint-Florentin és a Concorde tér sarkán a leszálló estében könnyes szemmel, és egyre azon tépelődött, mit kellene tennie.

Már rég megbánta, hogy belement ebbe az őrült kalandba. Azt kívánta, bár visszatartotta volna Henryt is. Nem kellett volna beszállniuk a taxiba, sőt még előbb, nem kellett volna kimenniük a térre sem. Bármit megadott volna, ha meg nem történtté teheti a közelmúlt eseményeit. A jelen azonban, ezt minden berzenkedése dacára el kellett fogadnia, látszólagos képlékenysége ellenére mégiscsak megváltoztathatatlan.

Törvénytisztelő állampolgárként a rendőrség jutott eszébe. Ha bejelenti, hol találják kétszáz év múlva a jelenből eltűnt Henry Arlington professzort, az ügyet scontóba teszik. Rendőrség kétszáz év múlva is lesz. Amikor elérkezik az idő, újra előveszik az eltűnési ügyet, megkeresik a professzort a megadott helyen, és biztosítják, hogy visszatérhessen, bármi akadályozza is.

Pontosan úgy fog működni, mint az a meggondolatlan hirdetés: a jövőből hat vissza a jelenre. Amiként az újsághirdetés nyomán a taxinak átépített mérőhajó eljött értük, most Henry fog visszatérni vagy a parittya által, vagy egy rendőrségi mérőhajó fedélzetén, ha ő, Kathlyn elég elszánt, és valóban megteszi ezt a lépést.

Részleteiben is elképzelte a jelenetet.

A Conciergerie komor, Szajna-parti épületében fogadják majd egy elhanyagolt, koszos irodában, a bútorokba még Maigret pipájának a füstje ivódott. Érzelemmentes arcú fogalmazó olvassa fel a szavai alapján papírra vetett bejelentést, közben a kihallgatást vezető rendőrtiszt mindvégig fürkészve szemléli. Vagy talán gyanakodva. Ha nincs hozzáfűznivalója, itt írja alá, Mademoiselle! Az aláírt papírt gondosan dossziéba zárják, és a fogalmazó leküldi az irattárba. Kétszáz évig pihen ott. Két teljes évszázad múltán veszik elő ismét... Ha előveszik...

Nyugtalanság fogta el.

Mi van, ha összegyűrik, és kidobják, amint kiteszi a lábát? Hány őrült jelentkezhetett a mérőhajózás feltalálása óta, aki túl sokat töprengett a józan ésszel felfoghatatlan idősíkok rengetegén, és kibicsaklott gondolatmenettel az idő valamely más szegletén vélte megtalálni rögeszméje tárgyát? Hány látszólag normális ember agyára borulhatott az idő félelmetes árnyéka?

Akkor sincs más választása.

A Conciergerie.

A remény megacélozta a lelkét. El fog menni oda, és megteszi a bejelentést. Ha jól döntött, és ügyesen csinálja, vissza kell kapnia az ő Henryjét! Ebben nagyon erősen hitt. Vissza kell érkeznie, méghozzá ide, ahonnét elindult, mindössze a késési dilatáció okozta pár másodperces csúszással. Magában nagyon erősen megfogadta, hogy mindent megtesz Henryért. Bármit, ami szükséges! Ha kell, elmegy a miniszterhez vagy a követségre, és követelőzni fog! Ha kell, nemzetközi botrányt csinál!

Várt. Az elszánásnak, a kellő mértékű, határozott elszánásnak önmagában meg kell hoznia a gyümölcsét. Körülnézett, forgatta a fejét. Várta, hogy Henry előbukkanjon, hogy a parittya elébe dobja, akár durván, mint egy zsák krumplit. Bánná is ő, hisz rögtön ott lenne, hogy felsegítse, és végre újra együtt lennének!

De semmi sem történt.

*

Mercier addig-addig forgatta agyában az elhangzottakat, míg úgy érezte, kezdi érteni, ám hiányérzete nem múlt el.

– Nem adott választ a legfontosabb kérdésünkre, professzor. Arra a kérdésre, amiért vállaltuk egy tiltott merülés kockázatát.

– Azt hittem, már rég kitalálta! – csodálkozott Arlington.

Mercier bocsánatkérőn tárta szét a kezét.

– Én csak egy mérőhajó kapitánya vagyok, nem fizikus. Tehát? Elmagyarázná, hogyan utazhatunk a jövőbe?

És kitartóan várakozott tovább.

– Rendben, kifejtem. Láttam, hogy a *Buborék*ot extraidő-generátorral is felszerelték. Nagy szerencse, hogy hozzájutottak, mert Madison kísérletei után azonnal betiltották, annyira féltek, hogy mi történne, ha terroristák kezébe kerül.

Mercier feszülten figyelt.

– Mindössze annyi a teendő vele – fejtegette a professzor –, hogy folyamatosan működtetni kell. Előbb elfordítja a hajó haladási irányát a hagyományos időtengelytől a második idődimenzió tengelyéhez, majd onnan tovább, immár a hagyományos időtengely pozitív iránya, azaz a jövő felé. Emlékezzen csak a Déli-sarkra tartó expedícióra, akiknek beragadt a kormánylapátjuk! Hajójuk elfordul a déli iránytól, és elérkezik a pillanat, amikor merőlegesen haladnak az észak-déli hosszúsági körre, azaz párhuzamosan az Egyenlítővel. Ezután már észak felé fordulnak tovább. A kormánylapátot akkor kell egyenesbe hozni, azaz az extraidő-generátort kikapcsolni, amikor hajónk pontosan észak, azaz a jövő felé halad. A többi az időmotorok dolga.

Felállt, nagyot nyújtózott.

– Mindent elmondtam, Mercier. Nincs több magyarázat a tarsolyomban. Remélem, tudtam segíteni, hogy helyreállítsanak valamit abból a régi, tovatűnt világból, amelynek szépségét volt szerencsém élvezni, míg magukba nem botlottam! Készen állok, akár azonnal indulhatunk is vissza.

Mercier nem válaszolt, csak némán ült a helyén, és a professzort méregette. Amaz tűrte egy darabig, végül kifakadt:

– Na, mi az? Bökje már ki! Ismerem ezt a tekintetet. Ugye, még sincs elegendő energiájuk? Felültetett?

– Szó sincs róla – felelte csöndesen a kapitány. – A *Buborék* valóban készen áll a következő útra. Szereztünk energiát is, méghozzá meglehetősen sokat!

– Leesett az ára a világpiacon? – találgatta Arlington.

– Az utóbbi évtizedekben nem volt rá példa.

– Kiárusították nagy tételben?

– Ne tréfáljon, professzor! Az a lényeg, hogy szereztünk.

– Jobb, ha nem tudom, hogyan, igaz?

– Ahogy lehetett. Fenyegetéssel és zsarolással, ha éppen tudni akarja. Nem finomkodhattunk. El kell érnünk a kitűzött céljainkat, különben az emberiség jövője…

– Remélem, azért nem öltek meg érte senkit! És nem követtek el más jóvátehetetlen bűnt sem!

– Nem, atyám. Reménykedhetem a bűnbocsánatában? – válaszolta flegmán Mercier.

– Tőlem mit akar még?

– Mutatok valamit. Érdekelni fogja!

Táskájából látható erőfeszítéssel emelt ki egy nem túlságosan nagy szerkezetet, és Arlington elé rakta. Az asztallap megreccsent a szokatlan súly alatt.

– Ez egy energia-transzporter.

A találmány nem volt új, ismerték már Arlington idősíkjában is. A transzporter energiát továbbít a téridő tetszőleges pontjai között, akár a múltból a jelenbe, akár fordítva. Néhány évvel Jamie Berger útja után született, amikor felfedezték, hogy az időn át nemcsak anyag, hanem információ és energia is továbbítható. Ez a szerkezet tette lehetővé, hogy a mérőhajóknak ne kelljen komplett nukleáris erőművet cipelni magukkal, ha nagy mélységbe igyekeznek, hanem egy bázisról kapják folyamatosan az energia utánpótlást. Ettől kezdve lehetett kicsi, könnyű hajókat építeni, akár hosszútávú merülésekre is.

– A mérőhajózás betiltásának idején természetesen megsemmisítették a transzportereket is – folytatta Mercier. – Két példányt reprodukáltunk, mindkettő képes adó és vevő funkciót ellátni egyaránt. Átviteli kapacitása fejlesztéseinknek köszönhetően felülmúl minden korábbit. Ez a kis szerkezet egymaga több petawatt teljesítmény átvitelére képes. Elképesztő, nemde?

Arlington érdeklődve szemlélte az egyszerű, szabályos síklapokkal határolt jószágot, de nem sokat látott. Néhány elektromos csatlakozóhely, pár kapcsoló, sima, fehér műanyag borítás. A súlya azonban meglepte, amint kézbe akarta kapni. A kis készülék váratlanul nehéznek bizonyult. Alig bírta megemelni. Persze, jutott eszébe, hiszen a működéséhez szupernehéz, háromjegyű rendszámú fémek szükségesek, amelyek a periódusos táblázat távoli sarkában tanyáznak. Élettartamukhoz képest a tiszavirág matuzsálemnek mondható, de megoldották stabilitásukat, hogy hosszú távon is használhatók legyenek.

– A *Buborék* akkumulátorainak kapacitása nem elegendő hosszabb útra – magyarázta Mercier –, útközben pedig nem állhat meg „tankolni" ismeretlen téridő tartományokban. Ezért a transzporter egyik példánya a hajón lesz elhelyezve, a másik egy távoli helyen, a titkos energiaközpontunkban. Mérőhajónk állandó összeköttetésben fog állni a központtal, ahonnan továbbítják számára a jövőbeli utazáshoz szükséges energiát, amíg csak célba nem ér.

– Értem – felelte a professzor. – És hová akarnak eljutni?

– Olyan korba – válaszolta a kapitány –, ahol bőségesen áll rendelkezésre hőenergia. Ekkor a *Buborék*ot akadályokkal kiékeljük, a transzportert kiszereljük belőle, és biztonságos helyre telepítjük egy energia-átalakító egységgel együtt. Utóbbi alakítja a hőt elektromossággá a transzporter számára. Nagyobb, mint a transzporter, nehezebb is, de azért ne aggódjon, elfér a kocsi csomagtartójában.

– Azt hinné az ember – lepődött meg Arlington –, hogy ekkora teljesítményhez egy egész erőműre van szükség generátorral, turbinával, kazánházzal, hőcserélővel, hűtőtoronnyal, szivattyúkkal miegyébbel.

– Megértem a csodálkozását, múltból jött ember. A múzeumban rostokolva nem láthatta át a fejlődést, amit az elmúlt két évszázad produkált. Higgyen nekem! Az a koffernyi berendezés tudja mindazt, amihez korábban egy komplett erőmű kellett. A miniatürizálás csodája! Nagy szerencse, hisz megértheti, nincs lehetőségünk építkezésbe bonyolódni a távoli jövőben. Hogy befejezzem, a sikeres telepítés végeztével a transzporter üzemmódját vételről adásra váltjuk át. Az energia áramlási iránya megfordul, és e perctől a készülék küldi a villamos energiát a jövőből a bázisra. A *Buborék* pedig az akadályok felszedése után szépen hazaszáll magától a parittya visszarendező ereje által.

Arlington helybenhagyólag bólintott.

– Világos. Sőt, impozáns! Igazán szépen kigondolták. De miért meséli el mindezt nekem?

Mercier alaposan megfontolta minden szavát.

– Egyelőre csak forgassa a fejében az elhangzottakat. Ismerkedjen a tervvel, barátkozzon a részletekkel! Van kérdése?

– Mi az úti cél? Azt is kigondolták már?

– Nos, vannak az időben távoli helyek, ahol a hőenergia nem gond, sőt több is van belőle a kelleténél.

Arlington összeráncolta a homlokát. Valami felrémlett emlékezetében. Az időutazás atyja, a lángeszű Asimov erre is gondolt a maga réges-régi korában. Csak nem…

– Amikor a Nap…? – kezdte, s maga sem akarta elhinni.

Mercier csendben somolygott.

– Jézusom! Maguk megőrültek! – tört ki Arlington. – Teljesen elment az eszük? Komolyan meg akarják csapolni a szupernóvaként fellángoló Napot?

III. rész

– Itt kell maradnia! – jelentette ki Mercier hevesen gesztikulálva. – Magának minden körülmények között a bázison a helye!

– Kizárt dolog! – válaszolta ugyanolyan vehemensen Arlington. – Hazamegyek. Megígérte, hogy távozhatok innen!

Farkasszemet néztek.

A központi csarnokban, a javítóműhelyként funkcionáló térség szélén álltak, az indulásra előkészített *Buborék* oldalánál. A hátsó üléseket már dugig pakolták, mint egy nyaralásra induló család. A csomagtartó nagy részét az energia-átalakító foglalta el, de volt ott tűzálló azbesztruha, lapát, csákány, tűzoltó felszerelés, szerszámkészletek és persze élelmiszer, ivóvíz, gyógyszerek. És fegyver. Elvégre az ismeretlenbe indultak.

Átépítették a taxi vázszerkezetét is, gondolva a várható igénybevételre. Szükség volt az álca fenntartására, hisz nem tudhatták, hogy a jövőben meddig lesz tiltott a mérőhajózás. A munka kezdetén leszedték a kocsi karosszéria-elemeit, ahogy színpadi díszletet bontanak szét, és ekkor Arlington megértette a mérőhajó nevét. A *Buborék*ból mindössze egy, az utasteret magába foglaló, átlátszó, a szabályos geometriai alakhoz képest hosszában kissé elnyújtott, vékonyfalú gömb maradt, a mérőhajók konstruktőri fejlesztéseinek végső állomása. Ez a törékenynek tűnő, szinte csak hártyányi falvastagságú hólyag önmagában képes volt lemerülni az időben, vagy – ha Arlington elképzelései az extra-időről helyesek – felemelkedni a jövő magaslataiba. Végül a tűzállóvá tett, új vázelemekkel megszilárdított, hőálló, vékony szálakkal megerősített ablaküvegű burkolatot a gömb körül újra összeszerelték, s a mérőhajó ismét egy ősrégi párizsi taxi, egy fekete oldtimer képét mutatta.

Már az utolsó simításokat végezték.

– Mióta felszedtem a Concorde téren – szólt a kapitány –, egyre azon töprengek, milyen ember maga, Arlington. Nagy tudós, a legnagyobbak közül való, ez kétségtelen. Vágyik a hírnévre, a népszerűségre, és élvezi, ne is tagadja! Az elmúlt hetekben mégis arra kényszerült, hogy pusztán az eredményért dolgozzon, amiből semmi sem lesz publikálva, sőt örülhetünk, ha ép bőrrel megússzuk az illegális kutatást. Maga mégis úgy dolgozott, olyan intenzitással, mintha általa még híresebbé, még népszerűbbé válhatna.

– Mindig érdekelt a jövőbe utazás kérdése, és izgatott az átjáró problémája – felelte a professzor. – A boldogság titka szerintem abban rejlik, ha valaki a kedvteléseinek szentelheti életét. Ebben az értelemben boldog voltam az itt töltött idő alatt, s ha Kathlyn hirtelen távozása fel nem dúlja lelki békémet, életem legszebb időszakaként gondolnék vissza rá.

Az emlékezéstől bánatosan felsóhajtott.

– Jobban tenné, ha eleresztené őt – tanácsolta a kapitány –, ahogy a halottakat is el kell engedni. Megértem, hogy nem könnyű. Kathlyn csodálatos nő volt. Nekem is hiányozni fog, pedig én legfeljebb a kezét boríthatnám el forró csókokkal. De tudomásul kell vennie, hogy az útjuk végleg kétfelé vált. Kathlyn visszatalál a saját korába, a saját életébe, miatta ne fájjon a feje. Férjhez megy ahhoz a Roger Halthoz, gyerekeket szül neki, és késő öregkoráig sikeresen folytatja tudománytörténeti kutatásait a mérőhajó útjáról. Magának, professzor, nincs többé helye az életében. Sőt, az egész korszakban sincs! Nem értem az okát, de a parittya biztosan nem fogja visszaszállítani, és meg sem kísérlem elképzelni, mi történne, ha én próbálkoznék ugyanezzel. Javaslom, hogy ne húzzunk ujjat a Sorssal! Törődjön bele, hogy a jövője összeforrott a miénkkel! Tegye magáévá a céljainkat, és meglátja, itt is megleli a boldogságát!

Rövid szünet után így folytatta:

– A transzporter kihelyezésén múlik az emberi civilizáció jövője. Ha bőséges energiához jut az energiaközpontunk, meg tudjuk valósítani jobbító szándékainkat, hozzáfoghatunk az újjáépítéshez. Ha nem, itt pusztulunk el nyomorultul a föld alatt.

– Mi a szándékuk azzal a rengeteg energiával?

– Legelőször is újjáélesztjük a mérőhajózást.

– Ez lenne az emberiség boldogságának a kulcsa?

– Maga időfizikával és kozmológiával foglalkozik, nem csodálom, hogy nem látja át teljes mélységében ezt a kérdést. A mérőhajózás valódi lehetőségei az információ elterjesztésében rejlenek. Az arany vagy más, anyagi természetű javak megszerzése sosem lehetett tartós a parittya visszarendező ereje miatt, ami az anyagmegmaradás törvényéből fakad. Ám az információra nem vonatkozik megmaradási tétel. A mérőhajós megfigyelésekkel minden történelmi korról gyarapíthatjuk ismereteinket, átvilágíthatóvá tehetünk minden kormányzatot, ami a tisztességes működés alapja.

– Szépen hangzik, mint általában a világmegváltó tervek.

Mercier nem törődött a professzor szavaiban rejlő gúnnyal.

– Van személyes indítékom is!

– Kathlyn elmesélte a történetét – bólogatott Arlington. – A legkevésbé sem irigylem magát.

– Nem hiszem, hogy el tudja képzelni, milyen érzés egy olyan bombán ücsörögnöm, amelynek nem ismerem az időzítését! – mondta élesen a kapitány.

Válasz helyett a professzor részvétteljesen pillantott rá.

– Segítsen, Arlington! – fakadt ki Mercier. – Még senki sem járt a jövőben. Elképzelni sem tudjuk, miféle bonyodalmak adódhatnak egy különösen távoli jövőbe vezető út során. Magánál többet senki sem tud az idő tulajdonságairól. Ha az egész bázison egyetlen ember maradhatna életben, és rajtam múlna a döntés, én magát választanám. Maga fontosabb, mint mi valamennyien együttvéve! Itt kell maradnia a bázison, míg az akciónk sikeresen le nem zajlik!

Arlington nagy levegőt vett.

– Ha már a múltba nem szállít vissza, akkor annyit tegyen meg, hogy én is beszállhassak a *Buborék*ba. Ez életem nagy álma: elutazni a messzi jövőbe! Megoldottam a rejtélyeket, és rájöttem, amire lehetett. Megérdemlek ennyit!

– A vitát lezártnak tekintem – szögezte le Mercier, majd a legénység felé fordulva fennhangon kihirdette: – Mint a bázis vezetője, úgy döntöttem, hogy a *Buborék* Bob Dickinson parancsnoklása alatt, John Craig időmatrózzal és Fred Walter technikussal a fedélzetén útnak indul a Föld legtávolabbi jövője felé kihelyezni egy energia-átalakítót, és hozzákötni a transzportert. Az előkészületek befejeződtek. A pontos időpontot hamarosan meghatározom. Maga, professzor, velem együtt a bázison marad, és innen segítünk, ha problémájuk támad. Bár magam mehetnék! De nem kockáztathatom a küldetés sikerét a személyes problémám miatt.

Miután mindenről a legalaposabban rendelkezett, a legénység eloszlott, mindenki ment, hogy tegye a dolgát. Emberi számítás szerint sínen volt az ügy.

Azután mégis minden másképpen alakult.

*

A hajnali derengés és az unalomig megszokott kakasszó (miért nem variálják időnként az effektusokat?) nyomasztó álmokból ébresztette Henry Arlington professzort. Úgy érezte, túl nagy árat fizetett a kétszáz éves jövőbe tett utazásért. Rábukkant élete párjára, de el is veszítette. Felfedezte Roger Halt könyve segítségével a jövőbe utazás módját, és megoldotta az átjáró-problémát, ám hiába, ha a saját álma mégsem valósulhat meg.

Töprengéséből futó léptek zajára eszmélt, amelyek máris a szobája előtt dobbantak. Valaki felrántotta az ajtót, és felkapcsolta a világítást. Az erős fénytől hunyorogva a küszöbön Mercier alakját pillantotta meg.

– Jöjjön gyorsan! – lihegte a kapitány. – Azonnal indulnunk kell!

– Hová? – kérdezte Arlington meglepetten. – Mi történt?

– A katonák rátaláltak a múzeumra, és megpróbáltak behatolni. Az őrök szembeszálltak velük, tűzharcra került sor. Halottaink is vannak. Már nem sokáig tudjuk feltartóztatni őket.

– Mit tegyünk? – kérdezte Arlington, miközben sietve kapkodta magára ruhadarabjait.

– Azonnal indulunk a jövőbe mi ketten, maga és én!

– Maga, kapitány? Mi lesz a problémájával?

– Nincs más választásom!

– És a személyzet? Dickinson, a matróz meg a technikus?

– Sehol sem találom őket. Megszöktek vagy elestek. Nincs időnk. Fogja ezt!

Egy pisztolyt nyújtott a meglepett Arlington felé, nagy tűzerejű, sok lövés leadására képes fegyvert. Ám a professzor határozottan visszautasította:

– Soha nem lennék képes emberre lőni – jelentette ki. – Inkább fogjanak el, de nem terhelem gyilkossággal a lelkemet!

– Ne butáskodjon, Arlington! Én tisztelem a maga humánus nézeteit, de most az emberiség jövője forog kockán. Bármi áron el kell jutnunk a *Buborék*hoz, és szedni mihamarabb a sátorfánkat!

– Semmiért nem vagyok hajlandó „bármi árat" fizetni!

A máskor oly nyájas kapitány most nagyokat fújt mérgében.

– Az agyamra megy, Arlington! Ne most vitatkozzunk erkölcsről! Igyekezzen! Nem maradt más emberem, kénytelen vagyok magát vinni. Jöjjön azonnal, különben elvágnak minket a hajótól, és akkor a terveknek is, nekünk is befellegzett!

A folyosó sötétjében lopakodtak előre. Mercier a sarkokon meglapult, óvatosan kikémlelt, majd továbbhaladást intett. Baj nélkül jutottak el a központi csarnokig, ahol már hallatszott a küzdelem zaja. Lövések dördülése vert visszhangot a földalatti járatok szűk falain.

A *Buborék* magára hagyottan álldogált négy hagyományos gumiabroncsán a csarnok közepén. De mégsem. Amint megközelítették, hirtelen egy alak egyenesedett fel mögüle, és lépett elébük. Mercier kapitány riadtan kapott a fegyveréhez, majd megkönnyebbülten eresztette le a karját.

– Bob! Hál' Istennek! – sóhajtott fel. – Gyorsan a kocsiba! Máris indulunk. Már csak a *Buborék* fedélzetén juthatunk ki innét.

Bob Dickinson várt ott rájuk, az expedíció kijelölt vezetője. Arlington nem emlékezett a jelentéktelen külsejű, sápadt, sovány férfira. Ha látta is korábban a múzeumban, nem jegyezte meg az arcvonásait. Most sem az arcának szentelt figyelmet, hanem a rajta ülő természetellenes nyugalomnak, amely sehogy sem illett a vészhelyzet lázasan túlfűtött hangulatához. Mercier nem vette észre, vagy ha észlelte is, nem törődött vele, minden figyelmét az indulás kötötte le.

– Senki nem megy sehová! – jelentette ki határozottan Dickinson, és karját felemelve pisztolya csövét a kapitány testére irányította.

Mercier meglepetten torpant meg.

– Mit jelentsen ez, Bob?

Dickinson fölényesen elvigyorodott.

– Jó parancsnok vagy, Jules, de van egy nagy hibád. Túlságosan megbízol az emberekben. Eszedbe sem jutott, hogy a múzeumba érkezők között lehet olyan, aki megfigyeli és folyamatosan jelenti az itt zajló eseményeket?

A kapitány sápadtan hallgatott. Ha föl is merült benne valaha ez a lehetőség, konkrétan soha, egyik emberéről sem tételezett föl ilyesmit. Hogy éppen Bob Dickinson, a legbizalmasabb embere! Nehezére esett megemészteni a dolgot.

– Mi van Craiggel és Walterrel? – nyögte, s előre félt a választól.

Bob Dickinson sajnálkozó arcot vágott.

– Ugye megérted, Jules, nem engedhettem, hogy bárki elhagyja a múzeumot, azt pedig különösen nem, hogy a Buborékot is magával vigye. Craig és Walter nem értették meg, így kénytelen voltam őket ebben, hm, megakadályozni.

Magyarázatként egy kicsit, egészen kicsit megemelte a pisztolyt.

Arlington látta, mint forr a düh a kapitányban. Minden erőfeszítése kudarcra volt ítélve egy hitvány áruló miatt. Bob Dickinson figyelme hirtelen irányt váltott, s a professzor rémülten látta, hogy tekintete és fegyvere immár feléje irányul.

– A mi híres professzorunk – szólt gúnyosan Bob. – Igazad volt tegnap, Jules. Ő a legértékesebb ember a bázison. Te nem sokat számítasz, az embereid nélkül semmire se mégy. De ő egymaga képes lenne újra feltámasztani az egész mérőhajózást. Megbocsátja, professzor, de ezt nem engedhetem meg! Ez minden eddigi fáradozásomat romba döntené!

Arlington elképedve látta, hogy Dickinson lövésre emeli fegyverét. Nem érzett félelmet, csak kíváncsiságot. Meg fogok halni, gondolta. Milyen érzés vajon?

A dörrenésbe belereszketett, de továbbra sem érzett semmit. A régi harctéri bölcsesség jutott eszébe: Amelyik lövést hallod, az nem öl meg.

Így is történt. Csodálkozva látta, hogy az áruló sovány alakja holtan terül el, és csak ekkor pillantott meg Mercier kapitány kezében is egy pisztolyt. Észrevétlenül húzta elő, míg Dickinson a professzorhoz beszélt. Hálálkodásra a kapitány nem hagyott időt. Beszállást vezényelt, maga is elhelyezkedett a vezetőülésben, és egymás után felkapcsolta a mérőhajó rendszereit. A vezérlőpult kivilágosodott.

Arlington is beült, majd nyomban újra kiszállt. Mercier dühösen kiáltott rá:

– Mi ütött magába?!

– A szobámban maradt a könyv.

– Mit beszél?

– A legértékesebb lelet az egész időmúzeumban egy régi, kopott könyv. Roger Halt munkája. Ez a kulcs a jövő természetének megértéséhez. Nem hagyhatom itt!

Mercier is kiugrott a kocsiból.

– Elment az esze? Nem mehet vissza érte!

S mintha csak szavainak akarna nyomatékot adni, e pillanatban a szemközti folyosón felbukkant az első géppisztolyos katona.

– Üljön be, Arlington! – ordította Mercier. – Azonnal üljön vissza!

Kapásból lőtt, alig vesztegetve célzásra az időt, az egyenruhás mégis felbukott. A folyosón azonban máris újabb katonák tűntek fel. Nem maradt több idejük. Mindketten a kocsiba vágódtak, és Mercier azonnal rácsapott az extraidő-generátor indítógombjára.

*

– Ha ezt előre tudom… – kezdte Arlington, majd elhallgatott.

A taxi első ülésén kuporgott, a volánnál természetesen Mercier.

– Higgye el, hogy én sem így terveztem – morogta idegesen a kapitány –, de most már nincs más választásunk. A kézifegyverek tüzétől megvéd a burkolat, de ha gránátot hajítanak ránk vagy páncélököllel találnak célba venni, akkor végünk.

Most már a többi folyosóról is egyenruhás fegyveresek özönlöttek a központi csarnokba. A lövöldözés zaja elhalt, a harc nyilvánvalóan véget ért. Katonák sokasága vette körbe a *Buborék*ot, tucatnyi géppisztoly csöve szegeződött rájuk. Arlington mintegy kívülállóként szemlélte az eseményeket, jól tudva, mit sem tehet a csata végkimenetele érdekében. Ám ekkor furcsa dolgot tapasztalt: a katonák lelassultak. Alig lehetett észrevenni, mert többségük előretartott fegyverrel a kezében mereven állt, de mégis érződött, hogy ez a mozdulatlanság nem a fegyelmezett parancsvégrehajtás velejárója, hanem valami más. Miként a halott különbözik az alvó

145

embertől, úgy hiányoztak itt is a parányi rezzenések, akaratlan mozgások, önkéntelen igazítások a testhelyzeten, melyeknek óhatatlanul jelentkezniük kellett volna. Mintha valamennyien jégbe fagyva álltak volna. Mint amikor leáll a filmvetítés, és egyetlen kocka kimerevedik.

Mercier kapitány és Arlington professzor összenézett.

– Úgy van – bólintott az időfizikus professzor. – Már nem a rendes időben haladunk előre, hanem rá merőlegesen, a második idődimenzióban, az extraidőben. Ideje bekapcsolni az időmotort, Mercier! Vágjunk neki a jövőnek!

A kapitány érintésére a panelen kijelzett értékek megélénkültek, amint a transzporteren át érkező energia működésbe hozta a taxiba épített időmotort. A mozdulatlan katonák látványa elhalványult, kifehéredett, amint a mérőhajó kiszakadt az idősíkból.

Mercier egyre a kijelzőket figyelte, majd elégedetten ragyogó arccal tekintett föl.

– Ördöge van, Arlington! Megcsináltuk! Nézze csak, tényleg emelkedik a hajó!

Ujjával a kijelzett számokra bökött, amelyek lassan növekedve pörögtek előre, mind nagyobb értékeket mutatva.

– Ne felejtse el kikapcsolni az extraidő-generátort – figyelmeztette a professzor –, különben hamarosan lelassul az emelkedésünk, és süllyedésbe fordul át! Szinuszosan körbe-körbe járnánk a jelen-jövő-jelen-múlt-jelen és így tovább mezsgyéin.

Mercier ész bekapott, és még a megfelelő pillanatban kapcsolta le a generátort, amikor a hajó tengelye éppen a hagyományos idő jövő irányába mutatott.

– Elégedett, professzor?

Arlington bólintott, és így szólt:

– Most pedig, hogy a nagy klasszikus időutazót, Jamie Bergert idézzem: „Kakaót!" Eressze rá a transzporter minden energiáját a motorra, Mercier, különben itt eresztünk szakállat, mire elérjük a céltartományt!

Mercier kapitány azonban csak óvatosan volt hajlandó fokozni az időmotor teljesítményét. A katonák hajnali akciója meggátolta, hogy próbautat végezhessen a *Buborék*kal, tesztelve a gömb és az álcázó vázszerkezet teherbírását, irányító rendszereinek működését. Most összes érzékét megfeszítve volt kénytelen figyelni, nem tapasztal-e rendellenességet az időjármű működésében. Egy lapra kellett feltennie mindent. Legjobb technikus szakemberei, szerelői, kiképzett matrózai egytől-egyig a múzeumi bázison maradtak. Gondolni se mert rá, mihez kezd, ha problémájuk támad.

Márpedig támadt hamarosan.

*

Arlington kinyújtotta elgémberedett lábát, amennyire a szűk hely engedte, szervezete egyebekben nem sínylette meg az időutazást. Túl az első veszélyen, kezdte könnyedebben felfogni a dolgot.

– Nem állunk meg valahol, kapitány? Meghívom egy kávéra.

Mercier elkerekedett szemmel bámult vissza rá, tollát fölborzoló bagolyra emlékeztetett.

– Előbb tudjuk meg, mi van odakint! – felelte.

– Mi volna? Kávézók mindig lesznek.

– Tisztában van vele, hogy csaknem ötvenezer évet haladtunk előre?

A professzort meglepte az adat. Az igazat megvallva az elmúlt percekben nem szentelt túl sok figyelmet a számlálónak.

– Gondolja, hogy ennyi idő alatt sokat romlott a kávé? – kérdezett vissza.

– Majd elmegy a kedve a szórakozástól, ha megtudja, hogy valaki követ bennünket.

– Mit beszél?

– Oda nézzen!

Mercier a radarra mutatott, amelyen fekete pontok sokasága nyüzsgött, mint ezernyi apró muslica.

– A közeli síkokban haladó időjárművek – magyarázta a kapitány. – Ebben még nincs semmi rendkívüli. De a radarunk szoftvere folyamatosan elemzi a mozgásukat, és jelzést ad, ha valamelyik tartósan közelít felénk. Látja ezt itt? – mutatott az egyik villogó pontra.

– A pontot látom, de azonosító adatokat nem – felelte a professzor.

– Mert nem vagyunk bejelentkezve a forgalmi központ adatbázisába.

– Hát jelentkezzen be!

– Nem tehetem! – rázta a fejét Mercier kapitány. – Nincs azonosítónk. A mi járművünknek nincs vizsgája, nincsenek engedélyei. Nem szerepel a regiszterben. Ez csak egy összebarkácsolt kaszni.

– Akkor meg mit csodálkozik, hogy ránk ragadtak? Nyilván egy rendőrségi mérőhajó akaszkodott a nyakunkba. Mit tehetnek velünk? Letartóztatnak?

Mercier kapitány megvakarta a feje búbját.

– Más a baj, Arlington. A jármű kevéssel utánunk startolt el, és azóta növekvő sebességgel, rohamosan közelít felénk.

– Mire gondol?

– Szerintem a hadsereg küldte utánunk. Nyilván rájöttek, hogy újjáépítettünk egy mérőhajót, és azon szöktünk el a múzeumból.

– Amíg az időben mozgunk, nem tehetnek velünk semmit.

– Ne legyen naiv, Arlington! Ha megelőznek, akadályt raknak az utunkba, amin ízzé-porrá zúzódik a hajónk. Ha pedig lassítok, hogy ezt megelőzzem, akkor lefékez bennünket az akadály, és állva már könnyűszerrel elfoghatnak. Sejti, mi vár ránk fegyveres ellenállásban való részvételért?

– Várjon! – mondta Arlington. – Semmit sem küldhettek utánunk. Ne felejtse el, hogy ők nem ismerik a jövőbe utazás fortélyát. Magam is csak nemrég jöttem rá, és magán kívül senkinek sem árultam el.

– Igaza van, csakhogy élhettek az intertime módszerrel. Kértek a jövőből egy csapat kommandóst, akik egy hadihajóval alánk merültek, és most a parittya nagy sebességgel röpíti őket utánunk.

– Találjon ki valamit, Mercier! – buzdította Arlington. –Törje a fejét!

Nyugtalan várakozásban telt el néhány perc. A helyzet mit sem változott, az ismeretlen jármű egyre közeledett, képe egyre nőtt az időradar ernyőjén, bár időbeli közelségéhez képest szokatlanul kicsinek tűnt.

– Álcázza magát, hogy a radarunk nehezebben vegye észre – vélekedett Mercier kapitány. Elképedve látták, hogy a rohamosan fogyó távolság ellenére a másik mérőhajó nem készül előzésre, nem tesz semmilyen kitérő manővert a művelet zavartalan lebonyolítására.

Már csaknem a nyomukba ért, amikor Mercier felkiáltott:

– Arlington, ez nem mérőhajó!

– Hanem micsoda? – csodálkozott a professzor.

A kapitány a szája szélét rágta.

– Adatok hiányában csak most, hogy egészen közel ért, tudom a jelzőpont méretéből megbecsülni, hogy a tömege egészen kicsi lehet. Nem álcázza magát, hanem tényleg kicsi! Sokkal kisebb, mint a *Buborék*!

– Legalább nem kommandós egység – sóhajtott fel megkönnyebbülten Henry Arlington professzor. – A miénknél kisebb járműben maximum egy fő utazhat. Egyetlen katonával pedig csak elbánunk! Egyikünk eltereli a figyelmét, miközben a másik...

– Az össztömege legfeljebb száz kiló, és mindjárt belénk jön!

Összenéztek, és egyszerre mondták ki:

– Torpedó!

Arlington azonnal a helyzet magaslatára emelkedett.

– Extraidő! – kiáltotta. – Generátort bekapcsolni!

Mercier oly hevesen csapott a műszerre, mint amikor a múzeumban feltűntek a katonák. Csakhogy akkor szilárdan álltak négy kerékkel a terem padlózatán, fixen rögzülve a téridő szövetében, most viszont szabadon lebegtek a téridőben, ezért a generátor bekapcsolása azonnal lökésszerűen hatott rájuk, és a *Buborék* megbillenve forogni kezdett. Mercier kapitány káromkodva próbálta újra egyenesbe hozni. Ekkor újabb lökés érte a hajót, nagyobb az előzőnél. A közvetlen közelükben elsuhanó tömeg keltette téridő örvénylések rázták föl-le, dobálták oda-vissza a hajót. Mercier a fejét, Arlington a könyökét verte be.

– Azt hittem – szólt Arlington –, hogy az időben nincs ütközés. Még sosem fordult elő mérőhajók közti baleset ilyen okból. A kitérési manőverek csak az utazók pszichéje érdekében szükségesek, mert senkire sincs jó hatással a tudat, hogy a testén éppen egy másik tárgy halad keresztül. De két, időben mozgó test soha nem ütközhet össze!

– Szerintem – fogta a beütött fejét Mercier – kimaradtunk valamiből, sejtem is, hogy miből.

– Beszéljen! – pillantott rá érdeklődéssel Arlington.

– A magyarázat tudományos részét meghagyom magának, én csak arra gondolok, hogy amikor betiltották a mérőhajózást, és leszerelték az üzemképes időjárműveket, valamely kormányszerv vagy titkosszolgálat biztosan tovább foglalkozott a témával. Vagyis csak a nagyvilág számára szűnt meg az időutazás, titkos laborokban nyilván fejlesztették a technikát, ennek eredménye lehet az a torpedó, amihez az imént volt szerencsénk, és amely nyilván úgy lett megépítve, hogy ne hatoljon át az időben útjába kerülő testeken, hanem beléjük csapódva felrobbanjon.

– A titkos fejlesztésre vonatkozó résszel egyetértek – mondta némi töprengés után Arlington –, de hogy egy test ne hatoljon át akadálytalanul az időn, ezt nem tudom felfogni. Ellenkezik az ismereteimmel, márpedig ne feledje, én elég jó vagyok a szakmámban.

– Maga se tud mindent, Arlington, lássa be! – morogta Mercier. – Ezt a torpedót a jövőből, talán a nagyon távoli jövőből küldték a nyomunkba. Addigra valaki nyilván megoldotta az időbeli ütközés problémáját. Nem maga az egyetlen lángész a széles idő kerekén! A jó hír az, hogy sikerült uralnom a hajó mozgását, és ismét az eredeti célunk felé tartunk. Ideje a küldetésünkre összpontosítani a figyelmünket, ne vesztegessük tovább a drága időt!

*

Százezer év megtétele után mégiscsak megálltak. Nem a hajó, hanem maguk miatt. Emberi szükségleteiknek néhány óránként eleget kellett tenniük, és az átélt izgalmak hatása sürgetővé tette az első alkalmat.

Mercier csökkentette az időmotor teljesítményét, kirakta az akadályokat, végül teljesen leállította a motort.

– Plusz százezer év – olvasta le a kijelzőről Arlington. – Milyen világ lehet odakint? – tűnődött fennhangon. – Látszatra teljesen normális – fűzte hozzá kifelé pillantva.

A taxi ablakain át idilli látvány tárult a szemük elé. A mérőhajó gazdagon zöldellő, ligetszerű táj közepén állt, a távolban domboldal lankája emelkedett. Az ég szikrázó kékséggel ragyogott, elszórtan játékos bárányfelhők úszkáltak.

– Mindjárt meglátjuk – dünnyögte a kapitány, és a külső érzékelők jelzéseire pillantott. – Hőmérséklet normális: húsz Celsius fok. Légköri nyomás: rendben. Analizátor: nem jelzi mérges gáz jelenlétét. – Szerintem megkockáztathatjuk a kiszállást – vélekedett Arlington.

– És ha odakint lézerfegyverrel várnak a korabeli rendfenntartók? Vagy vad bennszülöttek mérgezett nyilakkal? Vagy aknára lépünk, amint kitesszük lábunkat a kocsiból?

– Én is tudok sorolni ilyeneket, Mercier – felelte türelmesen a professzor. – De nem ülhetünk örökké idebent.

– Jól van – egyezett bele nagy nehezen a kapitány. – Ezt vegye magához!

Megint a pisztolyt nyújtotta felé. Arlington bosszúsan felsóhajtott.

– Mondtam már, hogy ...

– Azért csak legyen magánál!

Arlington bölcsen kitért a további meddő vita elől.

– Rendben, ha ez megnyugtatja – csúsztatta derékszíjába az ormótlan fegyvert.

– És most nyissa ki az ajtót!

– Csakis a maga felelősségére – szellemeskedett Arlington, de a kapitány most sem értékelte a humorát. Minden idegszálával egyszerre figyelte az ajtónyíláson át feltáruló tájat, hogy nem tapasztal-e rendkívüli mozgást, és a műszereit, hogy nem érkezik-e vészjelzés.

Arlington lépett ki elsőként, nagyot nyújtózva megropogtatta csontjait.

– Jöjjön már! – szólította a társát. – Láthatja, hogy minden a legnagyobb rendben.

Mélyeket szippantott a friss levegőből, miközben Mercier is kikászálódott a kocsiból, és bizalmatlanul fürkészett körbe. Arlington nevetve mondta:

– Kár, hogy nem látja magát! Úgy szimatol, mint egy vadászeb.

– Okom van a gyanakvásra – felelte Mercier.

– Igazán? Beavatna?

– Maga a lángész, professzor, de ezúttal én jöttem rá a megoldásra.

– Ha így van, készséggel megemelem a kalapom. Elárulná, miről van szó?

– A torpedóról. Nem kell hozzá semmilyen nagy találmány, a helyzet sokkal egyszerűbb. Nem ütközésre robban, hanem a cél idősíkjától való távolságot méri, hozzá szinkronizálja magát, és végül automatikusan lép működésbe.

Arlington elismerően biccentett.

– Bravó, Mercier! Szép megoldás! Hiába, a haditechnika nem az én világom.

A kapitány borúsan nézett vissza.

– Tényleg nem, különben sokkal nyugtalanabb lenne.

A professzor pislogott egyet.

– Mire gondol?

– A torpedó nem robbant fel, hiszen félrehúzódtunk előle az extraidőben. Akárkik küldték, rá fognak jönni, hogy nem végeztek velünk, és továbbra is keresni fognak, hogy elfogjanak vagy elpusztítsanak bennünket.

– Ez tényleg nem jó hír – csóválta a fejét Arlington. – De most, ha megengedi, elvégezném, amiért kiszálltunk, kicsit odébb, a kocsi mögött.

Komótos léptekkel hátraballagott. Szeme sarkából még látta Merciert, amint körbepillant a napsütötte réten, mintha csak egy hétvégi kirándulás résztvevője lenne, azután egy bokor mögé húzódva a saját dolgával törődött. Amint visszaindult, hirtelen észrevett valamit, és megtorpant.

Mozgást észlelt. A liget fái között katonák osontak görnyedve, géppisztolyukat markolva, terepszínű egyenruhájuk beleolvadt a környezetbe. Egyik fa fedezékétől a másikig nyomultak előre hangtalanul, egyenesen a réten parkoló mérőhajó felé, és a professzor látta, hogy Mercier kiváló célpontot nyújtva ácsorog a térség közepén. Szíve hevesen kezdett verni az izgalomtól. Lélegzetét visszafojtva gondolkodott, mitévő legyen. Első gondolata az volt, hogy figyelmeztetnie kell a kapitányt. De hogyan? Ha leadna egy lövést... Övéből előhúzva magasba tartotta pisztolyát, ám ekkor meglátta, hogy az egyik katona fegyverével máris célba vette Merciert.

Azonnal cselekedett. Ha a kapitány a múzeumban le nem teríti Dickinsont, már nem lenne életben. Pisztolyát habozás nélkül a katonára irányította, ujja megfeszült a ravaszon. Mielőtt azonban meghúzhatta volna, meglepve látta, hogy a katona lövés nélkül ereszti le fegyverét, arca eltorzul, majd sarkon fordulva előbb hátrálni, azután fejvesztve menekülni kezd. Hasonlóképp a többiek is mind hátrahőköltek az iszonyattól, és egymás után tűntek el a liget távolabbi részein. Arlington a rétre pillantott, és megfagyott ereiben a vér. Ahol az imént még Mercier állt, most valami szörnyűséges húscafat éktelenkedett. Ez a borzalom kitüremkedett Mercier ruháiból, és véres nyershúsként terült szét a rét füvén. Körülötte a levegő remegve vibrált, elektromos kisülések szikrái pattogtak és villóztak, a füves rét zöldje hullámzani látszott. Az egész csupán néhány másodpercig tartott, utána minden hamar lenyugodott, és már csak a véres testmaradványok emlékeztettek az iménti irtózatra. Máris legyek és más repülő rovarok kezdtek rajokban gyűlni köré.

A professzor gyomra felfordult, öklendezni kezdett, de minthogy nemrég élt át hasonlót, gyorsan megértette a történteket. Mercier kapitányért eljött a parittya. Csakhogy őt nem szállította vissza oly simán, mint sokakat. Bekövetkezett, amitől a kapitány mindig is félt: szülei nem egyetlen idősíkból származtak, ezért a parittya eltérő erőhatása kétfelé tépte-hasította testének kétféle genetikai anyagát, mintha ellenkező irányba hajtott igásállatok húztak volna testére rögzített köteleket, középkori kínzás szenvedéseire ítélve hordozójukat.

Arlington döbbenten állt, kezét szívéhez emelte.

– Bevégeztetett – mormolta. – Jules Mercier kapitány, soha nem mondtam el neked, mennyire tisztellek elszántságodért, mily nagyra becsültelek bátor tetteidért, nagyratörő terveidért. Most egyedül rám hárul a feladat, hogy közös küldetésünket befejezzem. E rettenetes percben, szétszaggatott holttested mellett fogadom, hogy minden nehézség dacára megvalósítom az álmaidat! Nyugodj békében, barátom!

*

A számok monotonul kúsztak mind magasabbra a taxi műszerfalán. Arlington némán figyelte, mint állnak össze a százezer évek milliókká, az évmilliók százmillió évekké, s végül évmilliárdokká. Észbontó magasságban járt az emberi történelem fölötti időben. Sejtette, hogy már első megállásuk idején a paradicsomi környezet, Mercier kapitány halálának színhelye azt jelezte, hogy az ember végleg lelépett a világ színpadáról, s helyét magától értetődően töltötte be az őstermészet. A jövőben mind magasabbra vivő útja során később is meg-megállt, szétnézett a mind távolabbi korokban, de soha a legcsekélyebb jelét sem tapasztalta emberi vagy más értelmes élet létezésének. Az intelligencia, mint felejthető közjáték, nyomtalanul múlt el a Föld életéből.

Valahol a jövő harmadik évmilliárdjának közepén vette észre, hogy megszűnőben van maga az élet is. Még akadtak gyér fűcsomók, kisebb rovarok, de erdőségek, lombos, vastag törzsű fák már alig, és nagyobb testű állatokat sem látott. Óvatosan állított a helykoordinátákon, hogy más vidékeken is körülnézzen, vigyázva, nehogy az óceánok vagy más nagyobb vizek területére tévedjen, ahol nevéhez méltatlanul a *Buborék* elsüllyedt volna, de már felesleges volt az óvatosság. A tengerek és óceánok visszahúzódtak, vizenyős lápoknak, óriásmocsaraknak adták át a helyüket, melyekben leginkább szúnyogok miriádjai tenyésztek, csípéseikkel meggyűlt a baja. Kihalóban, de legalábbis visszavonulóban volt az élet a Földön, a fajfejlődés mind alacsonyabb szinteken képviseltette magát. Arlington úgy vélte, nincs messze az idő, amikor megszületik az utolsó élőlény, s utána a földi élet, mint egy megfáradt vénember, átszendergi magát a végső elmúlásba.

Két dolog tartotta életben: a barátjának tett fogadalom és az a tény, hogy a transzporteren keresztül változatlanul áramlott felé az energia a múltból. Valakik ott lenn, az idő mélyén hittek a küldetésében, és folyamatosan továbbították számára az időutazáshoz szükséges, nem csekély, ki tudja, mily nehézségek árán gyűjtött energiát.

Egyszer megkérdezte Merciertől, miért kell oly messzire utazni előre az időben energiáért, miért nem mennek például közelebb a Naphoz, a Merkúr pályáján belülre, a napkorona közelébe, ahol állandóan magas a hőmérséklet, ahol nagy sűrűséggel áramlik a hőenergia, csak meg kellene csapolni. Mercier nevetett a képtelen ötlet hallatán. Nem az ötlet volt lehetetlen, hanem a kivitelezése a fennálló körülmények között. Ha lett volna egyetlen masszív építésű mérőhajójuk, mint egykor a *Vulcanus* vagy Jamie Bergerék hajója, biztosan ezt a megoldást választják, csakhogy a régi flotta hajói egytől-egyig a tudatos rombolás martalékaivá váltak. A *Buborék* csupán személyi mérőhajó volt, alkalmas bolyongásra néhány évszázadnyi vagy évezrednyi mélységben, de már a talaj elhagyására sem volt képes, a világűr zordon körülményeire pedig gondolni se lehetett. Maradt a régi bölcsesség: „Ha Mohamed nem megy a hegyhez, akkor a hegy megy..." A hegy pedig ebben az esetben nem kisebb objektumot jelentett, mint magát a Napot. Ahogy Asimov kiötlötte a huszadik században, az időutazásra képes emberiség óriási energiaszükségletét az élete végén szupernóvaként fellobbanó, szinte korlátlan mennyiségű energiát sugárzó Napból kell meríteni. A részletes elemzések csak lényegtelen részleteket módosítottak az amerikai sci-fi író elképzelésén. A Nap – nem kellően nagy tömege miatt – soha nem válik szupernóvává, „csupán" vörös óriás lesz belőle négymilliárd év múlva, de ez is azt jelenti, hogy előző átmérőjének kb. kétszázszorosára felfúvódva sorra nyeli majd el a közeli kőzetbolygókat. Mikorra a Földet is felégeti e hővihar, légköre, felszíni vizei már rég elpárolognak, és persze az élet sem marad fenn semmilyen formában.

A *Buborék* küldetése úgy szólt, hogy meg kell találni azt a pontot a négymilliárd évvel későbbi időben, amikor a Nap elkezdi életének intenzív szakaszát, s a Földet érő hősugárzás révén az energia-átalakító elegendő áramot képes fejleszteni, amelyet a transzporter visszaküld a múltba. A szakasz kezdőpontja lett volna ideális, mert ekkor még elviselhető munkakörülmények között lehet dolgozni, mielőtt a forrósodó helyzetben lehetetlenné válik a további tevékenység, sőt a túlélés is. E pont megtalálása nem volt egyszerű feladat, mert a Nap fellobbanása gyorsan, alig néhány hét alatt következhet be, s az időben fürgén emelkedő mérőhajó könnyen túlfuthatott rajta. Viszont a hőmérsékleti görbe meredeken emelkedő szakaszán túl a minden hűtést nélkülöző mérőhajó akár meg is olvadhatott! Ráadásul a számítások azt mutatták, hogy körülbelül négymilliárd éves távon a parittya feszítőereje eléri a házilagos módszerekkel készített *Buborék* végső teherbírását. A jövő felé haladva minden további év már a mérőhajó összeroppanásával fenyegetett. A *Buborék* magára maradt utasa tehát nem elég, hogy könnyen elpattanó kötélen táncolt szakadéknyi mélység fölött, de a szakadék mélye lángokban is állt.

S amikor Arlington mindeme gondolatok végére jutott, ajka keserű mosolyra húzódott. Mosolya a kihívásnak szólt. A párbajnak. Az elképesztően csekély győzelmi eséllyel kecsegtető küzdelemnek. Henry Arlington kontra Idő. Henry Arlington kontra Naprendszer. Henry Arlington kontra Atyaúristen. Szép küzdelem lesz!

*

Elérte a kerek négymilliárd évet, de semmi sem történt. Azon kívül, hogy a Föld felszíne kopár, száraz, kihalt pusztasággá változott, nem tapasztalt semmi rendkívülit. A Nap az égen úgy sütött, oly barátságosan, mint valaha régen, akár kifekhetett volna egy pokrócra napozni, hiszen már az ózonréteg is réges-rég helyreállt, mióta az ember nem pusztította többé.

Nagyot sóhajtott, és visszaült a taxi volánjához. Kezdettől tudta, hogy a számítások csak hozzávetőlegesek a Nap várható fellobbanásának idejét illetően éppúgy, mint a parittya erejére és a mérőhajó teherbírására vonatkozóan. Gyerünk tovább! A *Buborék* azonban már csak lassan araszolt, a parittya ereje és Arlington óvatossága egyaránt visszafogta korábbi gyors fölfelé száguldását a jövő vizében.

Néha aludnia kellett. Nem igazi alvás volt ez, jobbára csak szendergés félálomban – kényelmetlen testhelyzetben, az első üléseken végigdőlve –, melyet rémképek, látomások zavartak meg. Egyszer úgy tűnt, kopogtatnak kívülről a kocsiablakon, de mikor felriadva körülnézett, senkit sem látott. Izzadtan, szívdobogva sokáig nem tudott újra elaludni. Máskor ülő testhelyzetben szenderegve úgy vélte, Mercier ül mellette, de testének csak az egyik fele látszott metszetben, mint egy anatómiai ábráé. Fél fejével vigyorgott rá, rajta mulatott. A rémület torkára fagyó, hangtalan sikolyával ébredt. Máskor katonák mozgását észlelte a kocsi körül, közben a múltból sebesen közeledett a torpedó, s ő mit sem tehetett ellene. Egyszer pedig Jamie Berger és Peter Davidson hajóján találta magát, vidám pezsgőzés közepette, miközben mérőhajójuk sebesen zuhant az ősrobbanásba, ám mindketten vidáman bizonygatták, hogy nincs mitől félniük, mert az a nagy-nagy fényesség valójában nem is az ősrobbanás, hanem „csak" a Nap.

Hajnalonta Kathlynnel álmodott, és mindig fájó szívvel ébredt, magában rettenetesen irigyelve azt az ismeretlen, szerencsés fickót, Roger Haltot, aki vele élheti le az életét.

Alvás közben lelassította a hajót, ébredés után megint gyorsított, mikor látta a hőmérőn, hogy még nem jött el „a Nap napja", ahogy magában nevezte. Próbálta elképzelni, hogyan fog történni. Ha éjszaka lesz, először csak a látóhatár mögül árad a mind nagyobb fényesség, majd ahogy megvirrad, elönt mindent a fényözön és a forróság. Egyre melegebb lesz, mint egy kánikulai napon, éppen csak ez a hőség soha többé nem ér véget, a következő éjjelen sem, mert a Földet annyi hő éri napközben, amennyit képtelen éjszaka kisugározni a világűrbe. Azon a napon el kell végeznie a munkát, amiért jött, mielőtt eszméletét veszti a Föld történetének utolsó, minden korábbinál drámaibb kánikulájában.

Ha pedig nappal történik meg, akkor az ég közepén lángol fel a Nap, lassan, megállíthatatlanul növekedni kezd, és a sugárözön közvetlenül éri őt, ahol éppen tartózkodik. Hegesztőszemüveg, védőruha készenlétben állt, hogy azonnal fölvegye, ha bekövetkezne.

Sokszor áttanulmányozta a két készülékkel kapcsolatos teendőit. Az alapos Mercier kapitány embereivel szabályos kézikönyvet és használati utasítást készíttetett mindkettőhöz, s ezek több példányban megtalálhatók voltak a *Buborék* fedélzetén. Nem ígérkezett nehéz feladatnak az üzembeállításuk, egyetlen részlet kivételével. Az átalakító rendkívül súlyos berendezés volt. Kereken egy mázsás teste elfoglalta a taxi hátsó csomagtartójának felét. Úgy tervezték, hogy két ember fogja kiemelni, és a végleges helyére cipelni, de a feladat Mercier tragikus halála miatt egymagára hárult. Amikor időnként kiszállt a kocsiból, tornagyakorlatokat végzett, hogy megőrizze kondícióját, nehogy ezen az apróságon hiúsuljon meg a terv. Időnként meg is moccantotta a készüléket, ízlelgette fogását, készítette izmait a feladatra, ha majd élesben kell cipekednie. Nem volt már fiatal. Tudta, hogy egy elhamarkodott, rossz mozdulat csigolyái elmozdulását, idegszálak becsípődését okozhatja, képtelenné téve a feladat elvégzésére.

Unalmasan teltek a napok. Más dolga sem volt, mint saját életfunkcióit fenntartani – készletei még tartottak –, valamint a hőmérőt figyelni. Néha kockáztatott. Egyszer több évet szökött előre az időben, pedig tudta, hogy rosszul végződhet a játék, ha beleszalad a felhevülő időtartományba, mégsem állta meg, hogy ne hazardírozzon. Napközben nem tudott mit kezdeni magával, éjjel nem tudott aludni, mert nem volt, ami kifárassza. S miközben tudatában volt, hogy aligha akad ember az idő kerekén, aki valaha is rendkívülibb helyen járt, mégis egyszerűen halálra unta magát.

A változás első jelét egyik éjjel tapasztalta meg. Mozogni és remegni kezdett alatta a taxi küllemű mérőhajó. Arlington felriadt amúgy sem mély álmából, és feszülten figyelt.

Mi ez? Földrengés?

Vagy a parittya követeli a maga jussát, és a remegés azt jelzi, hogy ne tovább, vége az előretörésnek az időben?

A remegés hosszú percekig tartott, oly sokáig, hogy Arlington egészen elveszítette időérzékét, és bosszankodva jött rá, hogy elfelejtett pillantást vetni az órájára. A rezgés hol erősödött, hol csillapult, kint a szél vészes süvöltésbe kezdett, majd lassacskán minden alábbhagyott, elcsendesedett. Arlington azonban már sejtette: ez az első jele, hogy a Napból kitörő anyag elérte a Földet.

Elérkezett hát a várva várt nap, a Nap napja!

Izgatottan várakozott. Amint felvirrad a hajnal, végre hozzákezdhet…

Csakhogy a hajnal nem jött el.

*

Jól gondolta, derengéssel kezdődött. A laposra lepusztult látóhatár, amelyet már rég nem tettek változatossá dombok és hegyek kontúrjai, kísérteties fénykoronába öltözött. Vörös fény áradt a lapos horizont mögül, vöröset árasztott minden, ameddig csak szeme ellátott. Vörös uralkodott az egész tájon. Nem létezett más szín, csak a vörös, vörös, vörös. Belesápadt a látványba. Átérezte, hogy nem előadóterem táblája előtt sétálva mesél hallgatóinak valamely kozmikus folyamat gigászi erőiről, miközben kitekintgethet az utcai fák zöld lombjaira, nem ernyőre kivetített szemléltető bemutatót tart, ami után beülhet valahová egy korsó hűs sörre, hanem a történések színpadának kellős közepén tartózkodva saját személyében kell át- és túlélnie mindazt, ami következik.

Haladéktalanul munkához látott. Az átalakító számára már korábban kinézett egy mélyedést, ami védett, stabil elhelyezést biztosított a készülék számára. A kocsival megközelítette a lapos gödröt, majd kiszállt, és felnyitotta a csomagtartó fedelét.

Még sötét volt a vöröslő ég, a napkeltéig két óra is lehetett hátra. Nem kapkodott. Behajolt a csomagtérbe, két karjával mélyen előrenyúlt, és átölelte a hatalmas fémdobozt. Kicsit maga felé billentette, kézfejeit becsúsztatta alá, ahogy eltervezte. Eddig simán ment. Összeszedte minden erejét, emelni kezdte, húzta, ahogy csak bírta, de hamar rá kellett jönnie, hogy nem fog sikerülni. A csomagtartó rakománya irgalmatlanul nehéz volt, Arlington pedig nem szokott hozzá a túlzott erőkifejtéshez. Lihegve tartott egy kis szünetet, mielőtt újra próbálkozott. Nyögött, kínlódott, beleadott apait-anyait, a készülék meg is mozdult kissé, meg is emelkedett, aztán ahogy ereje fogyatkozott, visszazuhant eredeti helyére, a kezét épphogy ki tudta kapni alóla. Arlington káromkodott, és kézfejével megtörölte izzadó homlokát.

Törni kezdte a fejét, mitévő legyen, és most kezdte sajnálni az elvesztegetett napokat. Ha komolyabban felkészül a feladatra, biztosan kitalál valamit, és nem most kellene töprengenie, amikor fogytán az idő. De azért nem esett kétségbe. Ő mégiscsak a nagy Henry Arlington, a fizika professzora, akinek az egyszerű gépek fizikája a kisujjában van, bár sejtette, hogy a fennálló helyzetben egy régi bútorszállító szaki tapasztalataival többre menne. Segédeszközök után kutatott, mit használhatna az emeléshez. Léceket keresett, de csak köteleket talált, amiket be tudott csúsztatni a fémdoboz megbillentett feneke alá. Ha a csomagtartó peremén át tudná buktatni... Csak ne volna olyan átkozottul magas az a perem! Puha takarókat tett a kocsi mögé, hogy kárt ne szenvedjen a készülék, amint a kemény talajra huppan. Végül tengerészmódra összecsomózta a köteleket, beleállt a hámba, és vállaival nekifeszült, mint egy igásló, érezte is, hogy erőfeszítése nyomán a készülék emelkedni kezd, de hamarosan hihetetlenül nehézzé vált a továbbmozdítása, sőt még a puszta megtartása is, kénytelen volt visszaengedni. Szíve zakatolt, fújtatva lélegzett, csorgott róla a veríték.

Ha egy vastagabb fa törzséhez vagy ágaihoz kötné a köteleket, jutott eszébe, majd keserűen kellett ráébrednie a valóságra. Réges-rég nem volt már egyetlen fa sem a Földön, csenevész bokor is alig.

Nem volt több ötlete. Ha felborítaná a taxit, talán könnyebben kiszedhetné valahogy, de ezen a lapos, puha talajú síkságon ez sem ígérkezett sem egyszerű, sem veszélytelen műveletnek. A kocsi karosszériáját nem bonthatta szét anélkül, hogy a mérőhajó végzetesen meg ne rongálódjon, és akkor számára nincs többé visszaút. Felmerült benne, hogy szükség esetén megfizeti ezt a végső árat is, de az élni akarás ösztöne egyelőre visszatartotta a végzetes cselekedettől.

Leült, fejét ölébe hajtva gondolkodott.

*

Az órájára pillantott, és meglepődött. Tudta, mikor hajnalodik, és már pirkadni kellett volna, de az ég változatlanul sötétvörös volt körülötte, csak a látóhatár alján lángolt a végidők eljövetelét hirdető, vörös fénykoszorú. Várt újabb negyedórát, majd még egyet, de a helyzet nem változott.

Henry Arlington felnézett az égre, és megdöbbent.

A csillagok!

Nem volt csillagász, egy-két kivétellel a csillagképeket sem ismerte, ám az elmúlt hónapok álmatlan éjszakáin sokat bámulta az eget, épp elégszer, hogy agyába ivódjon a csillagok elhelyezkedése. A nevüket nem tudta, de megjegyezte, hogy este az a nagy, fényes csillag ott balra a kocsi háta mögött szokott felkelni, és a kocsi orra előtt nyugszik le hajnalban. Az a másik, az a halványan hunyorgó, sárgás színű a kocsitól balra, egy kisebb égi körön forgott. Mindent a kocsihoz viszonyított, amellyel már rég nem volt hová elindulni, mert mindenfelé ugyanaz a kietlen, sivár táj fogadta. A kocsi helyzete volt a kályha, az jelentette az egyetlen stabil kiindulópontot az ég térképéhez.

Mostanra azonban minden átrendeződött. Hiába kereste az ismerős pontokat, nem találta sehol. Felmerült benne, hogy talán elmozdult a kocsi az éjszakai földindulás során, de az a néhány szerény tereptárgy, amihez viszonyítani tudott – satnya növények, kődarabok – mind azt mutatták, hogy a taxi helyzete változatlan.

Órája szerint elmúlt reggel nyolc, és változatlanul sötétség honolt körös-körül, melynek csupán az alján, a látóhatár mentén ragyogott a baljós égi fény éppúgy, mint egész éjjel. És ekkor Henry Arlington hirtelen rájött, mi történt.

A Napból kilökődő rettenetes anyagmennyiség oldalba találta a Földet, és kibillentette forgástengelyét. Más égbolt került az egyetlen földlakó, Henry Arlington feje fölé, és átrendeződtek a napszakok is. Tartózkodási helye a régi sarkvidékek szerepébe került. Sarkvidék, ahol fél évig tart a nappal, és fél évig az éjszaka.

Mekkora pech, hogy épp az éjszakai pólusra került! A nappali kellett volna, méghozzá sürgősen, mielőtt végképp elfogynak a készletei, és dolgavégezetlen kényszerül visszahátrálni mérőhajójával a biztonságos múltba. És Henry Arlington keserűen állapította meg, hogy a Föld topológiája egy szempontból rokonítható a téridő egészével: nem vezet semmiféle átjáró egyik pólustól a másikig.

*

A feladat azonban korántsem volt megoldhatatlan. Koncentrált. Átjutni a másik sarkvidékre... A mérőhajók úti programozásának logikája nem változott lényegesen az általa ismerthez képest. Az egyébként is múzeumi alkatrészekből épült Buborékot nem választotta el akkora fejlettségbeli szakadék Arlington korától, hogy problémát okozzon. A térképszoftverek mind a jó öreg Hartmann-Wesselsky-féle adatbázison alapultak, amik már Arlington kisiskolás korában is szakállasnak számítottak.

A koordináták ugyan semmit sem mondtak számára, ám a grafikus megjelenítőn elég volt megérintenie a Föld túlsó felén a pontot, ahová igyekezett, bejelölni a „Pontosan a felszínre érkezzem" lehetőséget, és

161

a *Buborék* máris készen állt, hogy életben maradt utasával és teljes úti felszerelésével a gyomrában átlebegjen a téridő képzeletbeli rácsain, ezúttal csupán a térdimenziókon, mert az időt egyetlen másodperccel sem merte előbbre állítani. Aggódott, milyen viszonyok várják, amint előbukkan a Föld túloldalán, és aggodalma nem bizonyult alaptalannak.

Amint kinyitotta a taxi ajtaját, perzselő hőség csapta meg az arcát. Megértette, hogy itt a legrövidebb idő alatt kell végeznie, aztán sürgősen továbbállni, ha életben akar maradni. Most kezdett csak igazán aggódni az átalakító miatt, ami még mindig a csomagtartóban hevert, és gondolatban semmivel sem jutott közelebb kirakodásának a megoldásához.

Kilépett, és rögtön észrevette a különbséget. Az a néhány óra, amit az óriásira duzzadt, vörös máglyaként lobogó Nap sugarai alatt töltött ez a vidék, az utolsó csepp nedvességet is kiszippantotta mindenhonnét. Lába keményre szikkadt talajt ért, amikor elindult hátra az energia-átalakító készülékért. A hőség fullasztó volt, a levegő remegett, és Arlington tudta, hogy csak hónapok múltán jön el a megváltó éjszaka. Az élővilágból addigra hírmondó se marad, és saját bőrén érezte, hogy az ő percei is meg vannak számlálva.

Felnyitotta a csomagtartó fedelét, és ismét szemközt találta magát a megoldhatatlannak tűnő problémával. Már nem volt ideje kísérletezgetni. Már csak azon gondolkodott, hogyan tépje, szakítsa vagy robbantsa szét a taxi karosszériáját úgy, hogy az átalakító ne sérüljön meg.

Azonban észrevett valamit. Először azt hitte, hogy a hőség miatt az érzékszervei játszanak vele, de rá kellett ébrednie, hogy a valóságot érzékeli. Testsúlya jelentősen lecsökkent. Játszi könnyedséggel lépdelt, mintha drasztikus fogyókúrán esett volna át. Mintha a Holdon vagy még kisebb tömegű égitest felszínén járt volna. Nem azért volt a fizika professzora, hogy egykettőre rá ne jöjjön a megoldásra. Azzal, hogy átjött a Föld túloldaláról, annak tömege és a bolygót megközelítő nagy mennyiségű, Napból származó tömeg közé került, így a rá ható gravitációs erő eredője jelentősen csökkent.

Teste után a lelke is könnyebb lett. Többé nem volt gond, hogyan rakja ki az átalakítót, hiszen – mint azonnal átlátta – annak a súlya is ugyanolyan arányban csökkent, mint a testéé, elég lesz tehát egy nem túl megerőltető emelés.

De így is alig állt a lábán, ereje a legvégét járta, mire jókora távolságra a kocsitól elhelyezte végre az átalakítót, hogy a hamarosan beinduló energiaáramlás keltette erőtér ne zavarhassa meg a mérőhajó érzékeny rendszereit. Lábai megroggyantak, tüdejét és torkát égette a forró levegő, lelkén mégis diadalmas érzés lett úrrá. Azt tette, amit az ember az ősidők óta mindig. Saját céljára használta fel a természet erőit.

És már csak egyetlen lépésre volt attól, hogy munkára fogja a közelben s távolban fellelhető leghatalmasabb természeti erőforrást: magát a Napot.

*

Most nem szabad hibázni, gondolta, s a hőségtől a fejében kavargó zűrzavarban erővel próbált rendet teremteni. Az átalakító kihelyezve. Csak be kell kapcsolni, és máris szolgáltatja az elektromos energiát. Minél jobban hevít a Nap, annál nagyobb teljesítményt fog leadni, márpedig itt órákon belül sokkalta-sokkalta melegebb lesz. Már így is szédült a hőségtől, szeme előtt fekete pontok tünedeztek fel s tűntek el.

A kocsit rögtön érkezéskor kiékelte akadályokkal, így nem fenyegette az időben elsodródás veszélye. Ellenőrizte, hogy akkumulátorai csordultig fel legyenek töltve, majd lekapcsolta a transzportert, és szinte odalebegett vele az átalakító mellé, oly könnyűvé vált. Lent, a múltbéli energiaközpontban észre kell venniük, hogy megszűnt az energiafogyasztás, gondolta, és ez bizakodással vegyes aggódással töltheti el őket, mert a fogyasztás megszűnése a küldetés tragikus végét is jelenthette. Izgatottan várhatnak, míg kiderül, megindul-e az energia ellentétes irányú áramlása.

Már csak annyi maradt hátra, hogy összekapcsolja a két készüléket, és elfordítsa főkapcsolójukat. Megtette. Elképzelte, hogy mint tör hömpölyögve az adás üzemmódra állított transzporterből a sűrű energia a megnyíló időcsatornába, mint áradó folyó, ha felnyitják a zsilipeket. Odalent, a régmúltban fellélegezhetnek.

163

Felegyenesedve kihúzta magát a borzalmas hőségben.

Teljesítette a küldetést!

Késői leszármazottaiknak nem kell aggódniuk. Világuk megmenekül, feljöhetnek a föld alól. Ám fájdalmasan sajdult a lelkébe, hogy azok az utódok nem az ő gyermekei lesznek, hanem Kathlyn Brandoné és Roger Halté.

Ömlött róla a veríték, mégis meghatottan nézte, amint a két jellegtelen, téglaformájú test egymás mellett hever a kiszáradt földön, a civilizáció kivirágzásának és a mérőhajózás újraéledésének zálogaként az idő négymilliárd éves magasságában, ahogy egyszer nagyon-nagyon régen egy Asimov nevű író megálmodta.

Büszke volt és elégedett. Lélekben szánt néhány másodpercet az ünneplésre, hogy minden nehézség dacára mégiscsak eljutott a jövőbe, annak is a legvégébe, ameddig ember egyáltalán eljuthatott. Ennél messzebb nem merészkedhet senki, ahogy a legmagasabb hegycsúcsnál sem lehet magasabbra mászni. Tűrőképessége legvégső határán járt, bármelyik pillanatban elájulhatott. Nem halogathatta tovább az indulást.

Visszavonszolta magát a taxihoz.

Váratlanul fordult rosszra minden oly gyorsan, hogy képtelenség volt tenni ellene. Sistergőn süvöltő zaj kíséretében hosszúkás, henger alakú, ember nagyságú tárgy tűnt elő a közelben, látszólag a semmiből, ám a sistergő zaj elárulta, hogy a jövevény az időből érkezett, s éppen stabilizálta magát a jelenben. Sötét, sima és áramvonalas teste közvetlenül a talaj fölött lebegett, orrában fények villóztak, a végéből kiálló vezérsíkok pedig nyilvánvalóvá tették, hogy gyors suhanásra tervezték.

Az újonnan felbukkant tárgy elkezdett körbefordulni. Egy dermesztő pillanatig orra a taxi felé irányult, de a professzornak megrémülni sem volt ideje – pedig már rájött, miféle veszedelmes vendége érkezett –, máris fordult tovább. Végül megállapodott egy másik irányban, amiből Arlington ráébredt, hogy nem is a mérőhajó, hanem a transzporterbe épített nehézelemek keresésére programozták, amelyek létével Dickinson árulása folytán nyilván tisztában voltak a torpedó indítói.

Szíve összeszorult. A transzporter volt a küldetés lelke. Tudta, hogy a múzeumi ellenállók jövőbe vetett reménye semmisül meg pillanatokon belül a szeme láttára, ő pedig nem tehet ellene semmit. Bénultan nézte végig, hogy a torpedó megindul, és rohamosan gyorsulva száguldani kezd. A becsapódást fülsiketítő dörrenés követte. A légnyomás a taxi oldalához vágta, egész testét beszórta szemcsés, fekete porral, és alaposan megrázta az autót is.

A füstfelhő földdel és törmelékkel borított talaj fölött oszlott szét. Míg magához tért a váratlan csapástól, az jutott eszébe, hogy ha a torpedó a transzporter kihelyezése előtt éri utol, ő maga is halál fia. Örülnie kellett volna a szerencséjének, hogy életben maradt, de nem tudott. Küldetése immár visszavonhatatlanul, véglegesen kudarcba fulladt. A fájdalmas érzésre nem nyújtott vigaszt, hogy semmit sem tehetett az elhárítására.

De nem morfondírozhatott hosszan a történteken. Immár elviselhetetlen volt a hőség. Elérkezett a visszavonulás ideje.

Beült a taxiba. Még vetett egy utolsó pillantást az ablakon át a vörös szín árnyalataiban már nemcsak úszó, hanem vörösen is izzó tájra az idő eme hihetetlenül magas szirtfokán, majd egyetlen mozdulattal kikapcsolta az összes akadályt.

A mérőhajót semmi sem tartotta fenn többé az idő magaslatán. Arlington előtt szabaddá vált a visszaút a múltba, hogy a parittya erejétől hajtva lezúdulhasson mérőhajója fedélzetén az évmilliárdok mélységébe. Várta, hogy eltűnjön körülötte minden, amint a hajó kiszakad a téridőben elfoglalt jelenlegi pozíciójából, s gyorsulva robogni kezdjen lefelé az időtengely mentén. Várta odakint a gomolygó semmi látványát, amint járműve alámerül az időben, hűvösebb síkok felé. Várta, türelmetlenül várta, egyre türelmetlenebbül.

Mindhiába.

A kinti látvány mit sem változott.

Az ablakokon át továbbra is a vörösen izzó, elviselhetetlenül forró, kietlen táj képe ingerelte fáradt szemét, s fölötte az eget betöltő, hatalmasra dagadt Nap úszott.

*

Ellenőrizte, hogy valamennyi akadályt kikapcsolta-e. Újra bekapcsolta mindet, majd megint ki. Működtek hibátlanul. Amúgy is nehezen romlottak el, szerkezetük oly egyszerű volt, mint az ajtót kitámasztó ék. Gépiesen a számlálóra pillantott, noha álmában is tudta, hogy több mint négymilliárd évvel tartózkodik indulási idősíkja fölött. Az évszámláló ugyanazt a sok számjegyű évet mutatta kitartóan. A parittyának már rég az időt hasítva kellett volna visszafelé röpítenie mérőhajóját a múltba, a számlálónak szemmel követhetetlenül kellett volna pörögnie, mégsem mozdult semmi.

Nem értette, mi történhetett. Hajótörést szenvedett az Idő óceánján? A hőség ellenére reszketni kezdett félelmében. Hogyan fog visszajutni? Hogyan szabadul innét?

Odakint mindent az őrjítő, egyre fokozódó hőség uralt, mintha az egész tájat egy gigantikus kemence szájába tolták volna befelé. A professzorról ömlött a veríték. Megszokott mozdulattal nyúlt újabb vizes palack után, mint az elmúlt órákban annyiszor, de keze a raktér üres fémfalát érintette. Nem figyelt rá, hogy a meleg miatt sokkalta gyorsabban fogy a vízkészlet, és eljött a perc, amikor az utolsó flakon is kiürült.

Most uralkodott el rajta igazán a rémület!

Víz nélkül ebben a hőségben…

Megértette, hogy meg fog halni, csak azt nem, miért kellett erre a sorsra jutnia. Kétségbeesetten törte a fejét, s amint az ájulás határán utoljára kipillantott az eget betöltő vörös izzásra, artikulátlan hangok törtek fel kiszáradt torkán. Lassan kinyitotta a kocsiajtót, és mit sem törődve a rárontó hőhullámmal, megindult előre. Tett pár lépést a cipőtalpán keresztül is égető, izzó talajon.

Az égen a Nap vad örvénylések közepette őrjöngve égette föl gázkészleteit, és jól látszott, amint a tűzözön fergeteg módjára zúdul le a Földre. A Nap egyet lehelt, és Arlington bőrébe, mint egy szénbányászéba, fájdalmasan belesült a robbanás fekete pora. Nem állt meg, csak ment tovább eszelősen, rendületlenül. Ment, míg térdre nem esett, és karját kinyújtva vádlón mutatott föl az égen lebegő, arctalan, fenyegetően lobogó óriásra.

– Te tehetsz mindenről! – hörögte a viharosan lángoló égbolt felé, és amint lélegzett, mintha a torkában égett volna a tűz. – Minek tolakodtál ide azzal az óriási, gravitáló tömegeddel? Tönkretetted a parittyát! Túl nagy tömegek közelében nem működik! A halálzónában sem... Hiszen már Madison kiszámolta... közel az ősrobbanáshoz... a nagy anyagsűrűség miatt... nem működik a parittya!

Utoljára még Kathlyn képét idézte maga elé. Mellette leélni az életét, de szép is lett volna! Az a szerencsés Roger Halt! Csak a lelke legmélyéből jövő irigykedéssel tudott gondolni rá.

A Nap szenvtelenül lobogott tovább, és tűzpalástját borította szemfedélként a haldokló Földre.

Epilógus

Arlington hátramaradt jegyzetei között fellelhető az átjáró-probléma teljes megoldása. Nem hagyta nyugodni Mercier kérdése, az ellentmondás, miszerint ha nincs semmiféle átvezető alagút az idő legmélyén, akkor Jamie Berger névtelen hajója hogyan térhetett vissza a jövő felől.

Nos, ha az ősrobbanás torkában nem is létezik biztonságosan kiépített átjáró, a téridő egészének geometriája még nem veszíti el a maga rendkívüli, józan ésszel alig felfogható, jobbára csak matematikai eszközökkel leírható tulajdonságait. Ha a téridőt – Arlington eredeti hasonlatát használva – a Föld mintájára gömb alakúnak gondoljuk el, ahol a Déli-sark az ősrobbanás pillanata, az átjárót hagyományosan úgy szokás elképzelni, mint a déli sarkpontot és a tőle legtávolabb fekvő, ám paradox módon mégis közvetlenül alatta elhelyezkedő, vele pontszerűen érintkező északi párját összekötő szűk nyílást. A valóságban azonban ez a terület sokkal kiterjedtebb, olyannyira, hogy az átjárás lehetősége a gömbfelület egészén adott! Bárhol megtehető a téridő ama furcsasága miatt, hogy ahol az idődimenzió véget ér a múltban, máris folytatódik a legtávolabbi jövőben. Tehát a téridő furcsa strandlabdájának nem csupán az alsó és a felső pólusa érintkezik egymással közvetlenül, hanem mindkét félgömbjének egész felülete pontról pontra a másik félteke megfelelő pontjával. A helyzet ennél is bonyolultabb: hasonló szimmetria áll fenn az extraidőre, és – mint elméletileg kimutatható – a további, egyelőre csak hipotetikusan létező idődimenziókra is. A téridő nemcsak furcsább, mint képzeljük, de annál is különlegesebb, mint ahogy valaha is képesek leszünk elgondolni!

A legérdekesebb tehát az, hogy bár az ősrobbanásban, illetve annak néhány perces környezetében mérőhajóknak lehetetlen átjutniuk, ám ha áramlás vagy extraidő-generátor okozta eltérülés folytán – amint az Jamie Bergerékkel történt – e szűk körön kívül érik el a téridő déli féltekéjét, az átjutás az északi féltekére, azaz a múltból a jövőbe biztonságosan megtörténhet. Bátran mondhatjuk tehát, hogy az átjáró igenis létezik! A téridő szinte egészén lehetséges az átjárás, csak éppen ott nem, ahol a mérőhajó útja óta hittük!

Úgy gondoljuk, e felismerésért méltán íródott aranybetűkkel Henry Arlington professzor neve a tudomány nagykönyvének lapjaira.

*

Állt a Rue Saint-Florentin és a Concorde tér sarkán a leszálló estében, és szemét ismét elfutotta a könny. Már tudta, hogy sosem látja viszont a szeretett férfit. Vissza kellett volna mennie a szállodába, és készülődnie a hazautazáshoz, de képtelen volt elmozdulni onnét.

Színes pólós, sapkás néger fiatalok vonultak el mellette kockás térdnadrágban, izmos karjukon kidagadtak az erek. Sportcipőben jártak, kosárlabdát pattogtattak és sporttáskát vittek kezükben. Bármely percben készen álltak egy meccsre az első útjukba akadó játszótéren vagy sportpályán. Vidámak voltak, zajosak, tele életkedvvel, életerővel.

Megvárta, míg eltávolodnak, hogy magára maradhasson gondolataival. Mióta csak hallotta, töprengésre késztette, miként lehetséges, hogy a parittya a megmaradási törvények dacára sem szállítja vissza Henry Arlingtont se élve, se holtan a jelenükbe. Ha őt magát visszapottyantotta abba az utcába és percbe, ahonnét a *Buborék* elemelkedett velük a jövő felé, akkor Henryt miért nem? És e tragikus pillanatban egyszer csak rádöbbent a megoldásra:

Ha sem az élő, sem a holttest nem kerül elő, akkor Henry nemcsak meghalt a jövőben, de testét el is hamvasztották, mielőtt a parittya visszaránthatta volna indulási jelenébe. Nem, tiltakozott magában ösztönösen, ez nem történhetett meg épp veled, drága Henry! (Különben is, micsoda képtelenség, futott át agyának mellékvágányán a gondolat: meghalt a jövőben. Talán inkább meg fog halni, nem? Vagy az idősíkok egyidejű létezése alapján, ha minden egyszerre történik, épp most hal meg.) Ha pedig Henry mégiscsak meghalt (vagy meghal, vagy meg fog halni) – alkalmazkodik-e a nyelv a történések józan ésszel felfoghatatlan struktúrájához, kitermel-e újabb igeidőket? –, akkor bizonyára el is hamvasztották a testét (hamvasztják, fogják hamvasztani). Elég ebből az őrült nyelvészkedésből, rázta meg dühösen a fejét, hogy kihulljon elméjéből a zavaró gondolat. A lényeg, hogy holtteste mikroszkopikus méretű részekké hamvadt. És ez esetben Henry igenis hazaérkezett!

Vele együtt érkezett vissza, csak éppen láthatatlan porszemek formájában. Itt kavarog most is körülötte, száll a levegőben, leülepszik a járdára és a házak falaira. Az eső belemossa majd a Szajnába, útra kél az óceán felé. Más részecskéi a felszáradó esőcseppekkel emelkednek majd a magasba, szelek szárnyán vitorláznak messzi tájak felé, más kontinensek földjén ereszkedjenek alá. Henry Arlington professzor így válik ismét eggyé a világ porával, amelyből vétetett.

Kinyújtotta karját, előre tartotta arcát, hogy rá is hulljon a porszemekből, hogy Henry utoljára megérinthesse őt.

– Halt! – kiáltotta egy idegen hang a közelében.

Összerezzent. Nyomban eszébe jutott Mercier jóslata, valójában nem is jóslat, hanem a jövő bizonyossága. Elárulta a leendő férje nevét. Saját ideje szerint alig néhány perce mutatta neki Henry azt a régi könyvet, amelyet oly nagyra becsült, s amelynek így hívták a szerzőjét: Roger Halt, aki a férje lesz. Máris itt az alkalom, hogy megismerkedjenek?

Ne még, rimánkodott gondolatban, ne ilyen gyorsan! Időre van szükségem! Gyászolni akarom Henryt, eltemetni a lelkemben, és csak azután majd... egyszer... sokára...

De talán nem is ő az. Más is viselheti ezt a nevet. Nem fogok megfordulni. Ha a sors útjai előre ki vannak kövezve, találja meg a módját, hogy összehozzon minket, én nem fogok elébe sietni.

Gondolatai azért továbbra is Roger Halt körül forogtak. Könyve a kétszáz évvel későbbi jövőből nézve több mint másfél évszázada jelent meg, szerzője tehát az elkövetkező öt évtized folyamán publikálja. Hány éves korában írhatta Halt a könyvét? Nem tudta, a könyvben nem szerepelt az információ. De arra emlékezett, hogy posztumusz kiadásról volt szó, vagyis Halt már feltehetően megszületett, fel is nőtt. Fiatal férfi lehet, pályakezdő vagy akár középkorú kutató.

– Halt! – kiáltotta újra az idegen hang a közelében, és harmadszor is felhangzott: – Halt!

A kíváncsiság mindennél erősebbnek bizonyult. Gyorsan kitörölte szeméből a könnyeket, még átfutott az agyán, hogy fogalma sincs, mennyire gyakori ez a név, hány ember viselheti szerte a világon, de már sarkon fordult, készen rá, hogy a Halt nevű embert szemügyre vegye, kifaggassa, nem Roger Haltnak hívják-e, vagy nincs-e ilyen nevű rokona, időfizikus vagy matematikus...

Csoportnyi idős embert látott, életerős nyugdíjasokat. Harsányan beszélgetve, nevetgélve lépkedtek a téren, városnéző turistaöltözékük fölött zöld és szürke esőkabát, nyakukban fényképezőgép. Kockás ing és tiroli nadrág a zömmel szőke, pocakos férfiakon. Hátuk mögött hatalmas, emeletes autóbusz, oldalán a „Blaguss" felirat óriási, piros betűkkel. A csoporttal szembefordulva táblát cipelő, testes idegenvezető vetette latba minden energiáját, hogy gátat vessen előrenyomulásuknak.

– Halt! Halt! – kiabálta ismét, ahogy a torkán kifért, közben két karjával hevesen gesztikulált, míg a csoport végre megtorpant. Ezt követően hosszan, hangosan magyarázott nekik németül. S mialatt a véres múltú tér történelmi látnivalóit sorolta, Kathlyn csalódottan ébredt rá, hogy nem egy ember nevét hallotta az imént, hanem megállásra utasító, német nyelvű felszólítást.

170

Most még magányosabbnak érezte magát.

Próbált visszatalálni iménti lelkiállapotához, amikor még a nyugalmat kívánta, hogy zavartalanul gyászolhasson, de nem sikerült. E percben minden fölöslegesnek tűnt számára a világon, legfölöslegesebbnek pedig maga az idő, amely minden jövőbeli bizonyosság dacára oly hiábavalóan, annyira cél nélkül csordogált.

Szemébe ismét könnyek gyűltek.

Taxi lassított mellette. Legszívesebben azonnal a szállodába hajtatott volna, hogy magára zárja az ajtót, és végre jól kibőgje magát, csakhogy ez a kocsi is épp egy fekete oldtimer volt, s a beszállás gondolata oly szívfájdítóan hatott, hogy inkább lemondott róla. Intett neki, hogy menjen tovább. Ám a taxis mintha megérezte volna tétovázását, mert könnyben úszó szemével csodálkozva látta, hogy a kocsi fékez, a sofőr elmosódó, sötét alakja pedig kipattan, és hívogatóan tárja ki előtte a kocsiajtót. Nem állt hát ellen tovább. Beült hátra, egyedül. Hozzá kell szoknia úgyis, hogy ezentúl mindig egymaga lesz. Henry nincs már mellette, és nem is lesz soha többé. Nyelt egyet, hogy leküzdje a fojtogató sírást.

A kocsi megindult.

Lassan vitte, mint egy városnéző busz, hosszú kerülőkkel kilométereken át, fasorral szegélyezett széles sugárutakon, paloták és emeletes, pazar lakóházak előtt suhanva, lüktető forgalmú, ismeretlen, színes városnegyedeken át, de Kathlyn nem bánta, hagyta elringatni magát a kocsi haladásának ritmusára. Kisírt szemmel nézte a pompás, ámulatra méltó várost, ahol már annyian találták meg boldogságukat, míg neki a gyász és szomorúság jutott. Aztán egyszer ez az utazás is véget ért, és lefékeztek a szálloda előtt.

Előre nyújtotta bankkártyáját, de a taxis sötét figurája nem mozdult, hogy átvegye.

– Ismerősöktől nem fogadok el viteldíjat – szólt rekedtes hangján, s tüntetőleg kibámult az ablakon.

– Maga ismer engem? – lepődött meg Kathlyn.

– Régóta érdekel a mérőhajózás története – mondta a reszelős hang. – Sokat foglalkoztam Jamie Berger útjával és az átjáró problematikájával. Jelenleg az időfizika újszerű matematikai leírásán dolgozom. Nevem Halt. Roger Halt.

Kathlyn lélegzete elakadt, alig jutott szóhoz a meglepetéstől.

– Maga... Roger Halt? Maga... taxisofőr? És... színesbőrű?

– Különös figurák ezek a párizsi taxisok, nemde? Legutóbb az a mérőhajó kapitány... most pedig egy matematikus...

– Honnan tud maga Mercier-ről!? – kiáltotta gyötrődő lélekkel, a remény és a kétség partjai közt ide-oda verődve, s míg a belső visszapillantóban a sofőr arcát kutatta, szíve őrülten kalapálni kezdett a felismerésre.

Csak egyetlen ember tudhatja mindezt!

A sofőr levetette homlokába húzott sapkáját, napszemüvegét, és a tükörből réveteg tekintettel nézett vissza rá.

– Henry! – sikoltotta megmámorosodva az örömtől. – Drágám! Csakhogy élsz! Hogy nézel ki?

– Halt vagyok – válaszolt rezzenéstelen arccal a sofőr. – Roger Halt.

– Henry, ne bolondozz velem! Hogy lennél te Halt? Te Henry vagy, az én Henrym! Hál' Istennek, csakhogy újra itt vagy! Nem is tudod, mennyire aggódtam érted!

– Én Halt vagyok. Roger Halt. H. A. L. T.

Kathlyn agya lázasan forgott.

– H. A. L. T., mint… Henry Ar-Ling-Ton?

A férfi arcán ülő feszültség mit sem engedett. Nem mosolyodott el, még csak nem is bólintott.

– De honnan a Roger név? – faggatta a lány.

–A Roger nyúl miatt?

– Kérdezed? Te magad sem tudod, honnan vetted?

– Számomra adott ez a név. Ragaszkodnom kell hozzá.

– Roger nyúl a pácban? – gondolkodott hangosan a lány. – Nagy pácba kerültél? Ez volna a magyarázat?

Halt arcáról lehetetlen volt érzelmeket leolvasni.

– Nincs magyarázat. Nincs világosan elkülönülő ok és okozat. Csak keresztkötés.

– Úgy érted… Különben hagyjuk! Mi történt a bőröddel?

– A bőröm? Emlék a keresztelőmről. A Nap keresztelt át, hogy Halt legyek. Roger Halt. Csakis Roger Halt.

– Értem – felelte bizonytalanul a lány. – Ez a kocsi a *Buborék*?

– Csak vele érkezhettem ide – bólintott a férfi. – Más út nem vezetett hozzád a jövőből. Szerencsére megőrizte a memóriájában Mercier első útjának koordinátáit.

– Szálljunk ki! – könyörgött Kathlyn. – Engedjük, hogy visszatérjen, ahová való! De nélkülünk! Üresen!

Halt bólintott, majd miután kiszálltak, két karját fölfelé tartva fennhangon kiáltotta: – *Buborék*, nevedhez illően lebegj magasba az Idő hatalmas pezsgőspoharában!

A kocsi nyomtalanul eltűnt az úttestről.

Gyalog sétáltak tovább a langyos estében, a rakpart felé vették útjukat. A Szajnán kivilágított sétahajó úszott, fedélzetén estélyi ruhás nők és sötétbe öltözött, elegáns férfiak sokasága tolongott, az asztalok körül felszolgáló személyzet sürgölődött. Egy kőhíd mellvédjére támaszkodva nézték, mint halad át alattuk derengő fényudvartól övezve. Kathlyn elhessentette zavaró gondolatait, s átengedte magát a Henry megtalálása feletti örömnek. Lelkét varázslatként járta át a hajó fedélzetéről felszűrődő, diszkrét zenekari muzsika.

– Teljesült az álmod, igaz? Messzire jutottál a jövőben? – kérdezte. – Csaknem negyven percig vártam rád! Mit jelent ekkora késési dilatáció? Százezer évet? Egymilliót?

– Sokkal többet – mondta halkan Roger Halt, és nagyot sóhajtott. – Bocsáss meg, drágám! Illetlenség így megvárakoztatni egy hölgyet. A jövendőbelimet! – Hirtelen nyugtalanság fogta el. – Ugye, nem haragudtál meg? Mondd, hogy nem neheztelsz, nagyon kérlek! Nem haragudhatsz rám! Bármit megteszek, hogy kiengeszteljelek! Ez rettentően fontos!

Kathlyn csitítgatta, simogatta az arcát, megcsókolta, hozzábújt. Örült, hogy a férfi él, hogy ismét együtt vannak. Egyszer csak eszébe jutott...

– Mercier kapitány, hogy van? – kérdezte.

– A kapitány? – nézett maga elé Halt. – Megszűnt a problémája, ami mindig is aggasztotta.

– Jaj, de jó! Megtalálta a megoldást?

– Pontosabban a megoldás találta meg őt – felelte komoran Halt.

– Nem nyomasztja többé a lelkét, ez a fontos! Nem is örülsz? Képzeld, szegény még udvarolni se mert nekem az idősíkjaink eltérése miatt.

– Hiába is tette volna! Tudta jól, hogy te csakis Roger Halt felesége lehetsz. Az enyém, nem másé. Én vagyok Roger Halt.

Kathlyn zavartan pillantott rá, de elnyomta balsejtelmeit.

– Biztos eljön meglátogatni minket, amint helyreállítják a mérőhajózást!

– Utoljára annyit mondott, hogy forró kézcsókjait küldi!

– Ó, ez igazán kedves tőle! Na, mesélj végre! Beutaztad a távoli jövő tájait? Hogy irigyellek! Milyen a jövő? Mesélj, nagyon kérlek!

Roger Halt a fejét rázta.

– Hagyd a jövőt, ne akard ismerni előre! – felelte, majd a lány értetlen arcát látva így folytatta: – A jelen jó. A jelen biztonságos. Itt semmi sem állhat közénk! Férj és feleség leszünk: Roger Halt és neje. Itthon vagyunk az időben. A parittya többé nem jelent veszélyt.

A lány kutatva pillantott rá.

– Később mesélsz majd többet is? – kérdezte óvatosan.

A férfi gondolataiba zárkózva hallgatott, s Kathlyn sejtette, hogy nyugalomra, hosszas pihenőre lesz szüksége. A hajó távolodott, a zene elhalkulva foszlott semmivé. Magukra maradtak a hídon. Csend honolt körülöttük és békesség. Minden rendben lett volna, ha nem vetül rájuk új árnyék: az idő árnyéka.

– Mi történt Arlington professzorral? – kockáztatta meg a kérdést Kathlyn.

– Arlington nincs többé. Végleg ott maradt a nagyon-nagyon messzi jövőben. Oktalanul belevetette magát a felfúvódó Nap izzó világába. Ne sajnáld, ő úgysem lehetett volna a férjed. Halt azonban visszatért. Roger Halt.

– Bárhogy is történt, örülök, hogy *te* megmenekültél! – ölelte át Kathlyn kétségbeesetten.

– Szerencsém volt! – hadarta Roger Halt. – Az utolsó pillanatban jutott eszembe. – A mondatok egyenként szakadtak ki a férfiból. – Visszakúsztam a kocsihoz. Már alig bírtam járni. Az időtengely a jövőbe volt térítve. Extraidő-generátor! Gyorsan visszaforgattam a tengelyt a múlt felé. Időmotor! Merülés! Merülés, míg végre újra hatott a parittya! Aztán már száguldottam őrült sebességgel lefelé...

Halt kihúzta magát, arcán szokatlan elszántság ült. Mint frontharcos az első igazi, véres ütközet után, nem a régi volt többé. Megjárta a poklok poklát. Szemtől-szembe került a Nap tűzkohójával. Átesett a Nap tűzkeresztségén. A Nap olvasztotta, majd szilárdította meg újra a lelkét.

Rekedtesen köhintett.

Kathlyn tágra nyílt szemmel hallgatta. Nem értett mindent pontosan, de nem akart közbeszólni. A részletekre bőven lesz még idejük. Mikor a férfi elhallgatott, óvatosan megkérdezte:

– Ugye azért változtattad Haltra a neved, mert ráeszméltél, hogy egyedül te vagy képes megírni azt a könyvet? Halt könyvét kétszáz év múlva Arlington megtalálja a múzeumban, és rájön, hogyan utazhat el a távoli jövőbe, majd Roger Haltként visszatér, hogy megírja a könyvet. Így épül fel a történések összefonódásából az idő megbonthatatlan szövete. Újabb keresztkötés! Csodálatos, hogy felismerted, drágám!

Halt tűnődve tekintett rá.

– Éppenséggel így is felfoghatod.

– Hogyan másképp? – csodálkozott a lány. S mert a férfi nem felelt, hosszan eltöprengett. – Ó! – szólalt meg egyszer csak csodálkozva, elkerekedő szemmel. – Értem már! Mercier neked is elárulta, hogy hívják majd a leendő férjemet, igaz? Te pedig... Ó, te drága! „Ha szeretsz, átkeresztelem magam, és mostantól nem leszek Rómeó." Erről van szó?

174

Gondolhattam volna hamarabb! Cherchez la femme![13] De most jól figyelj rám, drága! „Rómeó, ha más nevet viselne is, drága maradna és tökéletes."[14] Álltak csöndben, összeölelkezve.

– Nem kell többé a hírnév! – szólalt meg Halt. – A szereteted ezerszer fontosabb! Elbújom a világ elől, hogy megírjam a könyvemet. – Halkan mormolta: – Valaki egyszer hasznát veszi. Hasznát kell vennie, hisz Mercier apja a jövőből érkezett! – Felderült az arca. – Hiszen akkor mégiscsak lesz újra mérőhajózás! Ügyes fiúk azok ott a jövőben! A torpedó ellenére is megoldották!

Megkönnyebbülten nevetgélt a gondolatra, egészen felszabadult a lelkét terhelő nyomás alól. Majd arca ismét görcsökbe merevedett, amint sietősen, kapkodva egymásra dobált mondatokkal folytatta:

– Ha pedig lesz újra mérőhajózás, egyszer mégiscsak megalkotja az emberiség azt az átjárót! Miért volna lehetetlen? Semmi sem az! Mást mondok. Nincs is szükség átjáróra! Új mérőhajót építünk majd! Olyat, amely nemcsak elmerül az ősrobbanás lángtengerében, hanem diadalmas főnixmadárként ki is emelkedik belőle! Az lesz ám a *Phoenix* szárnyalása! Fedélzetén tizenkét időmatróz váltja egymást örökkön-örökké. Az elsőt úgy hívják, Január…

– Sejtelmem sincs, mire lesznek képesek a jövő mérőhajói – szólt csöndesen, könnyeit visszatartva Kathlyn. – Engem jobban érdekel, mikor leszünk képesek elűzni az idő árnyékát, ha valakinek az elméjére ráborul. De én melletted maradok, akár van más választásom, akár nincs, és vigyázok rád, hogy nyugodtan dolgozhass, hogy megírhasd a könyvedet.

A férfi erősen magához szorította a lányt, s arcvonásai lassanként megenyhültek.

*

Roger Halt matematikusról és időfizikusról többé nem lehetett hallani. Sem egyedül, sem feleségével, sem később született gyermekeikkel nem mutatkozott soha. A család minden hivatalos ügyét felesége, Kathlyn Brandon intézte az ő nevében is. Feltételezések szerint egyéb bajai mellett fényallergiában szenvedett, de úgy gondoljuk, helytállóbb napfóbiáról beszélnünk. Nem tudta elviselni a nap, még a szelíd hajnali vagy alkonyi nap derengését sem az égen.

---

[13] Keresd a nőt! (fr.) (mint valaminek az okát, előidézőjét)
[14] Shakespeare: Rómeó és Júlia (Nádasdy Ádám ford.) II. felv. 2. szín

Kathlyn megpróbálta néha-néha rávenni, hogy árulja el, mit rejt az emberiség jövője, ám Halt mindenkor hajthatatlannak mutatkozott. Ebben az egyetlen kérdésben ellenállt imádott feleségének, és soha nem mondott többet, mint visszaérkezése után. Átérezte az ókori jósok és a Merülési Szabályzat alkotóinak bölcsességét, akik nem engedték, hogy az emberek előre lássanak az időben. Amiként nem tanácsos egy regény végét hamarabb fellapozni, a jövőbe sem kívánatos bepillantani. Ha pedig felesége nem érte be ennyivel, ismeretlen nyelven egyre egy különös mondatot ismételgetett, ám a jelentését sohasem árulta el. Halála után Kathlyn, akinek fülében ott csengtek a furcsa, érthetetlen szavak, nem nyugodott, míg nyelvészek segítségével fényt nem derített az eredetére. A mondat egy kevesek által beszélt európai nyelven, magyarul íródott – talán Halt távoli felmenői közt akadtak ilyen származásúak –, és egy réges-régi, huszadik századi költemény egyik sorának bizonyult:

„És lassan meglengeti az űrben a Nap legyőzhetetlen tűzlobogóját."[15]

---

[15] Juhász Ferenc: Az éjszaka képei

176

„C" függelék

Arcképcsarnok

Kivonat a
Ki kicsoda a mérőhajózás történetében?
(Good Time, N.Y., 2444) c. kötetből
a kiadó engedélyével

Összeállításunkban a mérőhajózásról szóló történetek mellékszereplőiről, a csak érintőlegesen említett személyek sorsáról kívánunk bővebb információt nyújtani az Olvasónak. A főszereplők (Jamie Berger, Frank Madison, Kathlyn Brandon és Henry Arlington) ebben a felsorolásban csupán nevükkel, születési és elhalálozási dátumukkal szerepelnek, a rájuk való utalás jelzését (←) azonban mindenhol meghagytuk. Kivételt egyedül Peter Davidson esetén tettünk, akinek rendkívüli pályafutása indokolja a bővebb szócikket. Egynél több időintervallum azok neve után szerepel, akik életük számottevő részét töltötték saját jelenük idősíkjából kiszakadva.

Arlington, Henry *időfizikus* professzor (2134-2176), (2376) ld. bevezetőnket.

Asimov, Isaac *biokémikus, sci-fi író* (1920-1992) Írói munkássága nagyban hozzájárult a mérőhajózás létrejöttéhez. *Jamie Berger←* – *Frank Madison←* professzor asszisztense, később élettársa – emlékirataiból tudjuk, hogy beszélgetéseik során a professzor többször is megemlítette, milyen lenyűgöző hatást tett rá ifjúkorában ~ időutazásról szóló regénye, *A halhatatlanság halála*. A könyvet 2268-ban betiltották, példányait mind nyomtatott, mind digitális formában megsemmisítették oly alaposan, hogy mára semmilyen nyelven nem maradt fenn egyetlen példánya sem. Tartalmát ennek ellenére leírásokból, hivatkozásokból részletesen ismerjük, ezek alapján több újraírt változata is készült, pl. L. Shannon (2393), F. Phillips (2401), T. Brannigan (2413) stb. A Világ Science-Fiction Íróinak Szövetsége (ASFWW) 2420-ban egymillió dolláros jutalmat ajánlott fel annak, aki hiteles, eredeti példányt nyújt be a szövetséghez. Kiadványunk lezártáig senki sem jelentkezett az összegért.

Berger, Barbara (2037-2110) *Jamie Berger←* egyetlen húga, *Kathlyn Brandon←* dédnagyanyja. *Kathlyn Brandon←* életrajzírói munkáiban gyakran hivatkozik a családi szájhagyomány szerint ~-től származó információkra. A szemtanú hitelességével örökítette meg *Frank Madison←* életének utolsó két évtizedét. ~ szerint halálos ágyán a professzor utolsó szavai ezek voltak: „Minden elrendeltetett, minden elvégeztetett!", ám az állítás hitelességét egyes kutatók megkérdőjelezik ~ nyíltan vallásos nézetei miatt.

Berger, Jamie *időfizikus* (2033-2091), (2118-2146) ld. bevezetőnket.

Bradock, Julian *másodtiszt* (2064-2091) a világ első mérőhajó bázisának parancsnokhelyettese annak megsemmisüléséig. Nős, két fia született. Tehetséges, szorgalmas tisztként ismerték. *Jack Willis←* közelgő nyugdíjba vonulása esetére a bázis leendő parancsnokaként tartották számon. Szolgálat ellátása közben érte a hősi halál. Posztumusz ellentengernaggyá léptették elő, és megkapta a „Pro Tempora" kitüntetést. Mellszobra a Mérőhajózási Akadémia aulájában található.

Brandon, Kathlyn *történész* (2144-2234), (2376) ld. bevezetőnket.

Chen, Tu-Xien *időfizikus* ld. **Melchior**, Albie

Coburn, Roy *időmatróz* (2044-2112) Az első kísérleti merülés végrehajtója 2075. május 9-én. A kiváló szellemi és fizikai állapotban levő, űrhajós és időfizikus képzettségű férfit 197 önkéntes közül választották ki a feladatra. Sikeres végrehajtása után az első, négy mérőhajóból álló flotta egyik hajójának kapitányává nevezték ki. Nevéhez nem kevesebb, mint százötven merülés fűződik csaknem kétezer órányi múltban töltött idővel. Mindkét adat sokáig világrekordnak számított, utóbbit csupán *Jamie Berger←* és *Peter Davidson←* múlta felül nevezetes időkörüli merülésük során.

Davidson, Peter *időmatróz* (2059-2091), (2118-2120) Az egyszerű, földműves sorból származó fiatalember szorgalmának, tehetségének és példás beosztotti magatartásának köszönhette az eredetileg a múlt feltérképezésére indított merülésben való részvételt. A váratlan fordulatot vevő akció közben mindvégig kiváló helyzetfelismerő képességről és példás lelkierőről tett tanúbizonyságot, méltán állítják példaképül a mérőhajózásért lelkesedő fiatalság elé. A végső soron tragikusan végződő időkörüli merülés után posztumusz sorhajókapitánnyá léptették elő, és megkapta a „Pro Tempora" kitüntetést. Nevét a Peter Davidson Mérőhajózási Kiképző Központ viseli. Életnagyságú szobra az intézmény főbejárata előtti téren van felállítva, mellszobra a Mérőhajózási Akadémia aulájában található.

Gambler, Stephen *kapitány* (2117-2148) A Mérőhajózási Akadémia elvégzése után gyors, töretlen előmenetel, melyre csupán a késői „nemesfém-importban" való részvétel vetett árnyékot. Minthogy tevékenysége soha nem lépte túl a kapott parancsot, ezért az igazoló bizottság felmentette minden vádpont alól. Képzettsége, bátorsága, gyors helyzetfelismerő képessége alapján jelölték ki a *Vulcanus* parancsnokának, a tragédiával végződő második időkörüli utazás végrehajtására. Posztumusz megkapta a „Pro Tempora" kitüntetést.

Halt, Roger *időfizikus, matematikus* „E nagyszerű tudósról rejtőzködő életmódja miatt a nevén kívül semmit sem tudunk. Szó szerint semmit. Egyetlen életrajzi adat vagy fénykép sem maradt ránk. Biztosnak mindössze az az információ látszik, hogy *Kathlyn Brandon*← élettársaként (férjeként?) élt és halt meg. Semmilyen bizonyíték nincs azokra a romantikus elképzelésekre, amelyek szerint ~ és a jövőből mégiscsak visszatérő *Henry Arlington*← egyazon személy lett volna." (*Rejtélyes személyiségek az idő árnyékában,* Good Time, N.Y., 2442). Mértékadó tudományos körök vélekedése szerint ~ posztumusz kiadott könyvének (*Az időfizika alapjainak leírása a vektoralgebra módszereivel*) szemlélete alapján nemcsak sikerült konzekvens matematikai formába önteni számos időfizikai jelenség leírását, hanem utat is nyitott a téridő új, több idődimenziós értelmezése terén. Az idő dimenzióinak száma – sokak szerint ez az időfizika legizgalmasabb kérdése napjainkban – a feltételezések szerint kettőtől a végtelenig terjed. A megnyugtató válasz még várat magára.

Hartmann, George *téridő-topológus* (2041-2113) és **Wesselsky**, Paul *téridő-topológus* (2029-2118) Az első téridő-atlasz összeállítói, később a Good Time kiadó megalapítói. A kiadó által megjelentetett *Téridő-atlasz* negyedik, javított kiadása (Good Time, N.Y., 2123) ill. ennek v7.04 szoftverváltozata mai napig alapműve a mérőhajózásban alkalmazott valamennyi világtérképnek.

Kramer, Kevin *időmatróz* (2071-2091) A mérőhajó mentésére irányuló expedíció újonc résztvevője. A művelet során eltűnt, feltehetően életét vesztette. A tragikus kimenetelű akció után posztumusz törzsőrmesterré léptették elő, és megkapta a „Pro Tempora" kitüntetést.

Madison, Frank *időfizikus* professzor (2030-2128) ld. bevezetőnket.

Melchior, Albie *időfizikus* (2132-2202) és **Chen**, Tu-Xen *időfizikus* (2134-2215) A róluk elnevezett Melchior-Chen effektus felfedezői, amelyről *Henry Arlington←* professzor nevezetes párizsi előadását követően sokáig úgy vélték, hogy a Berger-Davidson átjáró problémájának kvantummechanikai megoldása (az ún. „rozoga fahíd"-elmélet). E felfogás téves volta mit sem von le szakmai érdemeikből, amelyekért 2193-ban közösen megkapták a fizikai Nobel-díjat.

Mercier, Jules *kapitány* (2338-2376) Az ellenállási mozgalom vezetője a mérőhajózás betiltásának időszakában. A mérőhajók elpusztítását követően titokban megszervezte a *Buborék* nevet viselő mérőhajó megépítését muzeális roncsdarabokból, és egyedül tette meg annak kétszáz éves merülésű útját *Henry Arlington←* professzorért. Később ~ és a professzor együtt vágott neki a *Buborék* fedélzetén a Nagy Újjáépítés energiaellátását biztosítani szándékozó első, történelmi lehetőségeket hordozó kísérletnek, ám akciójuk sikertelen maradt. Egyikük sem tért vissza. ~ nevét ma sugárút őrzi, és egy taxi-társaság viseli Párizsban.

Stock, Johann *időmatróz* (2043-2091) A mérőhajó mentésére irányuló expedíció kijelölt parancsnoka. A művelet során eltűnt, feltehetően életét vesztette. A tragikus kimenetelű akció után posztumusz fregatthadnaggyá léptették elő, és megkapta a „Pro Tempora" kitüntetést.

Wesselsky, Paul *időtopológus* ld. **Hartmann**, George

Willis, Jack *bázisparancsnok* (2029-2091) eredetileg tengerésztiszt volt, a világ első mérőhajó bázisának parancsnoka annak megsemmisüléséig. Nős, gyermektelen. Kezdettől tagja volt a Mérőhajózási Akadémia és a Mérőhajózási Kiképző Központ különféle vizsgabizottságainak. Parancsnoki teendőit mindenkor precízen, az előírások szigorú figyelembevételével látta el. Gondoskodó keze alatt nevelődött ki a mérőhajósok első nemzedéke. A névtelen mérőhajónak a múlt feltérképezésére indított, hosszú távú merülése felügyelete során, szolgálat ellátása közben érte a hősi halál. Posztumusz ellentengernaggyá léptették elő, és megkapta a „Pro Tempora" kitüntetést.

Mellszobra a Mérőhajózási Akadémia aulájában, közvetlenül *Peter Davidson*é ← mellett található az egymást minden nehézségen át bajtársiasan segítő, korszakos tetteket eredményező emberi összefogás szimbólumaként.

„D" függelék

Időrendi táblázat

A mérőhajózás fontosabb eseményei

2057 – a 27 éves Frank Madison elméleti úton levezetett számítása elméletileg megalapozza a mérőhajózást

2075. május 9. – az első kísérleti időjármű merülése (Roy Coburn)

2076 – az Időkutatási Minisztérium megalapítása

2080 – a Mérőhajózási Kiképző Központ megalapítása (2093-tól a Peter Davidson Mérőhajózási Kiképző Központ nevet viseli)

2082 – a Mérőhajózási Akadémia megalapítása

2086-2098 – tömeges aranyrablások a múltból (csak a bizonyított esetek alapján)

2091 – a névtelen mérőhajó (Jamie Berger, Peter Davidson) merülése és pusztulása, a világ első és legnagyobb mérőhajó bázisának megsemmisülése Arizonában

2107 – a 77 éves Frank Madison professzor mentőakcióra indul vissza 2091-be

2118 – a jövőn át visszafelé tartó névtelen mérőhajó ideiglenesen megáll

2120 – a névtelen mérőhajó Peter Davidsonnal a fedélzetén visszaszáll indulási idősíkjába, 2091-be

2123 – a *Téridő-atlasz* negyedik, javított kiadásának (Good Time, N.Y., 2123) megjelenése

182

2146 – Jamie Berger eltűnése, parittya általi visszaszállítása 2091-be

2148 – a *Vulcanus* eltűnése a halálzónában

2176 – Henry Arlington professzor előadása Párizsban, majd eltűnése

2183 – a Henry Arlington Időcsarnok felavatása a párizsi Concorde téren

2268 – a mérőhajózás betiltása

2376 – Jules Mercier kapitány és Henry Arlington professzor indulása a távoli jövőbe

2393 – a mérőhajózás újraindulása

A tagadás kora

(sci-fi kisregény)

Egy őszi délután két gimnazista bújt át az Elhagyatott Terület sűrű bokrai között, széthajtva maguk előtt a leveles ágakat. A kamasz Norbi csupasz karjával önfeláldozóan védte barátnője arcát a visszacsapódó gallyaktól, hogy sebesre ne karcolják, titokban jutalmat remélve lovagias tettéért. Amint kiértek a szabad levegőre, körülnéztek a bágyadt napsütésben, s Zoé önkéntelenül elhúzta csinos száját. Nem pont ilyen környékre számított, amikor Norbi azzal kecsegtette, hogy tud egy helyet, ahol zavartalanul kettesben lehetnek.

Az Elhagyatott Terület csendes volt és mozdulatlan, változatlan az elmúlt évtizedekhez képest, amióta a pusztulás uralt itt mindent. Füves buckákon, ormótlan betontömbökön, gondozatlan bozótoson kívül más nemigen akadt errefelé. S az Elhagyatott Területen mintha megállt volna az idő is; itt sohasem történt semmi. Az errefelé kóborlás izgalmát egyetlen dolog adta: a szóbeszéd, hogy ide tilos behatolni. A közeli telepen már nem emlékeztek, honnét e tilalom, nem tudták, mikor lépett életbe, mi értelme, sőt azt sem, létezik-e még egyáltalán. Tábla sem jelezte, ám a szülők óvatosságból mégsem engedték ide játszani kisgyerekeiket. Csak a nagyobb fiúk keresték fel olykor csavargásaik során, innen ismerte Norbi is.

Észrevette újdonsült barátnője arcán a csalódást, hát megpróbálta menteni a helyzetet.

– Tudod-e, mi volt itt, mielőtt elnéptelenedett ez a környék? – kérdezte a lánytól.

– Honnan tudnám? – vont vállat Zoé. – Csak nyáron költöztünk ide, a telepre.

– És milyen szerencse, hogy ideköltöztetek – súgta a fülébe Norbi –, különben sosem ismertük volna meg egymást! – Mivel úgy gondolta, hangulati bevezetőnek ennyi elegendő, átölelte a leány derekát, és megpróbálta közelebb vonni magához, ám amaz kibontakozott, és határozott mozdulattal eltolta magától a fiút.

– Mit akartál mondani az előbb? Mi volt itt?

– Sose találod ki! – próbálta a fiú most titokzatosra venni a figurát.

– Remélem, nem valami temető, mert attól a frász jönne rám!

– Szó sincs róla. Mit kapok, ha elárulom?

– Ha elárulod, megtudod – feleselt Zoé. – Nos? Mondjad már!

Norbi egy pillanatig még vonakodott kijátszani legfőbb aduját, de bízott az információ lehengerlő erejében, hát kibökte:

– Egy időhajó bázis!

Feszülten figyelte az eredményt, de a lánynak meg se rebbent az a gyönyörű szeme. Csak visszakérdezett értetlenkedve:

– Egy micsoda?

– Itt volt valamikor az ország egyetlen időhajó bázisa.

Minthogy a várt hatás nyilvánvalóan elmaradt, Norbi felsóhajtott, és belefogott a részletes magyarázatba:

– Az időhajó bázis olyan hely, ahonnan időhajók startoltak el a jelenből a múltba, még valamikor az időutazás hőskorában, és ide is érkeztek vissza. Annak idején itt egy hatalmas, sok emelet magas, kupolás csarnok állt, abban helyezkedtek el az indítóállások. Szabadeséssel indították útjukra a járműveket az időben. Képzeld csak el! Zuhansz egy fülkében, mintha kilöktek volna a tizedik emeletről, és van két-három másodperced, hogy a hajód kiemelkedjen az idősíkból, máskülönben neked annyi, szevasz, világ, becsapódsz, és ízzé-porrá töröd magad! Ezek a kőtömbök – talpával belerúgott az egyik betonbucka oldalába – az egykori alapzat maradványai lehetnek.

Leült a nagy betontömbre, egy régen volt tartószerkezet, talán hídpillér vagy toronydaru hajdani talapzatára, amely körül egyáltalán nem nőtt fű.

– Időhajók? – kérdezett vissza megint Zoé hitetlenkedve. – Jól értettelek?

– Azok! – jelentette ki titkos tudására büszkén a fiú. – Vagy ahogyan egykoron nevezték: mérőhajók. Furcsa, régies elnevezés, nem tudni, honnan származik, de akkoriban mindenki ezt használta.

A lány lebiggyesztette ajkát, ismét elhúzta száját, és tömören csak annyit mondott:

– Szamárság!

– Nem az! – tiltakozott élénken Norbi. – Ha te nem is hiszel benne, én pontosan tudom, miről beszélek.

– Ugyan, honnét tudnád? – vitatkozott a lány. – A tudósok mára cáfolhatatlanul bebizonyították, hogy az időutazás elvi lehetetlenség. Miért nem figyelsz jobban a suliban? Ott is elmagyarázták.

Norbi legyintett.

– Tudom én jól, mit tanítanak az iskolában. Csakhogy nekem még a nagyapám mesélte, hogy...

Lehalkította hangját, közben pedig óvatosan körülkémlelt, nehogy valaki a közelükbe lopózva kihallgassa szavait, ám az Elhagyatott Terület – nevéhez illően – most is kihalt volt, nem járt erre senki, még az állatok is ösztönösen elkerülték. Köröskörül csak a magas bozót ágainak leveles szövedéke látszott, szívósan összekapaszkodó gallyait a feltámadó szél is alig bírta megmozgatni. Mintha Csipkerózsika álomba merült kastélyának udvarán vesztegeltek volna.

A lány ösztönösen közelebb húzódott Norbihoz.

– Szóval a nagyapám mesélte, hogy nemcsak látott a saját szemével időhajókat, hanem legénykorában szolgált is az egyiken. Időmatrózként gyakran merült alá régi, több száz, több ezer évvel ezelőtti korokba az *Antares* fedélzetén, és kisgyerekként rengeteg érdekes történet hallottam tőle az elmúlt korok szokásairól, nevezetes eseményeiről, híres embereiről. Személyesen látta a Rómába bevonuló Julius Caesart, egyiptomi trónján a szépséges Kleopátrát, és rejtett kamerával videóra vették Jézus keresztre feszítését. Mindig a múltba utaztak, mert az időmotorok felépítése olyan, hogy csak a múlt irányába képesek hajtani a hajót.

– A jövőbe nem? – kérdezte élesen Zoé. – Akkor hogyan tértek vissza azok a hajók? Hogyan tért vissza a nagyapád? Mert ugye a jelen a múlthoz képest mégiscsak a jövő?

A lány büszke volt az eszére, hogy ezt így kilogikázta. Norbi egy tudós komolyságával fogott a magyarázatba:

– Úgy, hogy létezik egy kiegyenlítő hatású természeti ellenerő. Az időmotorokat kikapcsolva a járművet magának az időnek a felhajtóereje emeli vissza a jelenbe. Felfedezője után hivatalosan a Madison-féle parittyahatás nevet kapta, ám az időhajók legénysége, tisztek és matrózok csak parittyának nevezték. Úgy képzeld el, mint egy pingpong labdát, amit lenyomnak a víz alá, majd hirtelen elengednek. Ugyanígy szökken vissza az időhajó is az idő felszínére, vagyis az indulási jelenbe, pontosan abba az időpillanatba, ahonnét elindult. Azaz mégsem pontosan, mert mindig volt egy kis elcsúszás. Minél messzebbre utaztak vissza az időben, annál nagyobb. Ezt idődilatációnak hívták. A nagyapám erről is sokat mesélt. Ennyi idő telt el a külső szemlélő számára a hajó eltűnése és a visszaérkezése között. A szokásos, néhány évszázados merülések esetén ez legfeljebb egy-két percre rúgott, akkor is, ha napokig voltak távol. Ám egyszer mégis megesett, hogy egy hatalmas időhajó, amelynél nagyobbat sem azelőtt, sem azóta nem épített az emberiség, órák hosszat nem érkezett vissza. Ez több milliárd évnyi merülést jelentett! Vagyis annak a hajónak meg kellett közelítenie magát az ősrobbanást, az idők kezdetét.

– És mi történt azzal a hatalmas hajóval? – kérdezte Zoé, akit minden fenntartása ellenére magával ragadott Norbi meséje.

– Erről megoszlanak a vélemények. Egyesek szerint a közelében sem járt az ősrobbanásnak, másként nem térhetett volna vissza sem órák múltán, sem később. Mások szerint viszont nemcsak, hogy elérte az ősrobbanást, hanem át is haladt rajta, mégpedig egy kiépített átjárót használva, amely biztonságosan keresztülvezette őket az idők kezdetén, hogy azután hol találják magukat? Na, mit gondolsz?

– Sejtelmem sincs. Már azt sem értem, hogyan juthattak át azon az átjárón. Miféle átjáró lehetett az? El sem tudom képzelni.

– Haladjunk csak szépen sorjában. Tehát miután biztonságosan átjutottak a kiépített átjárón, nem máshol találták magukat, mint a világegyetem jövőjének legtávolabbi pontján.

– A jövőben?

– Igen, jól értetted, a lehető legtávolabbi jövőben, sok százmilliárd év múlva. Aztán onnan csurogtak szépen lefelé, vissza a jelenbe. Vagyis körbejárták az időt, mint Magellán a földgolyót.

– Hát az meg hogy lehet?

– Úgy, hogy a világegyetem szerkezetének geometriája olyan, hogy az idők kezdete és az idők végezete, ezek az egymástól látszólag és a józan logika szerint is legmesszebb eső pontok valójában egybeesnek. Mint egy körvonal, amelyen ha elindulsz, minél tovább mész, annál közelebb kerülsz ismét a kiindulási ponthoz, míg végül valóban visszaérkezel. Nehéz elképzelni, de azt már régóta tudjuk, hogy a világmindenség geometriája nem-euklidészi.

– Euklidészi vagy nem-euklidészi, ezt akkor se fogod beadni nekem soha. És mi van azzal az átjáróval? Azt a legnehezebb elképzelnem. Hiszen az ősrobbanás mégiscsak az ősrobbanás! Nem egy felrobbanó kazán vagy lőszerraktár, de még csak nem is egy csillag belseje. Ezeknél sokkal, de sokkal forróbb! És még ott van az az irdatlan, elképzelhetetlen nyomás, ami az egész világmindenség anyagát atommag méretűre tömöríti! Szóval? Átjáró az ősrobbanáson keresztül? Ez komoly?

Norbi megvakarta a fejét.

– Háááát… azzal van egy kis bibi.

– Na, ez az első mondatod, amin nem csodálkozom. Azt csodálnám, ha nem lenne. Gyerünk, mondd, mi az a bibi!

– Az, hogy nemcsak te nem tudod elképzelni, hogyan keletkezett az az átjáró, de senki más sem. Egyetlen kozmológus vagy csillagász sem. Nem ismerünk fizikai folyamatot, ami ilyen alakzat kialakulását eredményezné. Az pedig, hogy értelmes lények keze munkája lenne… Egyszerűen nem létezik ép ésszel elgondolható technológia, ami létrehozhat ilyen elképesztő alkotást.

– Nem ez lenne az első találmány, amit elképzelhetetlennek tartottak a saját korában – ment át Zoé az ördög ügyvédjének szerepébe. – Hogy csak egyetlen példát mondjak neked: a repülőgép. Komoly akadémikusok jelentették ki, hogy levegőnél nehezebb tárgy soha nem repülhet.

– Ennyit a komoly akadémikusokról!

– De ha a repülőgép repülhet, akkor talán egyszer azt az átjárót is megépíti majd egy értelmes faj az univerzumban egy ma még ismeretlen technológiát alkalmazva. Talán éppen az emberiség! És ha így történik, akkor igaz lehet az átkelés története is.

– Képzeld, Madison is pont így gondolta! Haláláig hitt az átjáró létezésében és kiépíthetőségében.

– Az a parittyás pasas?

– Az. De ebben valószínűleg tévedett. Legalábbis a halála óta már senki nem gondolja így.

– Na, várj csak… ha még sincs átjáró, akkor merre csellengett órák hosszat az az óriási időhajó?

– Nem órák hosszat csellengett, hanem több hétig volt távol. Több óra a késési idő-dilatációja volt. Elmagyarázzam még egyszer?

Zoé megrázta a fejét.

– Nem, kösz. Ennyi sületlenséget már rég hallottam összehordani. Ez az egész időutazásos história ellentmondásoktól hemzseg. Látod, nem olyan egyszerű kitalálni valamit csak úgy, mert néhány lépés után tuti belegabalyodsz. Jól mondják, hogy a hazug embert hamarabb utolérni, mint a sánta kutyát. Mégiscsak a tudósoknak lesz igazuk, akik bebizonyították, hogy az időutazás elvileg sem lehetséges.

Norbi hevesen tiltakozott:

– Ugyan már, nevetséges! Azok nem is igazi tudósok! Illetve lehet, hogy azok, csak éppen azt kell bebizonyítaniuk, amire utasítják őket. Ne érts félre, én nem hibáztatom őket, hiszen mindenki tudja, hogy börtön várna rájuk, ha nem ezt tennék, vagy kivégzőosztag, de az ilyen emberek szavára akkor sem adok semmit!

Zoé összevonta szemöldökét.

– Engem sose foglalkoztatott különösebben az időutazás témája. Csak annyit hallottam róla, amennyit a suliban tanítanak, de a kedvedért hajlandó vagyok még egy percet szánni rá. Úgy rémlik, hogy a legfőbb érv az időutazás ellen mindig is a saját ős megölésének a paradoxonja volt. Ha visszamegyek a múltba, és megölöm a saját apámat vagy nagyapámat, mielőtt megfoganhattam volna tőle, akkor nem születhetek meg, ha pedig nem születek meg, akkor meg sem ölhetem őket. De ha nem ölöm meg, akkor mégiscsak megszületek, és visszautazhatok az időben megölni bármelyiküket. Na, erre mit lépsz?

Norbi türelmetlenül legyintett.

– Ez egy ősidők óta ismert látszólagos paradoxon, amely elnagyoláson alapul, nem veszi figyelembe az idő valódi természetét. Mondok egy hasonlót. Azt állítom: minden ember apja egy másik ember. Igaz ez? Persze, hogy igaz, gondolhatjuk felületesen, hiszen egyetlen ellenpéldát sem ismerünk, sőt elgondolni sem tudunk, leszámítva a gagyi sci-fik embergyártó replikátorait. Ebből viszont az következik, hogy az emberiségnek örökké léteznie kellett volna.

– Már miért következne?

– Azért – magyarázta a fiú türelmesen –, mert ha ehhez hozzávesszük azt a nyilvánvaló körülményt, hogy minden fiúnak időre van szüksége, amíg nemzőképessé érik, mondjuk, tízéves korára, akkor az apjának is ennyi idő kellett (legalább), a nagyapjának is satöbbi, és a múltba visszanyúló lánc így végtelen hosszúra nyúlik.

Éppen csak az evolúcióról feledkeztünk meg, hogy az ember nem volt mindig ember, egy másik fajból fejlődött ki, ami szintén egy másikból, és így tovább, visszafelé az időben, míg pár milliárd éven belül eljutunk az egysejtűekig, ahol már sem emberről, sem apaságról nem igazán beszélhetünk, érted?

– Ezt értem, de mi a helyzet a saját ős megölésével? Ott a végtelen nem játszik szerepet.

– Ott tényleg nem.

– Hát akkor?

– A filozófusok és az anyag elemi részecskéinek kutatói már sok évtizeddel ezelőtt rájöttek, hogy az oksági elv, amit a köznapi életből ismerni vélünk és igaznak tartunk, éppoly felületesen elnagyolt, mint a „minden ember apja egy másik ember" állítás. A világ mélyebb megismerése megmutatta, hogy az ok és az okozat kapcsolata nemcsak lazává válhat...

– Hogyhogy lazává?

– Valószínűségi alapúvá. Ez annyit jelent, hogy az okozat nem teljes bizonyossággal, azaz nem százszázalékos valószínűséggel követi az okot, vagyis egyáltalán nem biztos, hogy az ok fennállása esetén bekövetkezik az okozat. Tudom, hogy nehéz ezt elképzelni, mert emberi léptékben ezek a jelenségek másképp zajlanak, mégis így van.

– Mondjuk, hogy hiszek neked, ha nem is értem teljesen – mondta Zoé –, mert szimpatikusan adod elő. Abban legalábbis biztos vagyok, hogy te tényleg így gondolod, másként nem mondanád.

– Hát persze. Ha nem így gondolnám, miért mondanám?

Zoé titokzatosan elmosolyodott.

– Tudod, Norbi, a pasik időnként összehordanak mindenfélét, hogy elérjék a céljukat egy nőnél.

– Oké, de én most nem lefektetni akarlak téged!

– Tényleg nem akarsz? – kérdezte a lány tágra nyílt szemekkel, meg-megrezdülő szempillákkal.

– Úgy értem – jött zavarba a fiú –, hogy nem itt. Nem most. Mert különben – kezdett ismét tűzbe jönni – nagyon is tetszel nekem, és nagyon is szívesen...

– Jó, jó, jó, jó, csak haladjunk szépen sorjában – húzta meg Zoé ismét a határvonalakat. – Mi van a saját ős megölésével? Belezavartál ezekkel a valószínűségi dolgokkal.

– Jól van – vett nagy levegőt Norbi, és már megint a magyarázatra koncentrált. – Az a lényege, hogy az ok és okozat viszonya nemcsak fellazulhat, hanem oda-vissza irányúvá is válhat, azaz kölcsönössé. Ekkor már valójában nem is mondható meg, hogy melyik az ok, és melyik az okozat, mert a két esemény bármelyike felléphet ebben a szerepkörben is, meg abban is, attól függően, hogy melyik irányban vizsgáljuk a történést. Ezt nevezik keresztkötésnek, vagy utalva az oda-vissza jellegre, kettős keresztkötésnek.

– Furcsa kifejezés. Sose hallottam.

– A mai világban hol is hallottad volna? Ám Madison, igen, a parittyás pasas szerint úgy tűnik, hogy az idő kedveli az ilyen paradox megoldásokat. Szó szerint azt mondta, legalábbis az életrajzírója szerint, és ez mélyen megragadt az emlékezetemben, hogy „még az is lehet, hogy maga a létezés – a semmiből előbukkanó világegyetemé éppúgy, mint a világban látszólag cél nélkül lézengő emberi lényeké – csupa hasonló paradoxonon alapul, csak az esetek nagy részében nem ismerjük fel."

– Érdekes gondolat. Majd eltöprengek rajta, ha lesz egy kis időm, miután megcsináltam az összes leckémet.

– És olyankor rám is fogsz gondolni, ugye? – közelítette Norbi arcát a lányéhoz.

Zoé játékosan meglegyintette, s rosszul titkolva tetszését, komoly arcot erőltetett magára.

– Akkor most hogy is állunk a nagypapa legyilkolásával? Megtehetem, vagy sem?

– Nem tudok róla, hogy bárki kipróbálta volna a valóságban. De azt hiszem, két dolog lehet. Az egyik, hogy megtehető, és akkor a fellazult oksági viszony miatt egyszerre fog létezni mindkét esemény: az is, hogy megölöd, és az is, hogy nem, tehát megfogansz. A másik lehetőség, hogy ha a nagyapád szép kort ért meg, akkor neked nincs is lehetőséged a megölésére, mert ha lett volna és akartad volna, akkor már megtetted volna, azaz nem ért volna meg olyan szép, magas kort.

– Volna, volna, volna, volna – rázta meg a fejét a lány –, mondom én, hogy zűrös ez az egész. Ha te se érted, mi is történne valójában...

– Ezeket én a nagyapám könyveiben olvastam, amik ránk maradtak a halála után. Csak magamban olvasgattam és próbáltam felfogni mindezt, mert erről a témáról nem lehet konzultálni senkivel, és egyáltalán nem állítom, hogy már mindent értek. De például Madison, igen, még mindig a parittyás pasas, aki máskülönben az időutazás feltalálója, az utóbbi variációban hitt, vagyis hogy a múlt azért megváltoztathatatlan, mert eleve olyannak ismerjük meg, ami tartalmazza minden változtatási kísérlet eredőjét. Ám ha szilárdan hitt is a múlt megváltoztathatatlanságában, élete végéig nem hagyott fel az időutazással kapcsolatos kísérleteivel.

A lány elgondolkozva hallgatott, csendben bámult maga elé, közben Norbi titkon azt csodálta, mint vetít arcába hulló, sima hajára kuszán villódzó ábrákat az őszi napfény. Amikor Zoé újra megszólalt, már azt kérdezte:

– És mondd csak, Norbi, hová lettek azok a híres-nevezetes időhajók, amik szerinted innen indultak a múltba?

– Amikor a kormány betiltotta az időhajózást, a hajókat bontóba küldték. A bázisokat világszerte felszámolták, a tiszteket, matrózokat szélnek eresztették. A telepen lakók többsége új munkát keresett, és el is tűnt a telepről. Az indítócsarnokokat pedig lerombolták, a környező kiszolgálóépületek elnéptelenedtek, idővel beomlottak, gaz verte fel a tájat.

Körbemutatott, mintha az elvadult bozótos, amely itt-ott valóban rejtett falmaradványokat is, elegendő bizonyítékul szolgálna az elhangzottakhoz.

Zoé őszintén elcsodálkozott:

– De miért tettek volna ilyen őrültséget? Hiszen az időutazás valami egészen elképesztően csodálatos dolog lehetett! Fantasztikus dolog! Miért jutott volna eszébe megszüntetni bárkinek is? Már persze, ha egyáltalán létezett volna – fűzte hozzá sietve. – Most meg én „volnázok" – nevetett fel vidáman.

A kérdés már Norbiban is felmerült korábban, sokat töprengett, s mostanra kész volt a válasszal.

– Az időutazás egyet jelent a múlt feltárásával. Más szavakkal: semmi sem maradhat homályban. Szerintem az akkori kormányoknak ez kellemetlen lehetett, melyik kormánynak nincs takargatnivalója, és úgy tettek ellene, hogy betiltották az időutazást egyszer s mindenkorra az egész világon. Azóta nyugodtan alhatnak – fejezte be keserűen –, mert nincs, aki a jövőből kifürkészné a titkaikat. Érted már?

A lányt kevésbé érdekelte a politika, inkább az foglalkoztatta, mi van még Norbi tarsolyában, hát a fiú befejezte a történetét:

– A nagyapám itt maradt a telepen, de ő is kénytelen volt más állás után nézni, hogy legyen miből eltartania a családját. Hosszas próbálkozások után végül kazánfűtő lett. Befogta a száját, és dolgozott némán. Megfenyegették ugyanis, hogy baja esik, ha mesélget a régi dolgokról. Az időhajózást el kellett felejteni, az emlékét is ki kellett törölni az emberek emlékezetéből. A nagyapám tehát hallgatott, csak néhanapján, ha felöntött a garatra, akkor eredt meg a nyelve, és mesélt szűk családi körben fantasztikusnál fantasztikusabb történeteket. Mikor aztán kijózanodott, ijedten kötötte mindannyiunk lelkére, hogy tartsuk a szánkat, mert nagy baja lehet belőle.

Zoé eltűnődött. Egy hajdan élt részeges fűtő meséi álltak szemben a tudósok tekintélyével alátámasztott, iskolában hallott magyarázatokkal. Elhiggye? Ne higgye? Végül arra jutott, hogy nem az ő dolga eldönteni a kérdést. És mostanra, hogy ennyi ideje beszélgetett kettesben a fiúval, már különben sem a szavak izgatták elsősorban.

– Ügyes történet volt, ha olykor hihetetlen is – súgta a fiú fülébe, azzal macskásan hozzásimult, s Norbi végre átölelhette mindkét felsebzett karjával.

*

Az osztály zsibongása szemernyit sem csillapult, amikor a Köpenyes belépett a terembe. A Köpenyes történelmet tanított, és volt igazi, rendes, polgári neve, ám nem akadt diák a telepi gimnáziumban, aki azon említette volna. A diákok már csak ilyenek, a Köpenyes az Köpenyes volt diákemlékezet óta. Bece- avagy gúnynevét épp annak a ruhadarabjának köszönhette, amellyel a diáksággal való szolidaritását akarta kifejezni. Ha számukra kötelező volt az iskolaköpeny, hát ő is azt hordott. Abban érkezett és távozott az iskolából, abban tartotta óráit, abban ebédelt, a rossznyelvek szerint abban is aludt. A szeretkezésre csak azért nem terjedt ki a diákok rosszmájúsága, mert senkinek sem volt róla tudomása, hogy a Köpenyesnek valaha is viszonya lett volna bárkivel. Mindeme sűrű igénybevétel ellenére Köpenyes tanár úr mindennapi öltözetének e nevezetes tartozéka mégsem keltette soha leharcolt ruhadarab benyomását.

A tanár úr most megállt a nagy Haszin elnök tábla fölé akasztott, díszegyenruhás mellképe alatt, és várta, hogy az osztályban uralkodó hangzavar csillapodni kezdjen. Béketűrő ember volt a végletekig. Más tanerő az ő helyében már végigpofozta volna a hangoskodókat, ami a nagy Haszin elnök oktatásügyi rendeletei értelmében nemcsak megengedett, de egyenesen kívánatos is lett volna. Köpenyes tanár úr azonban csak állt, szeretettel bámulta nyüzsgő és hangoskodó diákjait, és várt türelmesen, mit sem törődve a feje fölül szigorú ábrázattal letekintő nagy Haszin elnök elvárásaival.

– No, kérem – köszörülte meg a torkát, amint szóhoz jutott –, remélem, nem bánjátok, ha az elkövetkező percekben az iránt fogok érdeklődni, mennyit sikerült megjegyeznetek a múlt órán elhangzottakból.

A padsorokból rémült morgás és nyöszörgés hallatszott, amint diákjai megértették, hogy dolgozat vagy feleltetés vár rájuk. A tanár úr szíve megesett rajtuk.

– Elég lesz, ha csak közösen átbeszéljük a legutóbbi témát, ami… mi is volt? Pucsek!

Pucsek, az osztály strébere, egyben az iskolai válogatott kiváló birkózója abbahagyta a karnyújtogatást, felpattant, és máris fennhangon jelentette:

– Az időhajózás körüli legendák kialakulása mintegy száz évvel ezelőtt, elterjedésük okai, végül pedig az egzakt tudományos cáfolat megszületése, ami mára az egyetlen elfogadható nézet a felvilágosult emberek számára.

– Úgy van – bólogatott a tanár úr. – Téged mi ragadott meg a témában leginkább, Pucsek?

– Engem? – kérdezett vissza megütközve a birkózóbajnok, miközben lázasan törte a fejét, mi is lehet a megfelelő válasz. Ám hamar rájött a megoldásra, s ettől önbizalma visszatért. – Az, ahogy bölcs vezérünk, a nagy Haszin elnök – e szavaknál patetikus mozdulattal mutatott a tábla fölötti festményre – példamutató eréllyel rakott rendet a mendemondák kusza világában, mindenkor elvi útmutatással szolgálva az akadémia homályban tapogatózó tudósainak.

– Ez valóban rendkívüli, mondhatnánk korszakalkotó cselekedet volt – bólintott a tanár úr. – De mit értünk példamutató erély alatt?

– Száműzetést, börtönt, kivégzést – felelte vigyorogva Pucsek, mert kedvenc témájához értek.

– Ami kiket sújtott elsősorban?

– Elsősorban azokat a megátalkodott, magukat tudósnak nevezni merő egyéneket, akik a nyilvánvaló bizonyítékok dacára is csökönyösen ragaszkodtak téves elképzeléseikhez az időutazás megvalósíthatóságáról.

– És kiket sújtott másodsorban?

– Másodsorban pedig mindazokat, akik hozzájuk hasonlóan vélekedtek.

– Vannak még ma is ilyenek?

– Szerencsére már nincsenek. A tudományos érvek mára mindenkit meggyőztek.

– Rendben van, Pucsek, ez szép felelet volt – dicsérte meg a Köpenyes. – Másvalaki?

Szeme egy szőke kislányon akadt meg, akinek ritkán lehetett a szavát hallani. Most is csak maga elé nézve, csöndesen ült a terem végében.

– Próbáld meg most te, Fanni! – szólította fel a Köpenyes. – Te miért örülsz a tudósok eredményeinek?

– Én azért örülök a tudósok eredményeinek – kezdte a kislány a kötelezően begyakorolt szöveget –, mert ha nem létezik időutazás, akkor nem támadhatnak ránk időutazók váratlanul a jövőből, nem dúlhatják fel békés életünket, melyet a nagy Haszin elnök uralkodása biztosít számunkra, és így biztonságban nevelhetjük majd gyermekeinket, ahogy a szüleink is teszik most velünk.

– Egészen kiváló! – hagyta jóvá Fanni szavait a tanár úr. – A biztonság, az állampolgárok biztonsága valóban rendkívül fontos. Erről a kérdésről egyszer majd, hm, más megvilágításban is beszélgetünk.

Aggódva pillantott körül, nem ment-e túl messzire, de megnyugodva látta, hogy az osztály szokásos unott hangulata mit sem változott. Egyetlen diákja sem hámozta ki szavaiból, hogy az állampolgároknak az állammal szembeni biztonságára célzott, azaz a diktatúra hatékony korlátozására. Hogy is vették volna észre, amikor jó ideje már a diktatúra szót sem volt szabad kiejteni!

– Másvalaki? Norbi? Látom, nagyon töröd a fejed valamin. Hadd halljuk!

A kamasz vonakodva emelkedett fel a helyéről.

– Engem maguk a legendák fogtak meg – válaszolta kényszeredett hangon.

– Valóban, ezek nem mindennapi mesés történetek – helyeselt a Köpenyes. – Sok bennük az érdekfeszítő, fantasztikus elem.

– Annyira részletesek, hogy nekem már-már az az érzésem, hogy nem is lehetnek puszta kitalációk.

– Márpedig szögezzük le határozottan, hogy mégiscsak legenda mind, egytől-egyig, amint azt mindannyian jól tudjuk – vetette közbe gyorsan a tanár úr, ujját intőeen emelve a magasba, és szemével már a következő diákot kutatta a teremben, ám Norbi még nem fejezte be.

– Elképesztően hiteles a korai hajók leírása, amellyel egész expedíciók indultak a múltba feltérképezni a történelem fehér foltjait. Vagy azé a hajóé, amellyel az ősrobbanást próbálták megközelíteni, majd a halálzóna csapdájába estek, s végül átjáróra bukkantak ott, ahol a legkevésbé számítottak rá, az idő legmélyén, az idő kezdetén, s ez az átjáró az ősrobbanás poklán át a legtávolabbi jövőbe vezetett.

– Mindez valóban hallatlanul érdekes – szólt közbe ismét a Köpenyes –, de egyben ellentmondásokkal terhes is. Nem véletlen, hogy a nagy Haszin elnök tudósokból álló munkacsoportot bízott meg a téma kivizsgálásával, akik arra az ismert eredményre jutottak, miszerint az időutazás létezése elméletileg is kizárható. Fogytán az idő, tovább kell haladnunk! Leülhetsz, Norbi.

De a fiú csak folytatta tovább:

– A legérdekesebb legendák pedig az összes közül az időhajók technikai fejlődését mesélik el. Eleinte óriási, fazékszerű járművekről szólnak ezek a mondák, amelyekkel a régi korok időmatrózai csapatostul merültek alá a múltba. Egész expedíciók utaztak így. Később a méretek drasztikus csökkenésével eljutunk a személyi időhajók korába, amikor már bárki egymaga útnak eredhetett az idő mélységei felé a saját kis hajóján, amely elfért akár otthon, a garázsban is. Még később már csak egyetlen vékonyfalú buborékból álló időhajókról szólnak a történetek...

A Köpenyes Norbi mellé lépett, s a vállára tette a kezét.

– Norbi fiam, te bizonyára mérnöki pályára készülsz, azért érdekelnek ennyire az időhajók konstrukciós részletei.

– Nem, tanár úr. Én történész szeretnék lenni.

A tanár úr szeme alig észrevehetően megrebbent.

– Értem. Khm. Helyes.

Ismét az osztályhoz fordult.

– Jegyezzétek meg jól: csakis a zabolátlan emberi képzelet szolgálhat magyarázatul a szóban forgó históriákra! Egyáltalán nem példa nélkül álló eset ez a legendák történetében, gondoljatok csak arra, mennyi elképesztő dologgal találkozhatunk a népi hiedelmek világában: tündérek, varázslók, boszorkányok, angyalok, avagy hétmérföldes csizma és repülő táltos ló, hogy a járművek világához is közelítsünk. Ámde sohasem szabad összetéveszteni a hiedelmeket a valósággal! Ülj le, Norbi! Azt mondtam, ülj le! – ismételte hangosabban, s tőle szokatlanul erélyesen, mert a beszédbe belemelegedett diák még most is habozott szót fogadni. Végül mégiscsak visszaereszkedett a padba, közben szemrehányó pillantásokat vetett tanárára, aki ily erélyesen fojtotta belé a szót.

Köpenyes tanár úr néhányszor mélyet lélegzett.

– Haladjunk tovább! – szólt diákjaihoz. – Nyissátok ki a könyveket a tizenhatodik oldalon...

Ekkor a tanterem ajtaján erélyes kopogás hangzott fel, majd belépett az ügyeletes diák. Felkarján vörös karszalag jelezte felelős tisztségét. Vigyázzállásba vágta magát, tisztelgett, és harsányan rákezdte:

– Tanár úrnak tisztelettel jelentem, ...

De a tanár úr leintette.

– Hagyd el, fiam! És nem süket itt senki. Elég, ha szépen, nyugodtan elmondod, minek köszönhetjük a szerencsét, hogy megjelentél körünkben.

– Igenis! – hangzott még mindig katonásan, de aztán mégiscsak csendesebben folytatta: – Az igazgató úr kéreti a tanár urat és Hámori Norbert tanulót az irodába.

– Rendben – bólintott Köpenyes tanár úr –, a szünetben odamegyünk. Együtt! Hallottad, Norbi? – pillantott a tanulóra.

– Most azonnal kell jönniük! – emelte meg hangját újra az ügyeletes, és cseppet sem titkolta, mennyire élvezi, hogy egy tanárt utasíthat.

– Ennyire sürgős a dolog? – puhatolózott a Köpenyes.

– Ennyire! – hangzott ismét magabiztosan a kezdeti hangerővel.

– Az igazgató úr személyesen adta az utasítást? – kérdezte a Köpenyes.

A válasz nem volt kétséges, csupán tekintélyét próbálta védeni a tanár úr, hogy ebben a teremben mégiscsak ő tartja kézben az eseményeket, és nem egy karszalagot viselő gyerek. Látott ő már karszalagos gyerekeket töltött puskával a kezükben, amit nevetve fogtak felnőttekre. Beleborzongott az emlékébe is.

– Akkor hát siessünk! – mosolyodott el kényszeredetten a válasz hallatán. – Gyere, Norbi! A többiek addig olvassák át csendben a következő olvasmányt! – hagyta meg az osztálynak, majd az ajtóhoz lépett.

Az ügyeletes már elviharzott. Feladata csupán az üzenet átadása volt, nem az idézettek odakísérése, így sietve visszatért posztjára, tovább felügyelni a gimnázium rendjét.

Köpenyes tanár úr kilépett az üres folyosóra. Megvárta, míg Norbi becsukja maga mögött az osztályajtót, majd nekitámadt:

– Mit műveltél, te szerencsétlen?

– Nem csináltam semmit, tanár úr! – védekezett Norbi elképedten.

– Semmit? Halljam, mi volt tegnap?

– Miért pont tegnap?

– Mert ha nem tudnád, az információ errefelé gyors lábakon jár. Ha tegnapelőtt követsz el valami disznóságot, már tegnap hívtak volna. Tehát? Tudnom kell, mire számítsak, mire az igazgatói irodába érünk.

– Hát... az az igazság... – vakarta a fejét Norbi –, hogy tegnap délután együtt voltam egy lánnyal.

– Miféle lánnyal? Ő is ebbe a gimnáziumba jár?

– Igen, de másik osztályba.

– És mit jelent az, hogy együtt voltatok? Lefeküdtél vele? – tette fel a kérdést nyíltan, mert látta, hogy a diák habozik a válasszal.

– Nem. Csak csókolóztunk.

– Csak?

– És közben simogattuk egymást. Tudja, hogy van ez ilyenkor, tanár úr!

Amint kimondta, legszívesebben visszaszívta volna. Köztudott volt, hogy a Köpenyes magányosan él, évtizedek óta nem volt nővel viszonya, vagy talán sohasem, még az is meglehet, ki tudja. De a Köpenyes nem sértődött meg, föl sem vette a tapintatlan megjegyzést. Más dolgokon járt az esze.

– Tudod a lány nevét?

– Természetesen.

– Egyáltalán nem olyan természetes ez a mai tinik között! De ha kérdezik, mondd azt, hogy nem tudod, és azt sem, hogy hova jár. Ha a lány kiléte titokban marad, őt is békén hagyják, és a te esélyeid is jobbak lesznek, hogy elkerülöd a kirúgást.

Norbi belesápadt, de bólintott, hogy megértette.

– Ki látott benneteket?

– Senki.

– Valakinek csak kellett látnia, ha most itt vagyunk!

– Mondom, hogy senki!

– Nem értem, hogy lehetsz benne ennyire biztos!

– Azért, mert... az Elhagyatott Területen történt köztünk, ami történt.

A Köpenyes minden eddiginél fürkészőbben tekintett rá.

– Mi az ördögöt kerestetek ti ott?

– Olyan helyre akartam vinni a lányt, ahol zavartalanul kettesben lehetünk. Ééés…

– Mi van még? Ki vele hamar, már lent kellene lennünk az irodában!

– Úgy gondoltam, hogy tudok neki érdekes dolgokat mesélni arról a helyről.

– Miről beszélsz?

– Úgy hallottam, hogy az a hely valamikor időhajók indítóbázisa volt. Akkor vált tiltott területté, amikor az időhajózást is betiltották.

A Köpenyes arca megrándult, nyíltan kiült rá a döbbenet. Kinyitotta száját, hogy jobban kapjon levegőt, majd kis ideig zihálva lélegzett.

– Ezt felejtsd el! Ezt most azonnal felejtsd el! Történjék bármi, kérdezzenek bármit, eszedbe ne jusson ezt megemlíteni! Azt a szót, hogy időhajó, töröld ki az emlékezetedből, ha jót akarsz, de mindörökre!

*

Donászi igazgató úr íróasztala tekintélyes méretű irodájának végében állott egy életnagyságúnál jóval hatalmasabb, a nagy Haszin elnököt lelkesen éljenző tömeg előtt lóháton, egyenruhában, géppisztolyát magasra tartva ábrázoló óriásfreskó alatt. Az igazgató úr alacsony termete és köpcös alakja eltörpült a hatalom e túlméretezett manifesztációjának árnyékában, ám Norbi számára így is elég félelmetesnek tűnt. Annyira, hogy eleinte észre sem vette azt a sötét öltönyös, hivatalos külsejű férfialakot, aki az egyik sarokban üldögélt hallgatagon, és látszólag nem fordított figyelmet az érkezőkre.

Előre jöttek a hosszú szőnyegen, és illedelmesen megálltak az igazgató úr asztala előtt, kissé megszeppenve, mint két rajtakapott bűnöző. Köpenyes tanár úr sejtette, hogy diákja bűnéért neki is lakolnia kell. Néhány másodpercnyi szótlan méricskélés után Donászi igazgató úr halk, tárgyilagos hangon megkérdezte a fiút:

– Neved?

– Hámori Norbert.

– Osztályod?

– IV.G.

A direktor a Köpenyes tanár úrra pillantott, aki szempillája rebbenésével hagyta helyben az adatokat.

– Nos, Hámori Norbert, IV.G. osztályos tanuló, hivatalosan közlöm veled, hogy ma reggel bejelentést kaptam ellened – folytatta az igazgató úr. – Vizsgálatot kell lefolytatnom, s annak eredménye fogja eldönteni, hogy gimnáziumunk tanulója maradhatsz-e továbbra is.

Norbi arca elsötétült, a fiú egy pillanatra meg is ingott. Nem gondolta, hogy ennyire komoly az ügy.

– A vád röviden: nemi erőszak és felforgató tevékenység. Egyik tanulónk édesanyja panaszt emelt, miszerint leányát tegnap elcsaltad az Elhagyatott Terület néven ismert helyre, amelyről mindent elárul a neve – intézte szavait magyarázatként a sötét öltönyös, hallgatag ember felé –, ott megerőszakoltad őt, és közben a nagy Haszin elnök tanításaival nyíltan szembemenő, felforgató eszmékkel traktáltad, hogy így próbáld őt is szembefordítani a fennálló rendszerrel.

– Cseppet sem életszerű – jegyezte meg a Köpenyes. – Bocsánat, hogy közbeszólok – fűzte hozzá a direktor megrovó tekintetére –, csak próbáltam rekonstruálni magamban az eseményeket, de nem akar összeállni a kép. Vagy az erőszakos szex, vagy a felforgatás. Együtt a kettőt nehezen tudom elképzelni.

– Norbert, te mit mondasz?

– Aljas rágalom! – tört ki Norbiból az elkeseredettség. – Csak találkoztunk, és beszélgettünk mindenféléről, de szó sem volt erőszakról, és eszem ágában sem volt semmiféle felforgató eszmét terjeszteni!

– Vess csak egy pillantást a bőrödre!

A rövid ujjú iskolaköpeny szabadon hagyta Norbi felsebzett karját.

– Csak a bokrok karcolták össze – védekezett –, amikor odafelé menet átbújtunk az ágak között. Igen sűrű arrafelé a bozót, nézze meg az igazgató úr a saját szemével, ha nekem nem hiszi!

– Attól tartok, ez kevés – csóválta fejét az igazgató. – A feljelentés számos olyan részletet tartalmaz, ami hiteltelenné teszi az állításodat, fiam. Még ha a szexuális részletektől el is tekintek, mert ezekre vonatkozóan maga az állítólagos sértett sem erősítette meg a feljelentésben foglaltakat, a másik pontban foglaltak még mindig épp elegendőek ahhoz, hogy...

Kihallgatták Zoét, háborgott magában Norbi.

Ki lehet az a pasas, gondolkodott a Köpenyes, és lopva szemügyre vette a sötét öltönyös alakot. A gyámügyesektől jött? Ott vannak ilyen gyászhuszárok. El akarják venni Norbit az anyjától? Úgy tudta, Norbi egyetlen gyerekként csak az anyjával él, apja régen elhagyta őket. És mit mondott vajon a lány? Ha beszélt az időhajózásról, ha visszamondta Norbi történeteit, amiket az órán is alig tudott beléfojtani, istenem, mennyit beszél ez a gyerek, akkor Norbinak annyi, semmi sem mentheti meg a kirúgástól. És ami ennél is rosszabb: élete hátralevő részében téglát hordhat vagy földet lapátolhat, mert más munkára nem meri majd alkalmazni senki. Ilyen világ van, mióta a nagy Haszin elnök vette át az uralmat. Még örülhet a srác, ha megússza börtönbüntetés nélkül. Töprengéséből az igazgató szavai riasztották fel:

– Tanár úr, ha megengeded, váltanék veled néhány szót négyszemközt.

Donászi igazgató karon fogva kivezette a Köpenyest a folyosóra, s csak ott szólalt meg hátrafordulva az irodája felé:

– Szegény fiú! Őszintén sajnálom, de semmit sem tehetek az érdekében. Lehetett volna több esze is! Magának kereste a bajt.

– Ki az az ember ott bent? – tudakolta a Köpenyes, ám választ nem kapott. Az igazgató úr csak ajka elé emelte ujját, és az ajtó felé pillantva megrázta fejét.

Amint becsukódott a tanár és az igazgató mögött az ajtó, a sötét öltönyös alak egyszeriben megelevenedett. Középkorú, intelligens arcú ember volt szabályos, ám túlságosan is fegyelmezett vonásokkal. Ruganyosan felpattant a helyéről, és odasietett Norbihoz. Körbejárta, figyelmesen tanulmányozta, egészen közelről szemügyre vette, majd halálos komolysággal így szólt:

– Ugye tudod, hogy nagy bajban vagy? Óriási bajban! Nagyobb bajban már nem is lehetnél!

Norbi csak állt némán. Az ablakon beragyogó kora őszi napsütés cifra fénymintákat vetített a szőnyegre, amelyen ácsorogni kényszerült, s ez Zoé haját juttatta eszébe és a tegnap délutánt, amikor még minden szép volt és ígéretes. Azután az osztályteremre gondolt: mennyivel szívesebben lenne most ott, még ha felelni kéne vagy dolgozatot írni is! Visszamehet-e még valaha? Épp csak elkezdődött a tanév, az ő utolsó éve érettségi előtt, s most kétségbeesetten gondolt rá, hogy e percben számára talán már be is fejeződött. Így ácsorgott a szoba közepén egyedül, magára hagyottan, kilátástalanul, isten tudja, meddig.

– Őszinte és nyílt leszek veled – szólalt meg ismét az öltönyös –, cserébe elvárom, hogy te is az legyél. Kis barátnőd, ez a Zoé este beszámolt az anyjának mindenről, ami tegnap köztetek történt azon az... Elhagyatott Területen. Micsoda hely! Nem jutott jobb az eszedbe? Most már mindegy. Igen részletesre sikeredett az a beszámoló! Én nem tudom, hogy mi történt köztetek és mi nem, mennyi benne a valóság és mennyi egy aggódó anya túlzása vagy lányának a dacos hazudozása, mondom, mindez engem nem érdekel, nem az erkölcsrendészetről jöttem.

Hanem honnan, tolult fel Norbiban a kérdés, de nem mert megszólalni, nem merte kérdőre vonni azt az embert, akinek felhatalmazását egyedül az jelentette, hogy az iskola igazgatójának irodájában magára hagyták vele.

– Azonban úgy veszem észre a feljelentésben leírtakból, hogy igen tájékozott vagy az időhajózás témakörében.

A fiúnak eszébe jutott a Köpenyes tanácsa, és összezárta ajkait, nehogy véletlenül is bármi kicsússzon rajta.

– Nos, ebben önmagában még nincs semmi szégyellnivaló. Városi legendák mindig is léteztek, s ami egyszer megszületett, és gyökeret eresztett az emberek fejében, azt onnét többé ki nem gyomlálja senki. Az eszmék, vallások, legendák, babonák épp ezért kiirthatatlanok. Ugye történelemórán is beszélgettetek erről?

Norbi csak állt szótlanul a szőnyegen. Zoéra gondolt, ebből próbált vigaszt meríteni.

– Kérdeztem valamit, fiam – szólt az idegen. – Megtennéd, hogy válaszolsz?

– Mi... mire kíváncsi? – nyögte ki a fiú nagy nehezen.

– Megismétlem: történelemórán is volt szó az időhajózás témáját övező hiedelmekről?

– Tanultunk néhány legendáról – felelte halkan Norbi, s eszébe jutott, miket mondott csak néhány perccel ezelőtt az osztályteremben. Ha a Köpenyes jelentést tesz róla az igazgató úrnak, akkor neki, Hámori Norbert IV.G. osztályos tanulónak egyszer s mindenkorra befellegzett. És nem csak a telepi gimnáziumban.

– Helyes – felelte az idegen, azután ismét csak méregette egy darabig. Norbi számára véget nem érőnek tűnt a beszélgetés, és arra gondolt, bárcsak léteznének most is időhajók, és ő beszállhatna az egyikbe, amellyel örökre eltűnhetne innét. – Csakhogy... van itt valami – folytatta az idegen –, amit feltétlenül tisztáznunk kellene.

– Micsoda? – kérdezte Norbi kedveszegetten, reménytelenül tekintve az újabb megpróbáltatás elé.

– Utánanéztem az adataidnak, és találtam egy érdekes családi vonatkozást. Több bejelentésünk is egybehangzóan állítja, hogy anyai nagyapád a telep kocsmáiban vén fejjel gyakran mesélgette, hogy ifjúkorában időhajókon szolgált matrózként.

– Ez csak afféle kapatos henceges lehetett – próbálta Norbi menteni a menthetőt, eszébe idézve a Köpenyes intelmét.

– Természetesen. Mi más? Hiszen tudjuk jól, hogy időhajózás soha nem létezett. De azért mi csak beszélgessünk tovább!

*

Este, amikor anyja bejött jó éjt-puszit adni érettségire készülő nagyfiának, Norbi az ágyban fekve megkérdezte:

– Van egy perced, anya?

– Hát persze, hogy van! A te számodra ne lenne? – ült le az asszony az ágy szélére.

– Azon töprengek – fogott Norbi a mondandójába –, hogy vannak családok, akik sok évszázadra visszamenően ismerik a felmenőiket. Tudják, hogy hívták őket, pontosan mikor éltek, mit csináltak. Én még szegény nagyapámat is alig ismertem. Még tízéves se voltam, amikor meghalt.

Anyja megsimogatta a homlokát.

– Lám csak, az én történésznek készülő nagyfiamban felbuzgott a szakmai kíváncsiság. – Felsóhajtott. – Van valahol egy családfa néhány generációra visszamenően, pár fénykép és némi levelezés. Ennyi maradt mindössze. Lent vannak a pincében egy bőröndben, mert idefent kevés a hely. Holnap megnézhetjük, ha el nem áztak, vagy az egerek meg nem rágták.

– Nem lehetne most?

– Késő van már. Ráér holnap. Nem szalad el az a bőrönd.

– Mondd csak, anya...

– Igen, szívem?

– Nagyapa folyton azt mesélgette fűnek-fának, hogy időmatróz volt fiatalkorában. Tudsz te erről valamit?

Anyja tekintete messzire kalandozott, régi idők felé.

– Mesélt sok mindent a nagyapád. Ki tudja, ma már mi igaz belőle?

– Mégiscsak meg kéne nézni azt a bőröndöt!

– Majd holnap megnézzük. Aludj, jó éjszakát! – oltotta le a villanyt, és kiment a szobából.

Nehezen jött álom Norbi szemére, s amikor végre elaludt, zűrzavaros képek rohanták meg. Zoéval sétált kézen fogva a telep utcáin, de a telep egészen másképp nézett ki, mint most. Szép házakat látott a jelen rogyadozó épületei helyén, lombos fák szegélyezte sima utakat a hepehupás, sáros, gidres-gödrös, tócsás utcák helyén, és jövő-menő embereket, akik tele voltak életkedvvel, és szemlátomást jókedvűen tették a dolgukat. Rendes ruhában jártak, és mosolyogtak egymásra, ha találkoztak. Az Elhagyatott Terület felé tekintve pedig óriási kupolát látott, amelyen megcsillant a napfény. Nagyapja, aki álmában alig volt idősebb, mint ő, csíkos matrózblúzban, tarkóján szalagos, kerek sapkában integetett feléjük, hogy tartsanak vele az *Antares* fedélzetén, mert hamarosan indul az újabb merülés, ezúttal a fáraók korába. Videóra veszik a piramisok építését, meglesik a fáraók balzsamozását, megfejtik a hallgatag szfinx rejtélyét...

*

Másnap szünetben a folyosón a Köpenyes félrevonta.

206

– Hogy ment?

– Nem fognak kirúgni – felelte Norbi, de hangjában nyoma sem volt a megkönnyebbülésnek.

– Nocsak! Valóban?

– Megígérte az a...

– Az az ember ott, az irodában?

– Igen, ő.

– És mit akart érte cserébe? Mert ugye, jól gondolom, hogy kért valamit, és nem ingyen adta?

– Azt... azt nem árulhatom el. Azt mondta, senkinek sem beszélhetek róla, még az édesanyámnak sem, még a tanáraimnak sem.

– Értem.

A Köpenyes körülnézett. A folyosó üres volt, senki nem tartózkodott a közelükben.

– Tudod, Norbi, amíg te bent voltál, én az igazgató úrral folytattam beszélgetést. Ő magasabb körökben is forog néha, és meg szokta osztani velem, ha néhanapján hall valami érdekeset. Az igazgató úr szigorú, de nem rossz ember, hidd el nekem, bár könnyen lehet, hogy te ezt most még másképp látod. Hogy a lényegre térjek: legutóbb azt hallotta, hogy az állambiztonságiak hajtóvadászatot indítottak mindenki után, akinek bármi köze lehetett a hajdanvolt időhajózáshoz.

– Hajdanvolt?

A Köpenyes egyenesen Norbi szemébe nézett.

– Nyíltan beszélek veled, mint férfi a férfival. Felejtsd el, amit az órákon hallottál tőlem! Az az előírt, kötelező tananyag. Te a nagyapádtól tudod, mások máshonnét, de mindenki tisztában van vele, hogy az időhajózás valaha igenis létezett. Ne csodálkozz, hogy ezt hallod tőlem. Jól értetted: az időhajózás létezett, csak a „nagy" Haszin elnök tiltotta be uralkodása kezdetén.

Norbi még sohasem hallotta ilyen hangsúllyal kiejteni Haszin elnök uralkodói állandó jelzőjét.

– Ám hiába is próbálják tagadni – folytatta a Köpenyes –, az emberek tudják az igazságot, még ha megfélemlítve nem is mernek beszélni róla. A diktatúra saját jól felfogott érdekében igyekszik elejét venni a szóbeszédnek. Azért kutatnak fel minden elérhető bizonyítékot, ami az időhajózáshoz kötődik, hogy megsemmisítsék. Ami pedig az embereket illeti... Ne legyenek illúzióid, Norbi! Velük ugyanez a terv. Az érettség legbiztosabb jele a leszámolás az illúziókkal. Elmondod, mit kért tőled, vagy mivel bízott meg ez az ember, aki minden jel szerint az állambiztonságiak ügynöke?

– Azt mondta, ha bárkinek beszélni merek róla, akkor nekem végem.

A Köpenyes tett hátra egy fél lépést.

– Kezedben a döntés. De én attól tartok, hogy éppen akkor lesz véged, és nemcsak neked, hanem másoknak is, ha teljesíted a kérését, bármi legyen is az. Jól gondold meg, Norbi, aztán beszéljünk újra!

*

A bőrönd ott lapult a pince mélyén egy csomó kartondoboz, használt szőnyeg, rossz cipők és egyéb kacat alatt. Norbi nagy nehezen kiszabadította, lefújta róla a port, majd felcipelte a pincelépcsőkön. Anyja nedves ronggyal törölgette át, mielőtt beengedte a lakásba. Azután együtt bogozták ki az átkötőszíjakat, együtt pattintották fel a zárakat, és nyitották fel a sarkain már foszladozó fedelet.

Percek teltek, órák múltak észrevétlenül, amint a régi levelek és fényképek nyomán feléledt, és melléjük szegődött a múlt. Körülvette őket, mintha időhajóval merültek volna évtizedekkel ezelőtti időkbe, amikor még Norbi anyja se volt a világon, nagyapa pedig épp ifjúkori botlásait követte el, amint kereste helyét a világban, mint minden fiatal.

Mélyebbre túrva a levelek közt egy könyvecske akadt Norbi kezébe. Sima, dísztelen, szürke fedelű kötet, amely a feketebetűs Merülési Szabályzat címet viselte. A fiú felütötte az első oldalon, és ezt olvasta:

Bevezetés

Az emberiség régi álmának, az időutazásnak megvalósulásával egyidejűleg szükségessé vált, hogy felmérjük eme új lehetőség hatását a múltbéli cselekedetek és történések, a kultúrák és hagyományok, az írott emberi történelem és az azt megelőző korszakok, vagyis a legtágabban értelmezett *múlt* egészére, amelyet szemléletünk szerint a felsorolt elemek egymásra épülve vagy egymás ellenében, egymást erősítve vagy gyengítve, olykor egybeolvadva, máskor közös tőről szétágazva, de mindenképpen egy oksági háló láncszemeiként hoznak létre.

Az időutazások során egy gyökeresen új, minden előzmény nélküli esemény, a jelen és a múlt közvetlen találkozása, ütközése, kölcsönhatása valósul meg. A következmények beláthatatlanok, a tapasztalati gyűjtőmunka ezen a téren épp csak elkezdődött, ám bizonyos filozófiai koncepció eme kezdeti eredmények birtokában is már e korai stádiumban kirajzolódni látszik. Ennek sajátosságait szem előtt tartva igyekszik jelen szabályzat a követendő irányelveket lefektetni, a részletes szabályozást kimunkálni.

Reméljük, hogy munkánk eredményének gyümölcseit az egész emberi civilizáció fogja élvezni!

Időkutatási Minisztérium

Lapozott egyet.

I. A Szabályzat célja

1.§ A Merülési Szabályzat (továbbiakban: Szabályzat) célja a saját jelenének idősíkját elhagyó járművek személyzetének és utasainak viselkedését szabályozó előírások egységes keretbe foglalása a járművek üzemeltetése, rendeltetésszerű használata, ill. a járműnek más idősíkokban történő elhagyása során azzal a céllal, hogy

(a) a merülésben résztvevő személyek testi épségét megóvja

(b) a nem kívánatos cselekményeket megelőzze

(c) a múlt integritásának megőrzése (észrevétlenségi passzus)

(d) a múltban szándékosan végzett változtatásokat a minimumra csökkentse (minimális beavatkozás elve).

II. A Szabályzat hatálya

2.§ A Szabályzat hatálya kiterjed minden Madison-elven működő időmotorral felszerelt, saját jelenének idősíkját elhagyni képes, a Madison-féle parittyahatás felhasználásával visszatérő polgári célú jármű üzemeltetőjére, személyzetének tagjaira és utasaira.

3.§ Az Időkutatási Minisztérium egyedi felhatalmazás alapján, a kormány vagy a kijelölt kormányszervek megbízása alapján különleges feladatok ellátása céljából végrehajthat a Szabályzat hatályán kívül eső merüléseket is. Ezekre a megbízó szerv által kibocsátott megbízásban, külön fejezetben felsorolt szabályok irányadóak.

4.§ Rendkívüli helyzetben a bázisparancsnok soron kívüli merülést rendelhet el.

5.§ Katonai célú merülés a Hadügyminisztérium illetékes szerveivel, vagy más, erre a célra kormányrendeletben kijelölt kormányszervekkel együttműködve valósítható meg.

És így tovább. Ismét lapozott, de szemét már csak a vastagon szedett fejezetcímeken futtatta át:

III. Az időhajók üzemeltetése. Az indítóbázis feladatai és személyi állománya.
Rendkívüli helyzetek

IV. Az időhajók személyi állománya

V. Útiterv készítése. Engedélyeztetési eljárás. A merülés dokumentálása.
A hajónapló

VI. Az időhajó elhagyása másik idősíkban. Ügyelet a fedélzeten.

VII. Beavatkozás másik idősíkban. A minimális beavatkozás elve.
Az észrevétlenségi passzus

VIII. A büntetőjogi felelősség egyes kérdései

IX. Vegyes és záró rendelkezések

Kezében tartotta a legfőbb bizonyítékot, az Időkutatási Minisztérium dokumentumát. Ezek után kétség sem férhet többé az időutazás valóságához, bármire esküdözzenek is az ezért fizetett tudósok. Elgondolkoznia már csak egyetlen dolgon kellett: mihez kezdjen vele? Adja át az ügynöknek – magában már csak így nevezte, mert ösztönösen érezte, hogy a Köpenyesnek igaza van –, vagy rejtegesse tovább? Legjobb ötletnek még az látszott, ha tanácsot kér a tanár úrtól. Ám ezt csakis négyszemközt, tanúk nélkül tehetné meg, ami egyáltalán nem ígérkezett könnyű feladatnak a mindig nyüzsgő gimnáziumban. De mit mondjon az ügynöknek, aki anyagot vár tőle nagyapja hagyatékából az időhajózásról, hogy cserébe befejezhesse a tanévet, és leérettségizhessen?

Váratlanul egy másik könyvre akadt a bőrönd legmélyén. Előhúzta: egy hajónapló. Belelapozott, s mindjárt az első oldal cirkalmas betűi elárulták, hogy az *Antares* naplóját tartja kezében. A naplószerű, dátummal ellátott, tömör bejegyzések között fényképeket helyeztek el. Akárha egy színházi évkönyvet tartott volna kezében, melynek társulata az ógörög tragédiáktól Shakespeare-en és Ibsenen át Mordensee-ig, a méltatlanul elfeledett XXII. századi színpadi szerzőig ad elő darabokat, annyiféle kosztümben és díszlet közt tűntek fel a hajó utasai. Nyilván azért, mint Norbi kezdte pedzegetni, hogy eleget tegyenek a Merülési Szabályzat 1.§. (c) pontjának, amely az észrevétlenségi passzus megjelölést viselte. A kosztümök a hajó jelenének mesterségesen előállított termékei lehettek, azonban a díszletek nagyon is valóságosak voltak: az adott kor homlokzatai, palotabelsői, királyi udvarai, csataterei; mindazon helyszínek, amerre az *Antares* megfordult az idők folyamán. Norbi egyik ámulatból a másikba esett. Csak most fogta fel teljes mélységében Zoé szavait, hogy „az időutazás valami egészen elképesztően csodálatos dolog lehetett".

Az igazi nagy felfedezést mégis az anyja tette. Mikor fia a kezébe adta az *Antares* hajónaplóját, nagyítót vett elő, s erős lámpafénynél azzal tanulmányozta át tüzetesen valamennyi fényképet. Egyszer csak elsápadt, majd felkiáltott:

– Nem! Ez nem lehet igaz!

– Mi történt, anya? – kérdezte izgatottan a fiú.

– Nézd – tolta az orra elé anyja a naplót –, nézd ezt a fényképet! Meg ezt itt! Meg ezt is!

Kezébe nyomta a nagyítót, hogy jobban lásson. Norbi tanulmányozni kezdte a három fényképet. A hajózó személyzet egy csoportja, öt-hat fő szerepelt mindegyiken. A spanyol uralkodók udvarában járhatott a hajó a XV. vagy XVI. században, Norbi erre következtetett a buggyos, fekete térdnadrágokból és hasonlóképp buggyos ujjú zekékből, fekete selyemharisnyákból, csatos cipőkből, malomkerékszerű, fehér körgallérokból, csúcsos süvegekből. Maga a hajó természetesen sehol sem látszott, érkezéskor nyilván gondosan elrejtették a kor bennszülöttei elől az észrevétlenségi passzus elvárásainak megfelelően. Csak a személyzet volt ugyanaz, akik más képeken az ókori Róma utcáin flangáltak beborozva, vígan, vörös szegélyű tógájukban, vagy zsakettben, csíkos nadrágban üldögéltek egy párizsi kávéház asztalainál az első világégést megelőző boldog békeidőben, kuglófot majszolva és habos kávét kortyolgatva.

– Látom nagyapát! – rikkantotta vidáman Norbi, amint az egyik zsakettes úriember arcán ismerős vonásokat fedezett fel.

– Én is láttam – mondta anyja csöndesen. – De nézegesd csak tovább, mert nem ez az igazi szenzáció!

Norbi tehát szorgalmasan böngészett tovább arcról arcra járva, a képkocka minden négyzetmilliméterét tüzetesen szemügyre véve, míg egyszer csak...

– Neee! Na neee! Ezt nem hiszem el!

A nagyapa mellett álló matróz arca szintén nem volt ismeretlen számára. Látta már ezeket a kemény vonásokat, ezeket a szúrós szemeket, ezt az akaratos ajkat, húsos orrot, göndörödő hajviseletet, ha nem is ennyire ifjonti kiadásban, hanem jóval idősebben, ám annál többször, annál több helyen. Számtalan helyen volt látható ez az arckép, elbújni is nehéz lett volna előle. Mégis időre volt szüksége, hogy elhiggye: akit lát, az nem más, mint a nagy Haszin elnök ifjúkorában!

Norbi a döbbenettől sokáig nem jutott szóhoz.

– Ezek szerint – nyögte ki végül – Haszin elnök is időmatróz volt egykor? Nagyapa ismerte őt? Mi több, egy hajón szolgáltak, az *Antares*-en?

A „nagy" jelző már rég nem jött oly könnyen a szájára, hát iskolán kívül nem erőltette.

– Láthatod a saját szemeddel – felelte anyja, és több magyarázatot nem fűzött hozzá.

– Mi lenne, ha megtudná a média?

– Eszedbe ne jusson, fiam! – óvta anyja a felmerülő, veszedelmes ötlettől. – A titkosszolgálat emberei mindenhol ott vannak. Azonnal megtudnák, honnan származik az információ, és akkor neked véged! Még a holttestedet sem találnák meg, hogy tisztességesen eltemethesselek.

– Mégiscsak felháborító – hőzöngött tovább Norbi – ez a sok szemenszedett hazugság, amivel az embereket traktálják!

– Igazad van, fiam, de bele kell törődni, úgysem tehetünk ellene semmit. Csak magadnak ártasz, ha bármivel próbálkozol.

Norbi gondolatai ekkor új vágányon kezdtek haladni, s mindjárt ki is mondta, ami az eszébe jutott:

– Milyen viszony lehetett nagyapa és Haszin között?

De anyja mindjárt lehűtötte.

– Ne reménykedj! Az ilyen embernek nincsenek barátai. Ha mégis, azokat öleti meg elsőnek.

– Lehet, hogy ellenségek voltak? Nagyapa nem mondott valamit a többi matrózról?

– Nem mondott semmit, mindig csak a kalandokról mesélt, amiket együtt éltek át. Nekem mindig az a benyomásom támadt, hogy a barátság ismeretlen fogalom volt azon a hajón, talán a többin is, talán mindegyiken. Legfeljebb ivócimborák lehettek, ha úgy adódott.

– Milyen feladatokat kellett végrehajtaniuk a merülések során?

– Miért engem kérdezel? Ott a hajónapló a kezedben.

Norbi olvasásba merült, késő éjszakáig erőltette a szemét. Számos oldal íródott nagyapa kézírásával. És mire végigolvasta valamennyit, tisztába jött vele, miért kellett felszámolni az időhajózást.

*

Az ebédszünetben sikerült időt és alkalmat találni, hogy a Köpenyes zavartalanul végighallgassa Norbit. Közben arca mind jobban elkomorodott.

– Találtál tehát két könyvet otthon – összegezte az elhangzottakat.

– Egy szabályzatot és egy hajónaplót, amelyből kiderül, hogy a nagy Haszin elnök egyszerű időmatrózként kezdte pályafutását. Hm, hm.

– Nem hisz nekem a tanár úr?

– Hinni éppen hiszek, csak attól félek, hogy bajt hoznak még ránk ezek a könyvek. Legjobb lenne elégetni mindkettőt!

Norbi őszintén felháborodott.

– Elégetni a könyveket? Még mit nem! Abba sose egyeznék bele! Inkább elásom valahol, hogy ott vészeljék át, amíg áll ez a rendszer, de megsemmisíteni biztosan nem hagyom!

A Köpenyes halványan elmosolyodott.

– Persze, persze. Elfelejtettem, hogy történésznek készülsz. Minden forrásanyag becses kincs, igaz?

– Igaz – felelte mély meggyőződéssel a fiú.

– Az idők néma, mégis sokat mesélő, őszinte tanúi.

– Azok – helyeselt Norbi.

– Ne ijedj meg, én sem gondoltam komolyan azt a könyvégetést. Lássuk csak… Gondolkozzunk, mit is tehetnénk!

– Nyilvánosságra kellene hozni valahogy a naplót. Az rögtön leleplezné a rendszer hazugságát, és nem kellene éveket, netán évtizedeket várnunk Haszin elnök haláláig.

– Csendesebben, te! – szólt rá ijedten a Köpenyes. – Vannak dolgok, amiket kiejteni sem szabad a szádon! Még hogy Haszin elnök egyszer meghalhat? Ezt emlegetni egyet jelent azzal, hogy várod, kívánod a halálát. Felségsértés és hazaárulás, amelynek jutalma a halál.

– Tanár úr, én rájöttem valamire.

– Igen? És mi az? – készült indulni a Köpenyes. – Ne haragudj, mindjárt órám lesz.

– Csak annyi, hogy tudom, miért tiltotta be Haszin elnök az időhajózást.

A Köpenyes megtorpant.

– Komolyan beszélsz?

– Teljesen komolyan – válaszolta Norbi, és tanára az arcáról is leolvashatta, milyen őszintén beszél.

– No, erre feltétlenül szánok még pár percet. Beszélj!

– Nagyapám szerint az időmatrózok nem voltak gátlásos fiúk. Megszerezték, ami kellett nekik, és erre minden lehetőségük megvolt az időhajóval a kezükben. Tetszőleges korban, tetszőleges helyen bukkanhattak föl, ismerték a régi korok titkos trükkjeit, összes találmányát, tehát nem esett nehezükre például látogatást tenni egy gondosan lezárt kincseskamrában. A spanyol királyi udvarba a hódítások idején tömérdek arany és ezüst özönlött szobrok, pénzérmék és ékszerek formájában. Gályaszám hordták a kincseket, maga a király sem tudta, mekkora a vagyona, így aztán nem jelentett gondot a jövőből érkező legénység számára megcsapolni ezt a bőséges forrást. Meg is tették, nagyapám leírta őszintén a naplóban. És nem is a saját elhatározásukból cselekedtek elsősorban. Állami vezetőktől érkezett az utasítás. Más kérdés, hogy közben dolgoztak saját zsebre is, és ebben Haszin járt az élen, aki akkor még se nagy nem volt, se elnök, csak egy gátlástalan, tolvaj matróz. Már egész tekintélyes vagyont lopkodott össze, amikor egyszer csak észrevette, hogy fogyni kezd a készlete, amit magának rakott félre. Éktelen haragra gerjedt, és sorra gyanúsította meg a társait, mindenáron tudni akarta, ki merte meglopni őt. Sosem derült ki, melyikük volt a szarka, és nem került elő a tolvajtól ellopott értékek közül egy sem. Haszin kénytelen volt belenyugodni ebbe. Később politikai pályára lépett, úgy látszik, abban nagyobb lehetőséget látott a vagyonszerzésre, ám a leckét sosem felejtette el. Elnökké válása után első intézkedései közé tartozott az időhajózás betiltása.

– Arra gondolsz, hogy a bosszú vezérelte? – kérdezte a Köpenyes, aki mindeddig figyelmesen hallgatta Norbi fejtegetését.

– Nem. Én arra gondolok, hogy a konkurenciától igyekezett megszabadulni.

– Értem. Vagyis... várj csak... arra gondolsz, hogy az időhajózás igazából nem is szűnt meg, csak Haszin emberei titokban űzték, azaz űzik ma is tovább az aranygyűjtést, miközben a nyilvánosság felé az elvi lehetőségét is tagadják az időutazásnak?

– Pontosan így gondolom.

A Köpenyes elismerően nézett Norbira.

– Ez igazán kiváló szellemi teljesítmény, fiatalember! Gratulálok!

– És gúnyosan hozzáfűzte: – Sikerült újabb indokot szolgáltatnod a kivégzésedhez. Semmi pénzért nem lennék az életbiztosítási ügynököd! Már csak egyet mondj meg nekem: azt is tudod-e, hová lettek azok az értékes tárgyak Haszin időmatróz összelopkodott készletéből?

– Nem. Erről semmit sem írt a nagyapám. Illetve csak amennyit mondtam, hogy sose derült rá fény.

– Akkor gondolkozz! Ki fogod találni.

– Én??? Honnan tudhatnám, melyiküknek volt enyves a keze? Bármelyik matróz lehetett, egy se volt szent közülük.

– Okos fiú vagy te, törd csak a fejedet!

– A tanár úr tudja?

Norbi meglepetten látta, hogy a Köpenyes komótosan bólogat.

– Lehetetlen! – tört ki a fiúból. – Hisz azt se tudjuk, kik voltak azon a hajón, hányan voltak, melyikük mit csinált, merre járt, amikor eltűntek azok a... azt se tudjuk, pontosan mik tűntek el. Arany vagy ezüst tárgyak? Pénz? Gyémánt? És azt sem tudjuk, mikor tűntek el. Ennyiből maga Sherlock Holmes se lenne képes kitalálni, hogy ki tette!

– Nem is azt kérdeztem, hogy ki tette, hanem azt, hogy hová tűntek azok az értéktárgyak, amelyekre Haszin már a sajátjaként tekintett. Az idő a megoldás kulcsa, fiam, az idő! Sose feledkezz el az időről! Az idő... rendkívüli dolog. Furcsább a legfurcsább dolognál, amit el tudunk képzelni. Ahogy egy ókori verstöredék mondja: „Meglásd, nincs különösb az időnél semmi e földön..." Ez az idézet szerepelt az egyik legjelentősebb indítóbázis kapuja fölött Arizonában, míg a bázis meg nem semmisült. De ez egy másik történet.

– Nem nagyon értem, hová akar kilyukadni a tanár úr.

– Persze, hogy nem, hisz alig tudsz valamit az időről. De a parittyaeffektusról biztosan hallottál!

– Ó, a Madison-féle parittyahatás! – jutott a fiú eszébe, amiről Zoénak mesélt az Elhagyatott Területen. – A visszarendező természeti erő!

– Kapiskálod már, ugye? Azokat a tárgyakat az időmatrózok erővel ragadták el a saját korukból. Ahogy a parittyahatás egész időhajókat emel vissza a jelenbe, úgy juttatja vissza az összelopkodott holmikat is a saját korukba. Íme, a tökéletes rablás, minden rabló álma: hátrahagyott nyom nélkül, fülön csíphető tettes nélkül. Ráadásul még erkölcsileg sem ítélhető el. Mint Robin Hood, aki a gazdagok összeharácsolt aranyát adja vissza a szegényeknek, az idő is efféle igazságosztó.

*

– Szevasz, Norbi!
– Szevasz, Pucsek!
– Volna egy kis beszédem veled!
– Tessék, szünet van – dőlt hátra a megszólított.
Pucsek fél fenékkel Norbi padjára telepedett, és fennhéjázón tekintett le a fiúra.
– Nem tetszel te nekem.
– Ó, nagyon elszomorítottál! – hangzott a gúnyos válasz.
– Az nem tetszik – folytatta rezzenéstelen arccal az iskola kiváló birkózója és az osztály strébere –, hogy mostanában túl sokat sugdolózol a Köpenyessel.
– Mi kifogásod ellene?
– Miről bírtok annyit dumálni?
– Majd legközelebb meghívunk téged is, és akkor a saját füleddel hallhatod.
Pucsek felfortyanva hajolt előre.
– Én rendesen kérdeztelek, kisapám, akkor felelj te is rendesen, vagy ezzel tanítalak meg a tisztességre! – dugta öklét Norbi orra alá.
– Hú, nagyon megijedtem!
– Felelj, ha jót akarsz!
– Semmi olyanról nem beszélünk, ami téged érdekelne.
– Azt majd én eldöntöm. Tehát?

Norbi föl akart kelni, de útjában volt Pucsek hústoronyként fölé magasodó teste.

– Majd akkor mész ki, ha rendesen válaszoltál.

– Szakmai kérdésekről szoktunk beszélgetni – engedett Norbi kényszeredetten a testi erő nyilvánvaló fölényének.

– Miféle szakma?

– Én történésznek készülök, ő pedig történelemtanár. Dereng már valami?

– Konkrétabban?

– Hol erről, hol arról, ami épp soron következik.

– Például az időhajózásról?

Norbinak a szeme se rebbent.

– Néha arról is.

– Ugye tudod, hogy ez a téma tiltólistán van?

– A tantervben csupán a mélyebb elemzésre nem javasoltak között szerepel. Irodalmi anyagként feldolgozható példaként a városi legendákra.

– Szerintem viszont simán kirúgnák a Köpenyest, ha valaki jelentené Donászi igazgató úrnak, mi folyik az óráin.

– Nem folyik ott semmi szabálytalan. De tessék, szaladj az igazgató úrhoz, ha nekem nem hiszel!

Pucsek némán méregette áldozatát.

– Neked mit mondott az időhajózásról?

– Téged komolyan ez érdekel?

– Felelj!

– Nos, ha épp tudni akarod, a legendákról szoktunk beszélgetni.

– Azokat már megbeszéltük az órán.

– Tudod, Pucsek, ez egy kicsit bővebb téma annál, mint ami negyvenöt percbe belefér.

– Konkrétan mi az, ami több annál?

– Például? – tűnődött el Norbi. – Például Frank Madison élete.

– Ki az a Frank Madison?

– Hallottál már a madisoniumról?

– Nem. Mi az? Sportrendezvény?

– Nem találtad el. A madisonium a 148-as rendszámú szupernehéz elem, amit erről a Madisonról neveztek el, aki valóban létező személy, kutató fizikus volt a maga korában, úgy két évszázaddal ezelőtt.

– És hogy jön ez az időhajózáshoz?

– A legendák szerint ő dolgozta ki az időutazás elvi alapjait a madisonium tulajdonságaira alapozva. Mindez persze csak legenda, más szóval hazugság, egy kukk nem igaz az egészből. Nehogy már elhidd! Ráadásul más mendemondák szerint épp ő akadályozta volna legerélyesebben az időutazás elterjedését, egyszóval elég zűrös a kép. Most megnyugodtál?

– És még?

– Mit „és még"?

– Tovább! Miről beszélgettetek még?

– Sok legenda maradt fenn. Mindre kíváncsi vagy?

– Te csak mondjad! Majd én szólok, ha abbahagyhatod.

– Rendben. Halt könyve. Ez is érdekel?

– Mondjad!

– Nos, ez a Halt már sokkal problémásabb személy, az se biztos, hogy egyáltalán létezett.

– Miért nem?

– Bizonytalanok a személyes adatai. Egyesek szerint ő valójában nem más, mint Henry Arlington professzor, aki feltalálta a jövőbe utazást.

– A jövőbe nem lehet utazni! – mordult fel Pucsek.

– Miért, a múltba lehet? – nézett fel gúnyosan Norbi.

– Oda sem, persze, hogy nem, sehova sem, semmiféle időutazás nem létezik, nem lehetséges – hebegett Pucsek összevissza, mérgesen, amiért belezavarták. – És mit csinált ez a Halt... vagy Arlington... vagy akárki?

– Miután feltalálta a jövőbe utazást? Persze csak a legendában, nem győzöm hangsúlyozni! Szerinted?

– Elutazott a jövőbe?

– Látod, tudsz te, ha akarsz – csapott Pucsek combjára. – Nem is értem, miért mondják egyesek, hogy minden birkózó ostoba tahó.

Pucsek vastag bőrét még ez a nyílt gúny sem ütötte át.

– És mi van a könyvével?

– Azt nem tudom. Valami matematikai értekezés az idő vektoros természetéről, az extraidőről, az idő dimenzióinak számáról meg hasonlókról.

– Hagyd ezt az áltudományos halandzsát!

Norbi megelégelte Pucsek faggatózását.

– Na, most már tényleg engedj! Mindjárt kezdődik az óra, és nekem még ki kell mennem.

– Mi vagy te? Hugyos vénember, aki nem képes visszatartani? – vigyorgott Pucsek, miközben lekászálódott a pad tetejéről, utat engedve Norbinak, majd lesajnálóan legyintett egyet, és faképnél hagyta.

Norbi kimászott a padból, megvetően Pucsek után bámult, majd nyújtózott egy nagyot.

– Ez a Halt tényleg elutazott a jövőbe? – kérdezte egy vékony hang a háta mögül.

Norbi megperdült, és Fanni, a mindig csöndes Fanni arcát pillantotta meg.

– Hát te hogy kerülsz ide?

Fanni egykedvűen vállat vont.

– Nem mentem ki a többiekkel a folyosóra.

– Nem vettelek észre.

– Engem nem szoktak. Senki se szokott. Szóval, mi volt ezzel a Halt nevű emberrel?

– Semmi. Nem érdekes. Tudod, ez is csak legenda, mint a többi.

– Jól van – vont vállat ismét a lány. – Nem mondod, ha nem akarod. Nem muszáj nekem mesélni.

Norbi megsajnálta.

– Egyszer majd elmondom, jó? Csak neked elmesélem az összes legendát, amit csak ismerek. Megígérem!

– Jól van – felelte közömbösen Fanni, és már a füzeteivel matatott, hogy előkészítse a következő órára.

*

Gyönyörűen sütött a nap, színes zászlók lengtek, lobogtak a telepi gimnázium udvarán, a falakról több helyütt is a nagy Haszin elnök tekintett le mozaikfreskó formájában a tanulóifjúságra, mindehhez hangosan szólt a jókedvű zene, míg az ügyeletes diákok parancsszavára az osztályok felsorakoztak a számukra kijelölt helyen, első sor pontosan a felfestett csíkra állva. Norbi nézte, mint özönlenek ki a lépcsőház kapuján a zene ritmusára a mind újabb és újabb osztályok, egy pillanatra Zoé haját is látta megvillanni, de persze nem mehetett oda, neki már a helyén kellett állnia. Régen látta, mert a feljelentés óta a lánynak megtiltották a szülei, hogy találkozzon, vagy akár csak szóba álljon vele. Így aztán csak néhanapján mosolyogtak egymásra, ha az iskolában egymás közelébe sodorta őket a véletlen.

A zene hirtelen elhallgatott. A váratlan, ünnepélyes csendben Donászi igazgató úr kimért léptekkel közeledett az emelvényhez. De nem lépett fel rá, hanem megállt mellette. Majd intésére a tanárok soraiból egy fiatal, csinos, lelkes, az ünnepi alkalomhoz öltözött fehér blúzos, fekete szoknyás, kontyba fogott hajú tanárnő lépett elő, haladt végig az emelvényen, és állt meg a mikrofon előtt. Némi lámpalázas, izgatott várakozás után megszólalt:

– Tisztelt igazgató úr! Tisztelt kollégák! Kedves diákok! Ünnepet ülünk a mai napon a telepi gimnáziumban, s velünk együtt ünnepel külsőségekben és lélekben az egész ország. Ma van a harmincadik évfordulója, hogy a nagy Haszin elnök hatalomra kerülve elsöpörte mindazt a tehetetlenséget, tétovaságot és teszetoszaságot, ami a korábbi „demokratikus" kormányzatok működését jellemezte. Helyette ma már egyetlen ember tiszta és megkérdőjelezhetetlen eszméi uralkodnak e hazában, és ez az egyetlen ember nem más, mint a mi hőn szeretett, bölcs vezérünk, a NAGY HASZIN ELNÖK!!!

Egetverő éljenzés rázta meg a szebb napokat is látott telepi gimnázium régi falait. A szűnni nem akaró tetszésnyilvánításnak messze szólóan kellett hirdetnie, mily őszinte imádat lakik a bölcs vezér iránt hű népének szívében. Donászi igazgató úr az emelvény mellett csendben ácsorogva hallgatott, arcáról nehéz lett volna leolvasni bármit. Hozzá hasonlóan a mögötte felsorakozó tanárok is csak halkan beszélgettek egymással, nem vettek részt a zajos ünneplésben. A lelkes diáktömeg, amely rendkívül élvezte, hogy az iskolaudvaron szabadon üvölthet, csak nagy sokára csendesedett el, akkor ismét a fiatal tanárnő vette át a szót:

– A mai különleges napon más okunk is van a nagy-nagy ünneplésre. Az Akadémia Tudományos Tanácsa közleményben hozta nyilvánosságra, hogy a nagy Haszin elnök útmutatásai alapján már régóta végzett kísérleteik mostanra eredményre vezettek. Tisztelt honfitársaim! Örömtől repeső szívvel jelenthetem be önöknek: tudósaink feltalálták az életelixírt, az örök élet italát. Már nincs messze az idő, amikor mindannyian részesülhetünk eme áldásból tudósainknak és a nagy Haszin elnöknek köszönhetően. A tudomány eme friss eredményének háromszoros HURRÁÁÁ!

– HURRÁÁÁ! HURRÁÁÁ! HURRÁÁÁ! – zúgott a tanulók feje fölött, és a hangszórók ismét pattogó rézfúvós indulóba kezdtek. Percek múltán, miután ismét elcsendesedett az udvar, így folytatta beszédét:

– Az első kezelést csakis arra érdemes, olyan kiváló ember kaphatja, akiben megtestesül az egész nép bizalma és élni akarása. Ma reggel született meg a bölcs döntés, hogy az első, és a tömeges alkalmazás elterjedéséig az egyetlen állampolgár, aki az örök élet előnyeit hazája javára fordíthatja, vitán felül csakis a mi szeretett vezérünk lehet, a NAGY HASZIN ELNÖK!!!

Zene és hosszú éljenzés követte beszédét. Mindenki azt hitte, hogy az ünnepség ezzel be is fejeződött, pedig még hátra volt a legeslegnagyobb meglepetés.

– És most hadd jelentsem be azt a megtiszteltetést, tisztelt kollégáim, diákjaink és igazgató úr, amiről eddig a percig álmodni se mertünk. Az imént kaptuk az értesítést a legfelsőbb helyről, magának a nagy Haszin elnöknek a sajtóirodájától, hogy a mi hőn szeretett, bölcs vezérünk a mai napon MEGLÁTOGATJA ISKOLÁNKAT!!!

Éljenzés közben máris mindenki elkezdte forgatni a fejét, hogy elsőként pillanthassa meg a személyesen még csak kevesek által látott nemzeti bálványt. Haszin elnök ugyanis soha nem kereste a népszerűség populista formáit. Nem vett részt tömeggyűléseken, nem adott interjút, nem szerepelt semmilyen médiában. Épp ezért hatott minden képzeletet felülmúló szenzációnak, hogy most mégis személyesen jelenik meg egy középiskolában.

Senki sem tudta, merről fog érkezni az elnök. Legkézenfekvőbb természetesen az udvari kijárat lett volna, amelyen át a diákok és a tanárok is elhagyták az épületet, de az agyafúrtabbak más megoldásokon gondolkoztak. Sokan tekintgettek az emeleti folyosók ablakaira. Még az a vélemény tűnt legelfogadhatóbbnak, hogy az első vagy második emeleti folyosó középső ablakában fog az elnök megjelenni, és onnan integet majd a diákseregletnek, netán onnan intéz beszédet is hozzájuk. Ezért amint megmozdult az egyik ablaktábla, a felhördülő tömeg máris egy emberként fordult arra, ám csak az egyik folyosóügyeletes diák szeplős arca vigyorgott vissza rájuk.

Az izgalom percről-percre fokozódott. Volt, aki elájult, de csak lefektették a fal mellé, mert nem akadt senki, aki kivigye. Senki nem akarta elmulasztani ugyanis a jelentőségében felülmúlhatatlan pillanatot, amikor a nagy Haszin elnök személyesen jelenik meg az iskola valamely pontján.

Néhányan már a tetőablakokat vették sorra, hátha azok valamelyikében bukkan fel az elnök, és logikusnak tűnt a magyarázat, hogy ilyen magas posztot betöltő ember csakis ilyen magas helyen jelenhet meg. És végül majdnem nekik lett igazuk, mert egyikük egyszer csak felkiáltott:

– Ott van!

Minden szem arra fordult. Mindenki megfeszült az igyekezettől, hogy végre megpillanthassa az elnököt, ám minden erőfeszítés eredménytelennek bizonyult. Az elnök nem volt sehol.

– Ott! Ott!

Valaki végre szintén megpillantotta, és futótűzként terjedt a hír: ott fenn, ott fenn az égen, az a picike fekete pont. Az egy helikopter! Abban ül a nagy Haszin elnök!

A zenekar rákezdett, hosszan játszott, a tömeg még éljenzett egy darabig, hátha mégiscsak felbukkan az elnök személyesen, de már fogyatkozó lelkesedéssel, aztán lassanként lecsillapodtak a kedélyek. Végre Donászi igazgató úr lépett a mikrofonhoz. Arcán nyoma sem volt csalódásnak, helyette szokásos egykedvűsége uralkodott rajta.

– Az osztályfőnökök vezessék vissza osztályukat a tanterembe!

Norbi ugyanezt az egykedvűséget látta a Köpenyes arcán, akit felfedezett a tanárok soraiban, és ugyanezt a tanárok többségének arcán is.

Egyszer csak valaki megfogta a karját. Gyorsan megfordult, és Zoét pillantotta meg, aki osztályát elhagyva, nyilvánvalóan megszegve a rendet és a fegyelmet, odasietett hozzá. Arca szomorúnak tűnt.

– Szia! – mondta a lány, és csak állt elfogódottan.

– Szia! – felelte Norbi, és ő is kilépett a sorból, mert osztálya épp elindult a lépcsőház felé.

– Búcsúzni jöttem.

– Máris hazamész? – próbálta Norbi könnyedséggel elnyomni feltámadó balsejtelmeit.

– Úgy értem, végleg. Elköltözünk a telepről.

– Remélem, nem túl messzire!

– Elhagyjuk az országot. Apám már régóta próbálja elintézni, hogy mehessünk, és most sikerült neki. Azt hiszem, lefizetett pár tisztviselőt. Azt mondta, nem szabad késlekednünk egyetlen napot se, mert itt nincs biztonságban se az életünk, se a vagyonunk, bármikor elvehetik mindenünket. Holnap kora reggel indulunk repülővel messzire… A tengerentúlra… Nem is bánom. Igazából csak téged sajnállak itt hagyni. Jó volt veled, sajnálom, hogy anyáék úgy felkapták a vizet, és bekavartak. Igaz, ebben én is vétkes voltam, mert én mondtam nekik, hogy te meg én… szóval, hogy megtettük. Bosszantott, hogy mindig úgy kezelnek, mintha még óvodás lennék. Ha tudtam volna, hogy ez lesz belőle… Meg tudsz nekem bocsátani? Ja, és még azt akartam neked elmesélni, hogy igazad lehetett az időhajózást illetően. Apámék is azt mondták, amikor megkérdeztem tőlük, hogy valóban létezett, csak nem szabad beszélni róla senkinek, mert bajba kerülhetünk.

– Én már benne is vagyok nyakig – felelte Norbi kesernyés mosollyal.

– Majd csak kilábalsz belőle. Ügyes fiú vagy te!

– Megpróbálom, mást úgysem tehetek.

– Hát… vigyázz magadra! Egyszer majd biztosan találkozunk. Fogok írni neked. Küldök képeslapot…

Nyomott egy gyors puszit Norbi arcára, azzal elment az osztálya után.

Norbi csak állt az udvaron magára maradva, és fogalma sem volt, mennyi idő telhetett el, amikor valaki ismét megragadta a karját, ám ezúttal durván, erőszakosan.

– Melyik osztály?! – üvöltött rá egy ügyeletes diák, karszalagja vörös foltként hullámzott a fiú szeme előtt.

– IV. G. – suttogta Norbi alig hallhatóan, mert a torkát szorongatta valami.

– Azok már rég fölmentek! – üvöltött tovább a karszalagos. – Mit ácsorogsz még itt? Gyerünk fölfelé te is! Lódulj!

Nehézkesen megindult, magától vitte a lába, amerre kellett. Agya üres volt, nem tudott gondolni semmire. Fölért az emeletre, és be akart fordulni az üres folyosón az osztályterem felé, de hirtelen megtorpant. Ismerős alakot vett észre a folyosó kanyarulatában. A sötét öltönyös ügynök állt ott egy ablakmélyedésben, és csöndes, szőke osztálytársnőjével, Fannival beszélgetett.

Norbi is gyorsan behúzódott egy ablakmélyedésbe. Ösztönösen tette, és most dobogó szívvel azon töprengett, hogyan tovább. Az öltönyössel való találkozást mindenképpen el akarta kerülni, mert félt, hogy beszámoltatja megbízatásáról. Rég elhatározta már, hogy nem tesz neki eleget, ám azzal is tisztában volt, hogy ennek nyílt felvállalása jóvátehetetlen törést okozna életében. Így hát halogatta döntése közlését, ameddig csak lehetett.

Gyorsan végiggondolta, miket hallhatott Fanni, amikor Pucsek beszélgetésre kényszerítette. Csak most merült föl benne, hogy Fanni talán nem is véletlenül tartózkodott a teremben. Ezek összejátszanak, villant át az agyán. Pucsek az erő, Fanni az ész. Pucsek kikérdezte, Fanni pedig megjegyzett vagy talán le is jegyzett mindent, és még a végén is próbált kihúzni belőle, amit csak lehetett.

Az ablakmélyedésből, ahová elrejtőzött, nem hallotta, hogy azok ketten mit beszélnek, még azt sem, beszélnek-e egyáltalán. Óvatosan kidugta a fejét, de már nem látta egyiküket sem. Visszasietett az osztályterembe, ahol még tartott a szünet. Pucsek a fiúk körében szájaskodott, mindannyian nagyokat nevettek. A lányok elvonultak valahová, csak Fanni ült a helyén egymagában, csendesen, észrevétlenül, mint mindig. Norbi undort érzett iránta. Inkább elfordult, észre ne vegyék rajta.

*

Ide-oda rakosgatta a bőröndből előkerült könyveket, leveleket. Az utóbbiak leginkább személyes tartalmúak voltak. A Merülési Szabályzat mint száraz, jogi szöveg, egyszeri átlapozás után kikerült Norbi érdeklődésének látóköréből. Az *Antares* naplója azonban még tartogatott meglepetéseket.

Csak olvasta, és nem akart hinni a szemének. Amiként nem hitt a Köpenyes sem, amikor másnap alkalmat keresett és talált, hogy ismét négyszemközt beszélhessen vele. Ültek késő délután a már kiürült tanáriban, kint lassan sötétedett, a Köpenyes elgondolkozva bámult ki az ablakon, Norbi pedig izgatottan egyre csak azt leste, hogy mit szól majd a felfedezéséhez.

– Egy valódi, működőképes időhajó – szólalt meg egyszer csak a Köpenyes. Halkan beszélt, mint mindig, ha ez a téma került szóba, már régen vérévé vált az óvatosság. Szemét résnyire hunyorította, úgy mérlegelte az elképzelhetetlen tényt. – Szerintem lehetetlen! Én ezt nem hiszem el!

– Pedig lehetséges, tessék elolvasni! – unszolta Norbi, és tanára orra elé tartotta a hajónaplót, amit magával hozott az iskolába.

– Jézusom, te ezt csak így…? – fakadt ki a tanár úr, amikor meglátta, hogy a fiú egy nejlonszatyorban lóbálva hozta magával a pótolhatatlan, értékes kordokumentumot.

– Persze, mi baja eshetne? – felelte Norbi a fiatalok szokásos könnyelműségével.

A Köpenyes óvatosan az asztalra helyezte a kötetet, és még óvatosabban kezdte forgatni a lapokat. Hosszú-hosszú idő telt el, kint már egészen besötétedett. Norbi nem nézett az órájára. Érezte, hogy ami most történik, annak fontossága hétköznapi léptékkel nem mérhető. Tudta, hogy történelmi jelentőségű pillanatokat él át a tanári szoba halványan izzó, kékesfehér fényű, halkan zúgó neonvilágítása alatt.

Nagyon sok idő telt el, mire a Köpenyes végre megemelte és megcsóválta fejét, mintha még mindig nem hinné el, ám végül kijelentette:

– Talán igazad van. Az a hajó még tényleg létezhet valahol.

– Sejtem is, hogy hol – szólt izgatottan Norbi.

– Valóban?

Norbi a könyv után nyúlt.

– Itt, ugye, azt írja: „Amikor megkaptuk a parancsot, gondolkodóba estünk, mitévők legyünk. Egyikünknek se fűlött hozzá a foga, hogy szeretett hajónkat, mely sok éven át volt az otthonunk, átadjuk a bontó munkásainak, hogy a lepusztított váz az enyészeté legyen. Miután néhányan, akiket megbízhatatlannak ítéltünk, elhagyták a hajót, gyors tanácskozást tartva inkább úgy döntöttünk, elvisszük egy titkos tárolóhelyre, amit minden lehetséges eszközzel lezárunk, hogy tartalmához ne férhessen senki illetéktelen, s így is tettünk. Szabályosan leállítottuk és konzerváltuk az összes fedélzeti berendezést, hogy később könnyen újraindíthatók legyenek. Utána megfogadtuk erős esküvéssel, hogy a hajó helyét soha el nem áruljuk senkinek mindaddig, míg újra olyan idők nem járnak szegény hazánk fölött, mely kedvez az időhajózás újbóli fellendülésének."

– Semmi konkrétumot nem tudok kihámozni ebből – mondta a tanár úr.

– Ennyiből még nem is lehet – felelte Norbi –, ám itt – lapozott néhányat –, később azt írja: „Elhatározásunk megvalósítására egyetlen alkalmas hely kínálkozik. El kell vinnünk a hajót oda, ahol a legkevésbé fogják keresni. A bázisra!" És még később: „Titkunkat immár a föld mélyére bíztuk. Rejtse, ha kell, mindörökké!"

– Arra gondolsz, hogy…

– Az egész országban egyetlen indítóbázis működött, mégpedig a mai Elhagyatott Terület helyén. Szerintem a bázis föld alatti hangárainak egyikébe zárhatták az *Antares*-t. Lehet, hogy a csarnok föld alatti része nem is semmisült meg, mivel csak a kupolát rombolták le és az indítóállásokat. A többit befedte a föld meg a törmelék. Csak ki kellene ásni!

– Ez puszta feltételezés, azt ne mondjam, spekuláció. Erről az egyetlen indítóbázisról maradtak fenn feljegyzések, ám könnyen lehet, hogy volt több is, csak azoknak a nyomát még a tervtárakban is felszámolták. Nem tudhatjuk.

– Megtudhatjuk, ha odamegyünk, és megkeressük!

– Arra gondolsz, hogy ásatásba kezdjünk az Elhagyatott Területen? Mi ketten egy ásóval és egy lapáttal?

– Miért ne?

– Fiam, fiam, ezt te sem gondolhatod komolyan!

– Azért, mert tiltott terület?

– Talán tiltott, talán nem, ezt ma már nehéz megmondani. De ebben az országban, ahol mindenkit megfigyelnek, meddig maradhatna titokban a mi kis akciónk? Ha pedig rajtakapnak, odalesz a hajó, és odaleszünk mi is. Nem követhetünk el ekkora hibát!

– Márpedig, ha megtalálnánk azt a hajót, többé senki sem állíthatná, hogy csak mese vagy legenda az időhajózás! Akkor újraéledhetne, és...

– Bár ilyen egyszerűen mennének a dolgok ezen a világon! – hűtötte le a Köpenyes a lelkesedéstől felhevült fiút. – De amíg a csillagot is le lehet hazudni az égről, addig semmi esélyünk. Várni kell, egyebet nem tehetünk. Eszedbe ne jusson keresni azt a hajót! Az idő majd kiforogja magát, és egyszer elhozza a megoldást!

*

– Zavarhatlak, Norbi?

A fiú csodálkozva pillantott fel. Az óraközi szünetben magányosan olvasgatott az üres teremben, amikor megszólították. Fanni állt a padja előtt.

– Mit akarsz még? – kérdezte elborult tekintettel.

– Múltkor megígérted, hogy mesélsz majd nekem legendákat az időhajózásról. Most nincs itt senki, alkalmas lenne.

– Felejtsd el! – vetette oda a fiú foghegyről.

– Felejtsem el? – a lány arcán őszinte értetlenség tükröződött.

– Nem állok szóba olyasvalakivel, aki jelentget rólam holmi ügynököknek.

– Megláttál tegnap, amikor beszélgetett velem – mondta Fanni egykedvűen. Nem kérdés volt, hanem megállapítás.

– Ennyi nekem elég is!

– Tudja, hogy jogi pályára készülök, és megkérdezte, szeretném-e, ha biztosan fölvennének az egyetemre. Mondtam, hogy persze, de

228

amikor közölte az árát, hogy jelentéseket kellene írnom az osztálytársaimról meg a tanárokról, melyikük mit gondol, milyen véleményt nyilvánít a többiek előtt, akkor nemet mondtam.

– És ezt el is higgyem neked?

– Te döntöd el, mit hiszel el és mit nem. Én az igazat mondom.

Norbi elbizonytalanodott. Kezdett hinni a lánynak, mert megérintette egyszerű őszintesége.

– Nem lett dühös, amiért nemet mondtál?

– Nem az a könnyen dühbe guruló fajta. Csak annyit mondott, hogy gondoljam át még egyszer, mert a jövőm forog kockán.

– Ebben maradtatok?

– Megkérdeztem: mi lesz, ha végleg nemet mondok? Azt felelte, semmi. Majd akad más, aki jobban tovább akar tanulni, mint én. Persze ez is burkolt fenyegetés. Hiszen ha nem tudok továbbtanulni, az érettségit a fülem mögé tűzhetem.

Norbi megenyhült.

– Nem gondoltam, hogy ilyen bátor lány vagy. Tudod, engem is megkerestek, és én nem mertem azonnal, határozottan visszautasítani az ajánlatukat.

– Akkor mesélsz nekem az időhajókról?

– Mesélek, persze. És várj, mindjárt mutatok is valamit – vette elő hirtelen feltámadó bizalmában az *Antares* hajónaplóját a nejlonzacskóból.

*

A fekete öltönyös ügynök a folyosón csípte el Norbit. Őt is egy ablakmélyedésbe vonta, ahogy múltkor Fannit. Mint tanároknak a katedra, neki ez volt a kedvenc beszámoltató helye a gimnáziumban. Udvarias és hideg volt, mint mindig, minden mondatát előre megfontolta. Azt mondta a diáknak, hogy csak egy percet kér, aztán mehet az órára.

– Megállapodtunk legutóbb, hogy a nagyapád hagyatéka közt időhajózással kapcsolatos anyagokat keresel. Mit találtál?

– Semmit – tagadott Norbi. – Pedig átnéztem sok levelet és fényképet, de semmi.

Az ügynök cseppet sem látszott bosszúsnak, türelmesen folytatta:

– Kell ott lennie valaminek. Biztosan tudom, hogy lennie kell. Gondolkozz csak!

Világos volt, hogy nem hisz neki. Norbi úgy tett, mint aki komolyan töri a fejét.

– Sajnos nem emlékszem semmi olyasmire...

– Egy hajónaplót keresek – mondta ki az ügynök kerekperec, és Norbi ereiben megfagyott a vér. Fanni mégis elárulta?

– Ha nem adod elő, házkutatást tartunk nálatok, és az sokkal kellemetlenebb lesz, mint ez a kis beszélgetés.

– Mondom, hogy semmit... de miből gondolja?

– A szüleidtől hallottam.

– Anya nem mondhatott ilyet – tiltakozott Norbi felháborodottan.

– Nem is mondtam, hogy az anyád – szólt az ügynök, és a fiú arcát tanulmányozta.

Norbi nem értette.

– Apa elhagyott bennünket, amikor még kicsi voltam. Azt se tudjuk, melyik zugában él a világnak.

– Nem érdekes – felelte nyugodtan az ügynök. – Az számít, hogy mielőtt elment, részletes vallomást tett mindarról, amit apósa az időhajózás terén tett vagy mondott. Ez volt a feltételünk, hogy akadálytalanul elhagyhassa az országot. Ő említette, hogy nagyapád birtokában van egykori időhajója, az *Antares* naplója. Erre van szükségem, és ha előadod, már végeztünk is. Sima utad lesz a történészi pályádig, sőt a pályán is! Ez a rendszer nem felejti el a segítőit, hosszú távon is hálás nekik. De az ellenségeit sem, ezt soha ne feledd!

– Hátha mindez csak kitalált hazugság – próbálkozott Norbi. – Hogyan lehetne igaz, hiszen az egész időhajózás csak legenda, elkeseredett sorsú emberek agyszüleménye, soha nem is létezett igazából.

Az ügynök most először látszott komolyan megdühödni.

– Hagyd ezt az ócska dumát! Ne próbálj engem átverni, mert nagyon megbánod! Holnapig kapsz haladékot. Akkorra itt legyen a napló, vagy megkeserülöd egy életre, hogy hazudtál nekem!

Ám Norbi nem ijedt meg. Már tudta, hogy Fanni nem árulta el őt. Már nem volt egyedül, a Köpenyessel együtt már hárman is voltak. És bizonyára vannak még többen, sokkal többen, akik szenvedő alanyai ennek a rendszernek, és velük együtt várják egy jobb kor eljövetelét.

*

– Miért vagy olyan gondterhelt, Norbi?

Megint a szőke, csöndes Fanni szólt hozzá, megint a padja előtt állva. Norbi szívesen elmondta volna neki az ügynök fenyegetését, ám kezdte félteni a lányt, hogy máris túl mélyen keveredett az ügyeibe.

– Nem akarlak terhelni vele.

– Rendes tőled – mosolyodott el Fanni, amit csak ritkán tett meg, és ez oly különös bájt kölcsönzött az arcának, hogy Norbi egy pillanatig rajta felejtette a szemét –, de nekem nyugodtan elmondhatod, ha valami bánt.

Norbi eltöprengett. Megbántani se akarta ezt a helyes, kedves, őszinte lányt, de bajba se akarta sodorni még jobban.

– Jobb, ha nem tudsz róla, hidd el nekem – mondta nagyon komolyan.

Fanni leült mellé a padba.

– Nekem az a jó, ha segíthetek másoknak. Neked például nagyon szívesen segítenék.

– Kedves tőled. Még mindig azokról az időhajós témákról van szó. Biztosan unod már.

– Engem mindig nagyon érdekeltek az időhajós legendák. Igazad volt, amikor múltkor az órán azt mondtad a Köpenyesnek, hogy ezek annyira részletesen kidolgozottak, hogy nem is lehetnek a puszta képzelet szüleményei. Szerintem sem azok.

– Az ügynök a hajónaplót akarja tőlem – fakadt ki a fiú –, azt, amit neked is megmutattam. De én nem fogom odaadni neki! Ha a feje tetejére áll, akkor sem!

– Ha nem adod, biztosan megpróbálják majd elvenni tőled. Erővel, ha másként nem megy, és akkor még rosszabbul jársz.

– De ez a napló sokkal több, mint egy emlék a nagyapámtól!

– Tudom – mondta Fanni csöndesen, ahogy beszélni szokott. –
Láttam én is, ki van azokon a képeken.

– Nehogy beszélj róla valakinek!

– Ne félj, én tudok vigyázni. De veled mi lesz?

Norbi hosszasan töprengett, rágódott a kérdésen, míg végre
döntésre jutott.

– Azt hiszem, tudok egy helyet, ahol sohasem keresnék. Este
elviszem oda. Úgyis van arrafelé egy kis elintéznivalóm.

– Ha bajod esik... Jaj, én úgy féltelek!

– Nem lesz semmi baj – felelte bizakodóan Norbi, és búcsúzóul
megsimogatta Fanni aggodalmas arcát.

*

Az Elhagyatott Terület sötét bozótjában csörtetés hallatszott,
mely egyre közeledett a hajdani kupola középpontja felé, amelyet a
szétszórtan, hozzávetőleg köralakban heverő betontömbök
helyzetéből lehetett valószínűsíteni. A hangok forrása, amint
megérkezett, lihegve lerakta vállán cipelt szerszámait, és
körbevilágított zseblámpájával. Füves, agyagos, keményre döngölt
talajt látott mindenfelé. Lejáratnak, nyílásnak vagy csapóajtónak
nyoma sem látszott. Tanácstalanul nézelődött. Most hol keressem,
kérdezte magában. Merre kezdjek ásni? Az Indiana Jones-filmekben
ilyenkor mindig találnak egy kallantyút, amit ha meghúznak, elfordul
az egész szikla, és feltárul egy rejtelmes barlang tele kincsekkel. Vagy
egyszerre kell megérinteni néhány gyémántot, és akkor... De itt nem
voltak se gyémántok, se kallantyú.

Feje fölött a csillagos ég sötétlett, távolban a telepi házak elszórt
fényei hunyorogtak, a bokrok közt tücsök ciripelt. Az idődimenzió
mentén, a mélyben ott rejlett a dicsőséges múlt, amikor időhajók
serege merült alá, hogy mint halászhajó a hálójával, ismereteket
gyűjtögessen be régen elmúlt korok idősíkjaiból. Följebb a pusztítás
és rombolás került sorra, melynek az indítóbázis is áldozatul esett,
majd kietlen, eseménytelen évtizedek után a jelen varázsos, tovatűnő,
röpke pillanata következett, mint kiterjedés nélküli pont a

számegyenesen. Magasan fölötte pedig az ismeretlenségbe burkolózó, homályos jövő magasodott végeláthatatlanul...

Úgy elbámészkodott, hogy csak nagy sokára hallotta meg a neszezést, amely lassan, de határozottan közeledve erősödött.

Ki járhat erre ilyenkor, tűnődött, de kérdésére hamarabb megkapta a választ, mint szerette volna. Előbb egy lámpa fénye villant fel, majd a bozótos körös-körül megelevenedett, amint mind újabb és újabb alakok bújtak elő. Valamennyien egyenruhát viseltek. Lámpafényük ide-oda imbolygott, mint akik nagyon keresnek valamit. Vagy valakit! Norbi rémülten ismerte fel, hogy ezek rendőrök. Nehezen tudná megmagyarázni nekik, mit keres itt egyedül, késő este az Elhagyatott Területen. Fürgén bevetette magát a bokrok közé, amerre a legcsendesebb volt, és mászott, mászott, míg végül a sűrű legmélyén, egy helyen szívdobogva meglapult.

– Itt kell lennie valahol! Keressétek! – hangzott a vezető parancsszava, s Norbi nem kis rémületére a fekete öltönyös ügynök hangját ismerte fel. – Mindenképpen meg kell találni azt a kölyköt! Nála van a könyv, amit keresünk! Látták, amikor elindult!

Norbi magához húzta és szorosan átölelte szatyrát, amelyben ott lapult a nejlonba burkolt kötet. Szétnézett a sötétben, hová rejthetné, de semmit se látott. Hallotta, mint közelednek, tudta, hogy egyre szűkül a kör, és hamarosan elkapják. Csak legalább a könyvet megmenthetné! Ha leteszi a földre, még ha gallyakat, leveleket is szór fölé, biztosan megtalálják. A magasba talán? Hátha fölfelé nem néznek! De egyetlen fa sem volt a közelben. Nem tehetett egyebet, mint hogy behunyta szemét, mozdulatlan maradt, s megpróbált eggyé válni a földdel...

*

Óra elején a Köpenyes tekintete nyugtalanul pásztázott a diákok feje fölött, de hiába, nem találta, akit keresett.

– Norbi hiányzik ma? – kérdezte. – Tudtok róla valamit?

– Hát, itt nincs, az már igaz! – szólt Pucsek, és arcán olyan sunyi, örömteli kifejezés ült, hogy a Köpenyesnek minden szelídsége ellenére hirtelen kedve támadt követni a nagy Haszin elnök diákokra vonatkozó útmutatását. De lélegzett egy mélyet, és erőt vett magán.

– Másvalaki?

Csönd. Majd hátul egy halk hang szólalt meg:

– Azt hiszem, tegnap este még elvitt valahová egy könyvet.

A Köpenyes a hang felé fordult.

– Hová? Egy barátjához? Vagy a könyvtárba?

– Nem hiszem...

– Nem együtt mentetek oda?

– Nem. Csak délután beszélgettünk az időhajós legendákról, és amikor elbúcsúztunk, azt mondta, van nála egy könyv, azt még el akarja vinni valahová...

A folyosón reá várakozó, kisírt szemű, riadt tekintetű asszony láttán Köpenyes tanár úr első gondolata az volt, hogy bizonyára Norbi édesanyja áll vele szemközt, s nem is tévedett.

– Hámori Norbert édesanyja? – lépett az asszonyhoz. – Mit tud a fiáról?

– Tegnap óta semmit – felelte szívtépő hangon a nő. – Este ment el otthonról valahová. Egy szatyor volt nála, meg szerszámokat vitt magával, egy ásót és egy csákányt, azt hiszem. Nem értettem, mire kell neki, de csak annyit mondott, ne aggódjak, hamarosan hazajön, csak előbb még elintéz valami fontosat. De nem jött...

Az asszony szava zokogásba fúlt.

– A rendőrségen nem kereste?

– Őket hívtam elsőként, de azt mondták, nem adhatnak felvilágosítást. Félek, tanár úr, nagyon féltem a fiamat. Mibe keveredhetett?

– Nem adhatnak felvilágosítást – ismételte maga elé mormogva a tanár úr. Tudta jól, hogy ez mit jelent. A fiút elfogták és őrizetbe vették.

– Baja esett a Norbinak? – szólalt meg mellette egy vékony hang, ugyanaz, amelyik előbb az osztályban.

– Hamarosan meglátjuk. Asszonyom! – fordult most a kamasz kétségbeesett édesanyjához. – Menjünk el együtt a rendőrségre! Ott helyben bizonyára többet is megtudhatunk tőlük. Te is akarsz jönni? – kérdezte Fannitól.

– Jönnék szívesen, de van még két óránk: egy világnézetünk alapjai és egy a nagy Haszin elnök élete és cselekedetei.

Köpenyes tanár úr legyintett.

– Sose törődj vele! Majd én kimentelek!

*

– Milyen ügyben jöttek?

– Eltűnt a fiam – szólt sírós hangon az asszony.

Az ügyeletes rendőrzászlós szenvtelenül a nevüket tudakolta, felvette adataikat, és csak a legvégén kérdezte meg:

– Hogy hívják az eltűnt személyt?

– Hámori Norbert – lehelte az anyja félelemmel vegyes reménykedéssel.

– Maga kicsoda?

– Az édesanyja vagyok.

– És maga?

– A tanára. Ő pedig az osztálytársa – mutatott a Köpenyes Fannira.

Az ügyeletes intett egy őrnek.

– Egyszerre csak egy mehet be! – tudatta velük, majd az anyához fordult. – Jöjjön, odavezetik a fogoly cellájához!

A fogoly és cella szavak hallatán az asszony megint szipogni kezdett, de már nem olyan keservesen. Legalább már annyit tudott, hogy a fia életben van. Nagy megnyugvás volt ez az elmúlt órák viszontagságai után. Némán követte az őrt.

A Köpenyes és a kislány helyet foglalt egy padon, a folyosón. Egy darabig szótlanul várakoztak, bámulták a kövezet ismétlődő mintáit, majd kis idő múltán a Köpenyes megkérdezte Fannitól:

– Sokat beszélgettetek az időhajózásról?

– Mostanában elég sokat. Norbi annyi érdekeset tud mesélni! És mutatott egy hajónaplót is! Egy igazi időhajó valódi hajónaplóját!

– Láttad azt is, ki van a fényképeken?

– Persze. A nagy...

– Mások is látták azt a naplót? – vágott közbe a mind jobban megdöbbent tanár úr.

– Néhányan biztosan.

– Kicsoda?

– Először is Pucsek…

Több nem is kellett a tanár úrnak. Már csak azon gondolkodott lázasan, hogyan segíthetne ezeken a szerencsétlen fiatalokon, hogyan óvhatná meg őket a rájuk váró veszedelemtől.

Az asszony kijött, arcán döbbenet ült. Fanni következett, bement az őr után.

– Milyen állapotban van a fiú? – tudakolta a tanár úr.

– Nagyon megverték – az anya reszkető hangon csak ennyit tudott felelni.

Ültek csendesen, gondolataikba merülve, amíg Fanni újra meg nem jelent. Akkor a tanár úr ment be Norbi cellájába. Egyszerű, jellegtelen, ablak nélküli helyiség volt, szürkére festett falakkal, benne mindössze egy szék meg egy ágy. Norbi az ágy szélén ült. Fejét és mindkét kezét átvérzett kötés borította. A retesz kívülről csattanva csukódott rájuk.

A Köpenyes matatott valamit a zsebében.

– Most már nyugodtan beszélhetünk – mondta halkan. – Van nálam egy ügyes kis készülék, ami tökéletes biztonsággal megakadályozza, hogy lehallgassanak minket. El kell tűnnöd innét mielőbb!

Norbi lassan felemelte bekötött fejét. Arcán rászáradt vérnyomok csíkjai húzódtak.

– Tanár úr! Ez egy börtön, ha nem vette volna észre. Innen nem lehet csak úgy kisétálni!

A tanár úr türelmetlenül intett.

– Mi van a könyvvel?

– A hajónaplóra gondol?

– Persze, hogy arra.

Norbi halkan, keserűen felnevetett, amennyire a pofonoktól feldagadt szája engedte.

– Amiatt volt az egész!

– Én megmondtam neked, hogy ez egy felbecsülhetetlenül értékes dokumentum. Ezek ölni is képesek érte! Megtalálták nálad?

Norbi még mindig nevetett, s közben arcára dacos vigyor ült ki.

236

– Tényleg lehallgatásbiztos az a kütyü? – kérdezte.

– Mérget vehetsz rá.

– Jó, akkor elmondom. A könyv nálam volt tegnap este, amikor elcsíptek az Elhagyatott Területen.

– Minek mentél oda?

– Mondtam már: szerintem ott van a hajó. Az *Antares*. Oda rejtette el a nagyapám és a legénység megbízható része, aztán hallgattak róla, mint a sír. Nem árulták el soha senkinek, tehát a hajónak máig is ott kell lennie. Csak ki kellene ásni!

– Ezért mentél oda ásóval? Hogy majd te egymagad... ?

– Legalábbis megpróbálkoztam volna vele.

– És miért volt nálad a napló?

– Nem mertem otthon hagyni. Az ügynök kilátásba helyezett egy házkutatást. Ott akartam elásni a hajó mellé. Az Elhagyatott Területen teljes biztonságban lett volna, mert arrafelé soha nem jár senki.

A Köpenyes rosszallóan csóválta a fejét.

– Amikor bekerítettek a rendőrök, még sejtelmem se volt, hová dugjam el a könyvet, de mire áthatoltak a bokrokon, támadt egy ötletem. Gyorsan beleraktam egy mélyedésbe, gallyat és levelet szórtam rá, és... ráálltam.

A tanár úr elismeréssel nézett diákjára. Nem nézett ki belőle ennyi leleményt.

– Aztán ott álltam feltartott kézzel, miközben átkutatták az egész Elhagyatott Területet, engem is megmotoztak, a motyómat is átvizsgálták többször is. Éppen csak a talpam alá nem pillantottak. Pedig ott volt a könyv mindvégig, ott van még most is. És szerintem ott van a hajó is, lent, csak kicsit mélyebben.

– Bátor és okos fiú vagy! – dicsérte a Köpenyes. – De most szedd össze magad, mert még egy akcióban részt kell venned.

– Itt, a fogdában? – csodálkozott Norbi.

– Úgy van – felelte a Köpenyes, és lélegzett egy mélyet. – Azután pedig találkoznod kell a feleségemmel.

– A tanár úr nős? – csodálkozott még jobban a diák.

– Igen, az vagyok.

– Mi meg azt hittük...

– Jól tudom, miféle szóbeszédek járnak rólam a diákjaim között. Nem vagyok se vak, se süket. Igen, nős vagyok, gyerekeim is vannak, és ha csak tehetem, velük töltöm az estéimet és az éjszakáimat. Legalábbis idáig így volt.

– Mi változott meg?

– Csak figyelj rám! Ha találkozol a feleségemmel, mondd meg neki, hogy nagyon szeretem, ő minden gondolatom és a gyerekek. Megjegyezted?

– Persze, de…

– Neked itt már nincs jövőd. Számodra talán csak egy nap az élet. Vagy annyi sem. És Fanninak is, akinek megmutattad az *Antares* naplóját. Ezek senkit nem hagynak életben, aki olyan kompromittáló anyagot ismer Haszinról, mint az *Antares* naplója. Pucsek már valószínűleg mindent jelentett.

– Az a mocsok szemétláda!

– Igazad van, de ne heveskedj! Ezen most már túl kell lépnünk.

Kiszólt a kémlelőnyíláson:

– Beküldené még egy percre a kislányt? Fanni a neve. Most mondja a fiú, hogy még el sem búcsúztak. Ilyen hebrencsek ezek a mai fiatalok!

– Ha ez az utolsó kívánsága… – hallatszott kintről a dünnyögés. – Én is voltam fiatal…

Azzal az őr elballagott Fanniért.

– Emlékszel még az időhajók technikai fejlődésére? – A Köpenyes halkan, gyorsan beszélt. – Te tartottál belőle kiselőadást az órán. Azt hittem, menten agyonütlek! De a lényegre térve: először óriási fazék, aztán kisebb hajónyi méret, végül már csak egy vékonyfalú buborék.

– Emlékszem – bólintott Norbi –, hogyne emlékeznék. Kedvenc témám.

– Hát akkor képzeld el azt, hogy…

Elharapta a szót, mert nyílt a cellaajtó, és az őr beeresztette Fannit. Közben egész pofájával szélesen vigyorgott.

– Nesze, fiam, egy kis friss hús. Öt percet kapsz a búcsúzásra, használd ki jól! Értesz, ugye? – kacsintott, és kéjes arccal a levegőbe markolgatva mutatta is, hogy mire gondol, majd végre távozott.

Fanni riadtan, Norbi értetlenül nézett Köpenyes tanár úrra. Nem sejtették, mi jár a fejében.

– Emlékszel még, mit üzenek a feleségemnek?

– Hogyne emlékeznék – bólintott komolyan Norbi.

– Rendben. Öleljétek át egymást!

– Hogyan? Mit csináljunk? – kérdezte egyszerre a két meglepett fiatal.

– Gyerünk, csak tegyétek, amit mondok! Nincs ez nektek annyira ellenetekre!

A fiú és a lány megilletődve közeledett egymáshoz, majd egylépésnyire megtorpantak.

– Közelebb! – parancsolta a Köpenyes. – Egészen közel!

Megtették, a testük már szinte összeért, de még mindig nem értették, mit akar.

– Azt mondtam, öleljétek át egymást! Úgy! És most legjobb lesz, ha becsukjátok a szemeteket. Kicsit rémítő lehet annak, aki nincs hozzászokva ahhoz, ami most következik.

Szó nélkül engedelmeskedtek, behunyták szemüket. Így aztán nem látták, amint körülöttük kifehéredett minden, amint vakító fehérré változott az egész világ. Ők ketten mindössze annyit éreztek, hogy valami lágyan körülöleli őket, azután jött a zúgás és a remegés, amely egyszerre zajlott bennük és körülöttük, teljesen átitatva lényüket és az egész külső világot. Nem látták azt sem, hogy utóbb mint lopóztak alaktalan színek a tiszta fehérségbe, mint rendeződtek sietve homályos foltokká, és e színes, mind tisztábban kiélesedő foltokból mint állt össze körülöttük egy másik, évszázaddal magasabban fekvő idősík valósága. Ismeretlen emberek hangja szólott hozzájuk, hogy kinyithatják a szemüket, és ekkor már egy másik világban találták magukat, ahol sohasem jártak azelőtt, amely szokatlan és felfoghatatlan volt számukra számtalan vonásában, és amely mostantól fogva mégis az új otthonuk lett.

*

Köpenyes tanár úr óvatosan megmozdította a cellaajtót, amely meglepetésére magától, könnyedén kinyílt. Az őr nem reteszelte vissza legutóbb, amikor Fannit beeresztette. Nem fáradozott se a retesz, se a többi biztonsági eszköz használatával, hiszen a látogatók percek múlva úgyis távoznak, minek arra a kis időre az a sok cécó? Mikor a tanár úr kilépett a folyosóra, az őr már az ebédjével foglalatoskodott, épp az utolsó falatokat kebelezte be.

Köpenyes tanár úr megköszörülte óraadáshoz szokott torkát.

– Nem látta véletlenül, merre ment a kislány? – kérdezte fennhangon.

– Elment a kislány? – pillantott fel csodálkozva az őr a tányérjából. – Hát az meg hogy történhetett?

– Nem is vette észre? Itt kellett elmennie az orra előtt. Igaz, szegényke olyan kis vékony! Kétszer kell ránézni, hogy egyszer észrevegyék!

– A fiúval mi a helyzet? – terelte az őr a beszélgetés témáját bosszúsan másfelé, amiért hanyagságon kapták.

– Eléggé maga alatt van. Nincs hozzászokva, hogy letartóztassák – szólt a tanár úr. – Sem a veréshez – tette hozzá halkan, visszafojtott indulattal.

– Ezek a mai szaros kölkök semmihez sincsenek hozzászokva! Olyan nyápicok, hogy az első szél elfújja őket!

– Majd nézzen rá néha, ha megkérhetem! Szüksége lehet rá! – kérlelte Norbi anyja.

Az egyenruhás felfortyant.

– Nem az én dolgom, hogy szarosokat istápoljak! Felőlem ott dögölhet meg mind, ahol van, én ugyan meg nem mozdítom értük a kisujjamat se!

– Ahogy jónak látja, uram – zárta le a társalgást angyali szelídséggel Köpenyes tanár úr, és karját nyújtotta Norbi anyjának. Sikerült, csak ennyit súgott neki, miközben távoztak a komor épületből.

Már túl jártak hetedhét határon, amikor felharsantak a rendőrségi riadó szirénái. Megálltak, hallgatták messziről a mérgesen visító hangokat. A tanár úr elmosolyodott, Norbi anyja azonban még mindig aggódva tekintgetett a hátuk mögé.

– Ne haragudjon, tanár úr – szólalt meg –, de én még most se tudom felfogni a történteket. Mi lett az én Norbi fiammal? Mikor láthatom őt legközelebb?

Egész küldetése során ekkor következett el Köpenyes tanár úr számára a legnehezebb pillanat. Minden időutazó rémálma a perc, amikor nem marad más választása, mint leleplezni magát a kor bennszülöttei előtt. Ami ugyan az észrevétlenségi passzus nyílt megsértése, ám előfordul, hogy az adott szituációban egyben az egyetlen emberi megoldás. A tanár úr – nevezzük továbbra is így – el tudta képzelni, mi játszódhat le egy anya lelkében, akinek a fia először eltűnik, majd előkerül ugyan, de csak azért, hogy bármelyik órában kivégezzék, majd a cellájából érthetetlen módon ismét eltűnik, ezúttal végérvényesen. A tanár úr a saját édesanyjára gondolt, és úgy döntött, pokolba az észrevétlenségi passzussal és a Merülési Szabályzat minden pontjával, amit szárazszívű jogalkotók íróasztal mellett valaha is kifundáltak, és belekezdett a tények feltárásába.

– Hadd kezdjem azzal, kedves anyuka, hogy én ki is vagyok valójában. A nevemet ismeri, de az életkoromon meg fog lepődni. Helyi idő szerint nagyjából mínusz százéves vagyok. Nem tudom, melyiken csodálkozik jobban, a százas számon vagy a negatív előjelen. A mínusz annyit jelent – ismét hangsúlyozom: helyi idő szerint –, hogy nagyjából száz év múlva fogok megszületni.

– De tanár úr…

– Ne féljen, nem ittam, és nem bolondultam meg! Bár lehet, hogy amit most mondok, nem erről győzi meg. Üljünk le egy kicsit ide, erre a padra!

Miután helyet foglaltak, így folytatta:

– A jövőből érkeztem, eredeti foglalkozásomra nézve történész vagyok. Témám a nagy Haszin elnök uralkodásának évtizedei, melyek elképzelhetetlen visszaesést jelentenek az emberi kultúra korábbi csúcsaihoz képest. Munkámat magamban a kémkedéshez szoktam hasonlítani. Nem fedhetem fel a kilétemet, nem árulhatom el, honnan jöttem, ki vagyok, mire vagyok kíváncsi, milyen eszközökkel dolgozom. És bár a lehetőségeim igen tágak, messze nem élhetek velük oly szabadon, ahogy szívem szerint tenném. Tudja, anyuka, a Merülési Szabályzat egyetemes érvényű egyezmény az idő egész dimenziója mentén. Elvei és paragrafusai minden időutazóra kötelező érvényűek. A sok szabály közül is a két legalapvetőbb az észrevétlenségi passzus, ezért kell álcázni magunkat, és a minimális beavatkozás elve. Ez utóbbi szokta a legtöbb gondot okozni. Nincs jóérzésű ember, aki át ne hágná olykor. Hiába, nehéz istennek lenni![16] Sok év alatt én most tettem meg először, és lehet, hogy ez a küldetésembe fog kerülni, de akkor se bánom meg soha! Semmilyen szakmai karrier nem ér fel két fiatal életével. Mostantól fütyülök a minimális beavatkozás elvére, és amíg tehetem, megmentek, akit csak lehet ennek a rövidlátó, ostoba és kegyetlen diktatúrának a karmaiból. Az én előnyöm az, hogy pontosan tudom, meddig áll még fönn ez az elnyomó rendszer, mikor és hogyan fog szégyenletes bukással véget érni, hiszen én már az iskolapadban megtanultam mindezt. De ha nem tanultam volna is, tudnám, hogy egyszer vége lesz, mert a diktatúrák soha nem tartanak örökké, előbb-utóbb csúf véget érnek, amiként szerencsére a diktátorok élete is véges, bármit hazudjanak is csodaszerekről, csodafegyverről vagy bármi egyéb csodáról. Néha egy kisfiú szava is elegendő, aki nem fél hangosan kimondani, hogy a király meztelen! Pontosan tudom, hogy eljön majd a nap, amikor a „nagy" Haszin elnök az egérlyukba is belebújna „szeretett népe" haragja elől!

Norbi anyja ámulva hallgatta mindezt, s csak a végére szedte össze annyira magát, hogy megkérdezze:

– Értem és elhiszem mindezt, tanár úr, hangozzék bármily hihetetlenül is, de legjobban az érdekelne, ha az én Norbi fiamról tudna mondani valami biztatót...

– Természetesen. Bocsánat, ha kissé elragadott a hév. Ami Norbit illeti, ő mostantól a jövő vendége. Igaz ugyan, hogy a minimális beavatkozás elvének megsértésével került oda, de humanitárius egyezmények tiltják emberi lény visszaküldését olyan körülmények közé, amelyek az életét veszélyeztetik, ahogy régen sem adtak ki a halálbüntetést már eltörlő országok senkit olyan államoknak, ahol kivégzés fenyegette. Itt csupán egyetlen technikai problémával kell számolnunk: a parittyával. Azzal a visszarendező természeti erővel,

---

[16] Utalás Arkagyij és Borisz Sztrugackij: Nehéz istennek lenni c. regényére

amely gondoskodik róla, hogy hosszú távon érvényesüljön az anyagmegmaradás törvénye. Amit elmozdítunk egy idősíkból, legyen az tárgy vagy személy, annak előbb-utóbb vissza kell kerülnie oda. A parittya szigorú természeti törvényével nem lehet nyíltan szembeszállni – de alkut lehet kötni vele. A visszarendeződés időpontját a mi idősíkunkban képesek vagyunk tág határok között befolyásolni. Emberi lények esetében ki tudjuk tolni az érintett személy életének legvégső határáig, így a visszarendeződés már csak akkor következik be, amikor az illető rég por és hamu.

– Azt mondja tehát, hogy az én Norbi fiam biztonságban van?

– Tökéletesen. Nagyobb biztonságban, mint itt, pontosabban szólva: most bárhol lehetne.

– Ennek igazán örülök, és ne tartson hálátlannak a tanár úr, hogy azért csak elkeseredem, ha ennek a biztonságnak az az ára, hogy többé nem láthatom őt.

– Mindent megteszünk azért, hogy ne így legyen, kedves anyuka. Kellően alapos előkészületek mellett hamarosan Norbi is meglátogathatja önt, vagy történhet fordítva is, ahogy szeretnék.

Norbi anyja végre kezdett megnyugodni. Már enyhe mosoly is kiült az arcára, amint átérezte, hogy fia, mondhatni, megütötte a főnyereményt. Biztonság, gondtalan élet, boldog jövő. Az anyai szívnek ennyi elég megnyugtatásul, ha a gyerekéről van szó.

– És maga? Meddig marad még itt velünk, a mi korunkban, tanár úr? – kérdezte szívélyesen.

– Amíg lehet. Ahogy az orvosok is a végsőkig küzdenek betegeik életéért, az igazi történész is bármit bevállal, ha ezzel előrébb juthat a munkájában. Ebben a korszakban még nagyon-nagyon sok a felderíteni való: mindaz, aminek az eltitkolásáért felszámolták és földbe döngölték az időhajózást.

– De ha úgy döntene, ön is bármikor elmehetne?

Köpenyes tanár úr fanyar arcot vágott.

– Eddig így volt, ám mostanra változott kissé a helyzet.

– Miért? Mi történt?

– A saját hazajutási lehetőségemet használtam fel a diákjaim utaztatására.

– Ó, ha ezt előre tudom – hüledezett az asszony –, nem engedtem volna! Remélem, tudják majd pótolni a... a lehetőségét!

– Nos, legyünk derűlátóak ezen a téren! Vannak utánpótlási nehézségeink. Úgy tűnik, a diktátor erői, akik nagyon is tisztában vannak az időutazás létezésével és mikéntjével, zavarni igyekeznek mindenféle behatolást a tagadás korának teljes intervallumában. Olykor a legdrasztikusabb módszerektől sem riadnak vissza. – Egy pillanatig gondolkodott, majd hozzátette: – Őszintén szólva kicsit élvezem is, hogy így alakult. Valójában mindig gyávának éreztem magam e szökési lehetőség nyújtotta védelem miatt. Mintha én üvegfal mögül ingerelnék egy oroszlánt, míg mások csupasz testtel, közvetlen közelből teszik ki magukat a veszélynek. Most legalább magam is megtapasztalom, milyen az, ha nincs üvegfal, ha nincs mentőöv, ha nincs pótkötél.

Az ég beborult, kezdett hűvösre fordulni az idő.

– Még egyszer nagyon szépen köszönök mindent, tanár úr, amit a fiamért tett – nyújtott kezet Norbi anyja. – Kimondhatatlanul hálás vagyok!

– Ugyan, semmiség – intett búcsút mosolyogva a Köpenyes. – Bárki ezt tette volna a helyemben.

– No, azért azt, hogy bárki, mégsem hiszem!

A tanár úr szó nélkül meghajolt. Elindultak ketten két irányba: az asszony haza, a tanár úr vissza az iskolába. Néhány lépés után azonban az asszony visszafordult.

– Öltözzön melegebben, tanár úr, nehogy megfázzon! – javasolta aggodalmasan. – Már ősz van, nincs az a nagy meleg.

– Köszönöm, csak kibírom, amíg a gimnáziumba érek.

– A fiamtól mindig azt hallottam – folytatta Norbi anyja –, hogy a Köpenyes... már megbocsásson, de Norbi mindig csak így emlegette: a Köpenyes... még aludni is abban a köpenyben szokott. Most meg itt áll ingujjban! Pedig amikor a rendőrségre mentünk, határozottan emlékszem, még magán volt az a nevezetes köpeny. Hová rakta?

– Valóban – felelte a tanár úr, és egy pillanatig eltűnődött, mennyit mondhat még el a tagadás kora bennszülött asszonyának. Aztán úgy döntött, ez a kicsi már mit se számít ahhoz képest, ahogy eddig lábbal tiporta a Merülési Szabályzat legfontosabb pontjait. – Valóban azt viseltem. Jó nagy köpeny volt. Szerencsére elég nagy, hogy egyszerre két kamaszt is beburkoljon. Látja – mondta, és arcára mosolyt csalt jó eszű tanítványának emléke –, Norbi ennyiből már megértené. Ő oly sokat foglalkozott az időhajók konstrukciós kérdéseivel! Ő ennyiből már kitalálta volna, hogy a vékonyfalú buborék sem a végső állomás a fejlesztések terén. A testen hordható, ruhadarabnak álcázható, minden korábbinál könnyebb és vékonyabb, hajlékony kivitelű időhajó a mi jelenlegi csúcstechnológiánk!

Az asszony álla leesett az ámulattól.

– Ez valódi csoda!

– Megértem, hogy annak tűnik. Pedig csak a fejlesztés következő, logikus láncszeme.

Az asszony elmosolyodott.

– Valamit azért én is megértettem. – És a tanár úr kérdő tekintetére így folytatta: – A rendszer egyik legtöbbet hangoztatott érve az időutazás ellen mindig is az volt, hogy ha lehetséges lenne, akkor már régóta itt nyüzsögnének körülöttünk a más korokból erre járó időutazók. Csak éppen az észrevétlenségi passzusról nem tesznek soha említést.

A tanár úr elismerően mosolygott.

Norbi anyjának még valami eszébe jutott.

– A fiam elvitt otthonról egy naplót.

– Tudok róla. Az egy nagyon fontos dokumentum, amely leleplezi az egész rendszer alapvetően hazug mivoltát.

– Azt is tudja, mi lett vele?

– Pillanatnyilag jól el van rejtve. De még ma este megkeresem, és megmentem a jövő számára.

– Vigyázzon, nehogy magát is kövessék! Úgy ne járjon, mint az én Norbi fiam!

– Említettem már a kémeket? Sokat tanultam a technikáikból. Ne aggódjon, engem nem kapnak el egykönnyen!

Ismét elindultak, ki-ki a maga dolgára. A tanár úr fázósan zsebre dugta kezét, s így, kissé felhúzott vállal, ingujjban ballagott az utcán a gimnázium felé. Norbi anyjának, aki hosszan nézett utána, ez a kép vésődött mélyen az emlékezetébe. Soha többé nem látta, s nem is hallott a tanár úr felől.

Epilógus

A pénztárak előtt kora reggel óta óriási tömeg tolongott. Sokáig tartott, míg Norbi és családja végre bejutott az időhajózás – korabeli kifejezéssel: mérőhajózás – történetét bemutató kiállításra. A rengeteg látnivaló közepette gyorsan szaladtak a percek. Kisfia hamar elfáradt, felkérezkedett Norbi nyakába, így folytatták útjukat a pavilonok között. Délre járt már az idő, hazafelé készülődtek, amikor az egyik teremben az ifjú apa hirtelen megtorpant.

– Apuuú, menjüűűnk! – nyűgösködött a nyakában Kisnorbi, aki unta már az egészet, éhes volt és kimerült, hazavágyott.

– Megyünk mindjárt, kisfiam, de ezt az egyet még apának feltétlenül látnia kell.

Feleségének is mehetnékje volt már.

– Nem láttál eleget? Ezek az időhajók mind egyformák! Aki egyet látott, az összeset látta. Csupasz fazekak mind, jobb esetben formatervezett hajótestek.

– Ezt az egyet még akkor is meg kell néznem közelebbről!

Elfogódottan lépett oda a kiszemelt hajóhoz. Ütött-kopott, használt darab volt, a közepes méretűek közül való, akkora, mint egy kisebbfajta vízibusz. Látszott rajta, hogy igen rég épülhetett, és nem hangárokban pihent, hanem sok vihart élt meg az idő hatalmas óceánján. Norbi megilletődötten lépett mellé, és tenyerével úgy simított rajta végig, mint hűséges eben szokás: telve szeretettel, bizalommal.

– Nagyapa – mondotta csendesen –, bárcsak te is itt lehetnél! Nézd, fiam – szólt most Kisnorbihoz –, ez a hajó a nagyapám, a te dédapád időhajója volt egykor. Úgy hívták: *Antares*, és – a kiállítási magyarázó tábláról olvasta – „évtizedekig pihent a föld alatt tizenöt méter mélységben elrejtve, mígnem hosszú évek kitartó ásatásai révén sikerült épen és sértetlenül, eredeti állapotában napvilágra hozni. Működőképes, akár rögtön útnak indulhatna a múlt valamely szegmense felé, ahogy tette oly sokszor több mint száz esztendővel ezelőtt, felbecsülhetetlen értékű tudással gyarapítva történelmi ismereteinket. Az oldaltárlóban kiállított eredeti, kalandos életű hajónapló tanúsága szerint e hajón szolgált ifjúkorában maga a későbbi „nagy Haszin elnök" is, aki uralomra jutván az időhajózás minden nyomát igyekezett megsemmisíteni. A napló megmenekülése a ma is működő telepi gimnázium egyik diákja leleményes bátorságának, valamint történelemtanára önfeláldozó hősiességének köszönhető, akik..."

Norbi hangja elcsuklott.

– Tanár úr – suttogta csendesen –, mennyire vártuk, hogy egyszer újra találkozzunk, de soha nem jött...

– Apuuú, menjünk máááár!

– Tudod, fiam – vette le nyakából Kisnorbit, és kézen fogva elindult vele a kijárat felé –, annak idején apád és anyád is ebbe a telepi gimnáziumba járt. Egészen kiváló tanárai voltak akkoriban. Ha nagy leszel, és jól tanulsz, téged is oda fogunk beíratni. Igaz, anya?

Válasz helyett Fanni csak csöndesen mosolygott, és megfogta Kisnorbi másik kezét.

Egyéb kiadványaink

Antológiák:
„Robot / ember" sci-fi antológia
„Oberon álma" sci-fi antológia

Sacheverell Black
A Hold cirkusza (misztikus regény)

Bálint Endre
A Programozó Könyve (sci-fi regény)

Szemán Zoltán
A Link (sci-fi regény)
Múlt idő (sci-fi regény)

Anne Grant
Mira vagyok (thrillersorozat)
1. Mira vagyok... és magányos
2. Mira vagyok... és veszélyes [hamarosan]
3. Mira vagyok... és menyasszony [hamarosan]

David Adamovsky
A halhatatlanság hullámhosszán (sci-fi sorozat)
1. Tudatküszöb (írta: David Adamovsky)
2. Túl a valóságon (írta: Gabriel Wolf és David Adamovsky)
3. A hazugok tévedése (írta: Gabriel Wolf)
1-3. A halhatatlanság hullámhosszán (teljes regény)

Gabriel Wolf

Tükörvilág:

Pszichopata apokalipszis (horrorsorozat)
1. Táncolj a holtakkal
2. Játék a holtakkal
3. Élet a holtakkal
4. Halál a Holtakkal

248

1-4. Pszichokalipszis (teljes regény)

Mit üzen a sír? (horrorsorozat)
1. A sötétség mondja...
2. A fekete fák gyermekei
3. Suttog a fény
1-3. Mit üzen a sír? (teljes regény)

Kellünk a sötétségnek (horrorsorozat)
1. A legsötétebb szabadság ura
2. A hajléktalanok felemelkedése
3. Az elmúlás ősi fészke
4. Rothadás a csillagokon túlról
1-4. Kellünk a sötétségnek (teljes regény)
5. A feledés fátyla (a teljes regény újrakiadása új címmel és borítóval)

Gépisten (science fiction sorozat)
1. Egy robot naplója
1.5 Fajok 2177 (spin-off novella)
2. Egy pszichiáter-szerelő naplója
3. Egy ember és egy isten naplója
1-3. Gépisten (teljes regény)

Hit (science fiction sorozat)
1. Soylentville
2. Isten-klón (Vallás 2.0) [hamarosan]
3. Jézus-merénylet (A Hazugok Harca) [hamarosan]
1-3. Hit (teljes regény) [hamarosan]

Valami betegesen más (thrillerparódia sorozat)
1. Az éjféli fojtogató!
2. A kibertéri gyilkos
3. A hegyi stoppos
4. A pap
1-4. Valami betegesen más (regény)
5. A merénylő [hamarosan]

Dimenziók Kulcsa (okkult horrornovella)

Egy élet a tükör mögött (dalszövegek és versek)

Tükörvilágtól független történetek:

Árnykeltő (paranormális thriller/horrorsorozat)
1. A halál nyomában
2. Az ördög jobb keze [hamarosan]
3. ... [hamarosan]
1-3. Árnykeltő (teljes regény) [hamarosan]

A napisten háborúja (fantasy/sci-fi sorozat)
1. Idegen Mágia
2. A keselyűk hava
3. A jövő vándora
4. Jeges halál
5. Bolygótörés
1-5. A napisten háborúja (teljes regény)
1-5. A napisten háborúja illusztrált változat (a teljes regény újrakiadása magyar és külföldi grafikusok illusztrációival)

Ahová sose menj (horrorparódia sorozat)
1. A borzalmak szigete
2. A borzalmak városa

Odalent (young adult sci-fi sorozat)
1. A bunker
2. A titok
3. A búvóhely
1-3. Odalent (teljes regény)

Humor vagy szerelem (humoros romantikus sorozat)
1. Gyógymód: Szerelem
2. A kezelés [hamarosan]

Álomharcos (fantasy novella)

Gabriel Wolf gyűjtemények:
Sci-fi 2017
Horror 2017
Humor 2017

www.artetenebrarum.hu

250

9 781715 323622